JN409844

THE PURSUIT OF LOVE

사랑의 추구

Nancy Mitford

낸시 미트포드 지음
최지원 옮김

차례

가스통 팔레브스키에게

서문

어떤 소설가들은 마치 제우스의 머리에서 태어난 것처럼, 재능이 무르익고 고유한 스타일을 확립한 채로 등장한다. 다른 이들은 처음 두세 권에선 우물쭈물하다가, 노력만큼이나 운이 크게 작용하며 작가라는 자아 속에서 흥미로운 무언가가 서서히 녹아 나온다. 그것은 아이디어나 캐릭터, 심지어 첫 문장의 형태를 띠기도 한다. 미트포드는 1945년에 『사랑의 추구』를 발표하기 전까지 네 편의 소설을 썼다. 하지만 미트포드 가문의 남다르게 기이한 삶을 최초로 그려낸 이 작품에 이르러서야 비로소 천재성이 발휘되었다.

『사랑의 추구』는 코믹 소설로(심지어 가벼운 코믹 소설로) 읽힐 여지가 다분하지만, 단순히 편안하고 위안을 주는 소설로 분류하기에는 너무 신랄하고 지적인 작품이다. 나는 지난 삼십여 년간 이 책을 여러 번 읽었다. 대개 친숙함을 바라는 조금은 나태한 욕망에 끌려 책을 집어 들었지만, 막상 읽기 시작하면 이 작품은 언제나 나의 안일한 기대를 뛰어넘었다. 여기에 담긴 농담들이 타의 추종을 불허하는 건 사실이다. 집안일에 몸서리를 치는 린다의 푸념이나 〈로미오와 줄리엣〉을 관람한 매튜 이모부의 분노에 찬 비평, '박물관 수준'인 래들릿 가문의 광물 수집품을 사정없이 깎아내리는 데이비의 감정 등은 몇 번을 읽어도 질리지 않는다. 그러나 이처럼 까칠한 유머의 표면 아래는 더없이 멜랑콜리한 무언가가 도사리고 있다. 그것은 예기치 못한 순간에 독자를 잡아채 어두운 암류 속으로 끌고 들어간다. 어린 시절에 강한 인상을 받은, 훨씬 더 진지해 보이는 소설들은 훗날 그 깊이를 헤아리고 실망하기도 했지만, 20세기 중엽에 쓰여진 이 소박한 '칙릿'✿은 세월이 지나도 아름다움을 잃지 않을뿐더러 계속해서 그 깊이를 더해간다.

그렇지만 오랫동안 친구와 연인들에게 열심히 책을 권유

✿ chick literature. 젊은 여성의 삶과 취향을 다룬 문예물.

해 본 결과, 나는 조심해야 한다는 걸 알게 되었다. 미트포드의 소설은 상당히 복합적이기 때문이다. 이 책을 조금이라도 인정하는 독자들은 너무 정열적으로 빠져들고, 반대로 아무런 매력을 모르겠다는 이들은 거의 비슷한 열정으로 이 책을 경멸한다. 두 경우 모두 화자의 목소리, 즉 뚜렷하고 생생한 재잘거림이 결정적으로 작용하는 듯하다. 미트포드는 가볍고 발랄한 운율을 통해 충격에는 강하지만 쉽게 지루해하는 인생관을 제시한다. 물론 이 목소리는 실제 목소리가 아니다. 각고의 노력을 기울여 목소리처럼 지어낸 산문적 환상이다. 그런데도 화자인 패니가 매우 자연스럽고 진솔한 어조로, 막힘없이 술술 글을 써 내려가는 탓에 우리는 어떠한 사실을 잊어버리기 십상이다. 에벌린 워는 미트포드에게 보낸 편지에 이렇게 썼다. "당신 글의 매력은 소녀들의 수다와 문학적 언어에 구별을 두지 않는다는 데 있어요." 미트포드가 문장가로서 그리 높은 평가를 받지 못했고, 그녀의 추종자들조차 미트포드의 작품을 주로 '길티 플레저'✿로 분류하는 이유는, 분명 그 가볍고 즉흥적인 수다가

✿ guilty pleasure. 죄책감을 동반하는 즐거움.

너무나 실감 나기 때문일 것이다.

지난 수십 년간 그녀의 문체는 대개 기록물로서 중요하게 평가되었다. 1930년대 영국의 부유한 상류층 자제들이 어떻게 대화했는지 보여주는 생생한 사례라든지, 더 좁게는 미트포드 집안의 말투를 충실히 옮겨놓았다고 찬사를 받는 식이었다. 다시 말해서, 문학이 아닌 기록물로 받아들여졌다. 그러나 미트포드의 명문장은 결코 특정 계급이나 시대, 혹은 귀족 자제들의 화법으로 축소될 수 없다. 이 소설에서 가장 예사로운 단락에도 계산이 있고, 기교가 있다. 무심해 보이는 문장과 허풍스러운 대화를 주의 깊게 살펴보면 대수 방정식만큼이나 치밀하다는 걸 알 수 있다. 구문 하나, 단어 하나만 건드려도 돌이킬 수 없는 결과를 초래하고 만다. 다음은 린다가 특유의 숨 가쁜 말투로 두 번째 남편이 될 사람을 패니에게 설명하는 부분이다. "음, 그이는 천국이야. 놀랍도록 진지한 사람이지. 알다시피 공산주의자고, 이제 나도 마찬가지야. 우린 종일 동지들에게 둘러싸여서 지내. 다들 훌륭한 헌즈✿고, 무정부주의자도 한 명 있어. 그런데 동

✿ 린다는 귀족 자제 혹은 존경할 만한 사람이라는 의미를 가진 '헌즈Hons' 비밀 모임을 조직한다.

지들은 무정부주의자를 싫어해. 이상하지 않니? 난 항상 그 두 가지를 같은 거로 생각했거든. 크리스천은 그 사람이 스페인 국왕에게 폭탄을 던졌다며 좋게 생각해. 정말 낭만적이지 않니? 그 사람 이름은 라몽인데, 종일 앉아서 오비에도의 광부들을 걱정해. 자기 형도 거기에 있거든."

접속사도 없이 어지럽게 문장을 나열하는 젊은 여성의 말투를 완벽하게 풍자하는 동시에, 새로운 사회적 관계에 대한 화자의 복합적인 태도를 아주 교묘하게 극화하고 있다. 린다는 크리스천을 사랑하고, 그가 사랑하는 것을 자신도 기꺼이 사랑하고 싶어 한다. 그러나 한편으로는 지나치게 진지한 동지들과 가망 없는 관계를 맺는 중에 무언가 부조리한 면을 감지한다. 진심에서 우러난 존경('놀랍도록 진지한 사람이지. … 다들 훌륭한 헌즈')과 은밀한 비웃음('크리스천은 그 사람이 스페인 국왕에게 폭탄을 던졌다며 좋게 생각해')에 사용된 어조의 차이는 아주 미묘하다. 미트포드의 캐릭터들은 가장 풍자적일 때 오히려 더 순진하게 구는 경향이 있기 때문이다. (또 다른 소설 『축복』에서 그녀는 영국 특유의 농담을 '천진난만함 속에 신랄함이 있다'고 개괄한다.) 침울한 라몽에 관한 설명과 마지막 구절인 '자기 형도 거기에 있거든'에 담긴 직관적인 난센스에 이르면, 린다가 미트포드식 '조롱'의 유혹에 넘어갔다는 게 뚜렷해진다. 공산주의자들의 진지함을 우스워하는 린다의 반응은 이 소설이 모든 심각한 대의와 중요한 역사적 전개에 대해 취하는 전형적인 태도이다. 이야기가 진행되는 과정에서 다양한 정치 철학이 등장하지만, 린다가 몽환적으로 영국의 구제도를 옹호할 때를 제외하고는 그 어떤 개념도 진지하게 다뤄지지 않는다. 두 번의 실패한 결혼(첫 번째는 나치에 동조하는 토리당원과, 두 번째는 크리스천과)이 린다에게 남긴 귀중한 교훈은, 이념적 스펙트럼의 양극단 중 어느 쪽에도 동일한 수준의 부조리와 지루함이 존재한다는 것이다. 린다의 강렬한 매력이 자취를 감추는 유일한 시점은 잠시지만 그녀가 정치를 진지하게 받아들이려 할 때이다. (그러나 이 실험은 다행히도 그녀가 체질적으로 '가난하고 슬프고 볼품없는 이들을 향한 보편적인 사랑'을 하는 게 불가능해서 결국 실패하고 만다.)

어떤 이들은 미트포드가 후안무치하게 커다란 이념에는 무관심하고 특권층의 성생활과 연애에만 집요하게 관심을 기울인다며, 이 작품을 비롯한 그녀의 소설들을 하찮은 것으로 치부한다. 『추운 기후에서의 사랑』에서 패니의 남편인 앨프레드는 그녀가 사소한 데만 몰두한다고 나무라며 수 세대에 걸친 미트포드 비판자들을 대변해 준다. "당신은 보편적인 주제가 아니라 사적인 일에만 흥미를 보여."

그렇지만 앨프레드와 그의 동료 비평가들은 '보편'의 범위를 너무 좁게 설정하는 경향이 있다. 오래전부터 작은 화폭과 수다스러운 줄거리를 이용해 광범위한 도덕적 주제를 다룬 훌륭한 여성 작가들은 얼마든지 존재했다. (제인 오스틴의 모든 고전은 오로지 상류층의 연애 생활에만 집중하며, 프랑스 혁명이나 노예 무역을 언급하려는 시도는 단 한 번도 없었다는 사실을 상기할 필요가 있다.)

그러나 미트포드를 이러한 전통에 억지로 끼워 넣는 것이 과연 작가 본인에게 도움이 될는지는 나로서도 확신이 서지 않는다. 그녀는 열과 성을 다해 모든 것을 조롱했고, 심각한 윤리를 받아들이는 데 과한 알레르기 반응을 보였다. 정치적 대의명분을 가볍게 여길뿐더러, 등장인물들을 진지하게 조명하는 그 어떤 직접적인 방식도 사용하지 않았다. 냉정하게 거리를 두고 주인공들을 관망하며 그들의 대외적 행위에만 초점을 맞추고, 개인의 감정 상태를 탐색하는 일은 거부했다. 이 소설의 주인공도 상당 부분 불분명한 상태로 남아 있어서, E. M. 포스터의 정의에 의하면 '입체적' 인물이라기보다 '평면적' 인물에 가깝다. 패니는 토니와 결혼하면 정말 끔찍할 것이며, 프랑스인과의 불륜은 정말 행복했을 거라고 다소 진부하고 가벼운 추측을 내놓는다. 그러나 독자가 린다의 심리를 파악할 만한 단서는 좀처럼 제시되지 않는다. 린다의 행동은 스스로 양심에 비추어 자제해야 할 필요가 있을 만큼 무모한 경우가 대부분인데도 말이다.

현대에 이르러서는 자신이 낳은 아기를 거부하는 여주인공을 대담하게 묘사하는 작가들도 많아졌지만, 그들은 이런 행위를 주로 심리학적으로 해석한다. 즉, 독자가 아이를 원치 않는 공포와 수치심을 느껴보게 하는 것이다. 미트포드는 그런 작업을 전혀 하지 않는다. 오히려 어린 모이라의 흉측한 모습을 비웃는 린다의 농담에 웃음을 터뜨리게 하며, 차라리 새엄마인 기분 나쁜 파란 머리의 픽시 타운센드와 함께 사는 것이 이 아이에게 훨씬 낫다는 사실을 받아들이라고 요구한다. (미트포드의 소설 속 아이들은 놀랄 만큼 강인하고 냉소적인 꼬마들이다.)

소설가 앤드루 오헤이건은 그러한 과시적인 잔혹성에 지

극한 혐오감을 느끼는 사람 중 하나이다. 그는 미트포드의 스타일을 '상류층 미학'의 전형으로 규정한다. 그것은 교묘한 유머를 구사하는 영국 산문의 한 유파이며, 그 중심에는 도덕적 진공이 자리하고 있다. "상류층 미학은 삶의 심오함을 한 줌의 색종이 조각처럼 바람에 흩날려 버리고 싶어 하는 사람들의 마음을 두드린다. 상류층 미학의 가장 큰 적은 노력이다. 그래서 귀족들은 중산층을 어리석다고 여긴다. 그 모든 노동과 그 모든 진지함을 추구하느니, 죽음을 비웃는 편이 훨씬 멋있어 보인다……. 골수 귀족들에게 삶에서의 노력과 연민은 부끄러운 일이고, 그런 책을 읽는 건 끔찍할 뿐이다."

미트포드의 경박함, 도덕적인 얼간이보다 죄인들을 노골적으로 선호하는 점, 사회의 부당함과 계급 불평등에 대한 고도로 양식화된 안주가 강력한 분노를 유발할 수 있다는 사실을 부정할 생각은 없다. 특히 우리 시대(대중 작가들도 직접적인 배려와 '포용성'을 중시해야 하는 시대)는 그녀의 신랄한 유머를 환영하기에 특히나 적합하지 않을 수 있다. 그렇다고 해도 나는 미트포드에 대한 오헤이건의 해석이 전적으로 옳다고는 보지 않는다. 그녀가 감정을 스스럼없이 드러내지 않는다고 해서 피도 눈물도 없는 인간이라고 성급하게 결론지어선 안 된다. 또한 그녀의 유머가 종종 까불거림에 가깝다고 해도 그것은 '삶의 심오함'을 등한시하는 것이 아니라, 감상에 빠지지 않은 채로 그 심오함에 엄밀히 대처하는 하나의 방식이라고 생각한다. 이 소설에 담긴 고통스러운 속삭임을 알아차리지 못하는 사람은 매우 둔한 독자라고 할 수 있다. 그것은 떠들썩함 속에 숨어 있는 쓸쓸함의 징후이다.

소설의 도입부는 래들릿 가족의 오래된 사진을 응시하며 명백히 애상적인 방식으로 시작된다. '그렇게 모두가 호박 속의 파리처럼 찰나의 순간에 갇혔지만, 카메라가 찰칵한 후로도 삶은 쉬지 않고 흘러갔다. 날이 가고, 달이 가고, 해가 바뀌고, 강산이 변하면서 아이들은 당시의 행복과 어린 시절의 예상에서 점점 더 멀어졌다.' 이어서 패니는 어린 래들릿 자매들의 흥겨운 활동으로 우리를 밀어 넣으며 신속히 이야기를 전개하지만, 여기서 느껴지는 소리 없는 비통함(삶의 고통과 실망과 덧없음에 대한 무거운 암시)은 소설 전반에 걸쳐 끊임없이 울려 퍼진다. 그 소리는 수많은 농담에도 불구하고 들리는 것이 아니라, 농담에 붙여놓은 일종의 경건한 부록이 아닌, 바로 그 농담의 심장부에서 공명하고 있다. 데이비와 린다, 패니가 앨콘리의 벽장에 모여 전간기 세대가 앞으로 수십 년간 어떤 비난을 받을지 재치 있게 예측하는 장면을 떠올려 보라. 이처럼 가벼운 대화가 오가는 가운데, 우리는 망원경의 초점이 바뀌듯 찬연하게 살아 숨쉬는 이들의 피부 아래 있는 해골을 엿보게 된다.

어떤 독자들은 미트포드가 전쟁의 비참함이나 죽음에 대한 분노, 잘못된 결혼으로 인한 슬픔 등을 좀 더 열정적으로, 폭넓게 기술해 주기를 바랄지도 모른다. 그러나 그녀의 짓궂은 문장을 그러한 경험에 대한 부정으로 읽어서는 안 된다. 그녀가 진지함이나 노력을 수치스러워한다고 보는 것도 그다지 정확하지 않다. 그러한 것을 광고하는 행위를 수치스러워하는 건 분명하지만, '아름다운 쇼윈도'를 유지하기 위한 노력은 상당히 높게 평가하고 있다. 린다의 연인인 파브리스는 '사교계 사람들'을 옹호하며 열변을 토하면서도, 목숨을 걸고 자신의 원칙들을 지키려 한다. 그런 원칙을 갖고 있기에, 점심 식사 자리에서 여성을 지루하게 만드는 건 꿈도 꾸지 않는다. 린다도 개인적인 슬픔이 많지만, 남 앞에서 그런 걸 불평하는 사람이 아니다.

이처럼 품격 있는 신중함이 (그럴 수 있는 용기가) 결국엔 미트포드의 여주인공을 구원한다. 우리가 린다에게 감탄해야 할 점은 아름다운 외모나 꽃다발 같은 매력이 아닌, 요란스러운 행각을 지속해 나가는 용기다. 앨프레드와의 결혼 생활에서 '인생의 폭풍과 난제로부터 나를 지켜줄 피난처'를 찾은 패니와 달리, 린다는 낭만적인 황무지에 기꺼이 남아 있기를 택한다. 잠시 지나가는 열정의 거센 바람에 흔들릴 때도(얼간이들과 사랑에 빠지고, 그런 와중에 자신도 종종 얼간이처럼 굴지만) 절대로 사과하거나 변명하지 않는 상식과 용기를 지녔다. "날 동정하진 말아줘." 프랑스에서 돌아온 린다는 아직 크리스천과 혼인 관계이면서 다른 남자의 아이를 밴 상태로 패니에게 이렇게 말한다. "난 지난 십일 개월간 순수하고 완벽한 행복을 누렸어. 평생을 살아도 그런 경험 한 번 못 하는 사람이 태반이잖아."

린다처럼 외로움과 불명예를 견디며 이따금 초월적인 쾌락의 향연을 즐기는 삶과 패니처럼 안정적이지만 구태의연한 결혼 생활에 만족하는 삶 중에 어느 쪽이 더 나은지는 이 소설이 던지는 중요한 질문 중 하나이다. 패니는 린다의 화려한 모험을 부러워하지만, 감정을 좇아 철저히 불투명한 삶에 겁 없이 뛰어들기에는 너무나 이성적이다. 패니는 친구가 그 모든 말썽 끝에 결국 '아무것도 내세울 게 없어질' 수 있다는 사실에 두려워한다. 소설의 결말부에 린다는 파브리스에게서 진정한 사랑을 찾았다고 주장할 때, 그것은 린다의 삶에도 어쨌든 의미가 있었으며 사랑을 추구한 그녀의 행보가 헛되지 않았다고 자기 자신을 다독이는 패니만의 방식으로 보인다. 패니의 어머니인 야생마는 (파브리스 같은 남자들의 습성을 손바닥 들여다보듯 알고 있기에) 회의적이다. 야생마의 부정적인 발언(소설의 마지막 문장)은 지극히 쓸쓸한 결말을 가리키는 듯하지만, 린다는 우리에게 한 걸음 더 나아간 가능성을 보여준다. 열정과 활기로 살아가는 삶은 설령 '내세울 것이 아무것도 없다' 하더라도 얼마든지 값지고 아름다울 수 있으며, 진정한 사랑을 찾아 나서는 일은 행복한 가정이라는 결실을 보든 그렇지 않든 고귀한 노력이라는 것이다.

조 헬러✿

✿ 조 헬러Zoë Heller는 세 편의 소설을 발표한 작가이며, 저서로는 『당신이 아는 모든 것Everything You Know』과 2003년 맨부커상 후보인 『스캔들 노트Notes on a Scandal』, 그리고 『빌리버The Believers』가 있다.

일러두기

· 이 책에는 당시 영국 사회에 만연했던 편견에 대한 표현과 묘사가 담겨 있습니다. 이러한 편견은 당시에도 옳지 않았고, 오늘날에도 여전히 옳지 않습니다. 이 점을 유의하며 읽어주시면 감사하겠습니다.

· 이 책에 나오는 인명, 지명을 비롯한 외래어는 국립국어원의 외래어표기법을 따랐으나, 몇몇의 경우 일상적으로 널리 쓰이는 용례를 참고하여 반영하였습니다.

· 본문에 나오는 고딕체는 모두 저자가 강조한 것입니다.

· 본문 하단에 있는 주는 모두 옮긴이의 것입니다.

· 원서에 있는 프랑스어는 가독성을 위해 필요한 부분에만 배치를 하였습니다.

· 책 제목은 겹낫표『 』로, 잡지의 경우는 겹화살괄호《 》를, 단편·시·논문·기사·장절 등의 제목은 홑화살괄호〈 〉로 표기하였습니다. 원서의 경우 국내에 나와 있지 않은 책에 대해서만 원어 병기를 하였음을 안내드립니다.

1

여기에 사진이 한 장 있다. 앨콘리 저택에서 세이디 이모와 여섯 아이가 티 테이블에 둘러앉아 있는 사진이다. 지금도 예전 그대로 홀에 놓여 있고 앞으로도 그러할 이 테이블 뒤로는 커다란 화목 벽난로가 보인다. 사진 속 난로 선반 위 잘 보이는 곳에 전투용 도구가 하나 걸려 있다. 매튜 이모부는 1915년에 이 야전삽으로 참호에서 기어 나오는 독일군 여덟 명을 차례로 내려친 바 있다. 핏자국과 머리카락이 그대로 눌러붙어 있는 이 삽은 어린 우리를 매혹시켰다. 언제나 아름다웠던 세이디 이모는 사진 속에서 얼굴이 유난히 둥글둥글하고, 머리는 유난히 부스스하며, 옷은 유난히 촌스러워 보인다. 하지만 이 사람이 이모 본인이라는 데는 의심의 여지가 없다. 그녀의 무릎 위에는 레이스의 향연 속에

로빈이 널브러져 있고, 이모는 로빈의 머리를 어찌할 줄 몰라 난감해하는 듯하다. 아이를 받아 들려고 대기 중인 유모의 존재가 보이지 않아도 느껴진다. 다른 아이들은 열한 살인 루이자부터 두 살배기 맷까지, 파티 드레스를 입거나 주름 달린 턱받이를 하고, 나이에 따라 손잡이가 있거나 없는 컵을 들고선 테이블에 둘러앉아 있다. 번쩍이는 플래시에 다들 하나같이 카메라를 응시한 눈을 부릅떴고, 입은 녹지 않는 버터라도 문 것처럼 동그랗게 오므렸다. 그렇게 모두가 호박 속의 파리처럼 찰나의 순간에 갇혔지만, 카메라가 찰칵한 후로도 삶은 쉬지 않고 흘러갔다. 날이 가고, 달이 가고, 해가 바뀌고, 강산이 변하면서 아이들은 당시의 행복과 어린 시절의 예상에서 점점 더 멀어졌다. 세이디 이모가 그들에게 품었을 기대와 그들 각자가 꿈꾸던 장래의 소망으로부터도. 오래된 가족사진보다 서글픈 건 없다고 나는 곧잘 생각한다.

어린 시절의 나에게는 앨콘리에서 크리스마스 연휴를 보내는 게 연례행사나 다름없었다. 특별한 일 없이 지나가 버린 해도 있지만, 대부분은 폭력적인 사건과 그곳만의 특징적인 색채로 인상에 뚜렷이 남아 있다. 가령 어느 해인가는 하인들의 처소에 불이 났고, 내가 개울에서 타고 가던 조랑말에 깔려 익사할 뻔한 적도 있다. (사실 이건 엄살이고, 말은 곧바로 끌어냈다. 나중에 듣자 하니 입에 거품이 물려 있었다고 한다.) 그런가 하면 린다는 열 살이 되던 해에 자살 소동을 일으켰다. 냄새가 고약했던 늙은 보더 테리어를 매튜 이모부가 안락사시키자, 자기도 그 뒤를 따르려 한 것이다. 린다는 주목나무 열매를 한 바구니 가득 따먹었지만, 유모가 발견하고 겨자 푼 물을 먹여 토하게 했다. 그로 인해 세이디 이모에게 '한 소리'를 듣고 매튜 이모부에게 귀싸대기를 맞은 다음 며칠간 침대에 누워 있던 그녀는 새끼 래브라도를 선물로 받았다. 보더 테리어에 쏟았던 애정은 대번에 이쪽으로 옮겨 갔다.

열두 살이 된 린다는 그보다 더 심한 소동을 일으켰다. 차를 마시러 놀러 온 이웃집 딸들에게 자기가 생각하는 삶의 진실을 가르쳐 준 것이다. 린다가 직접 보여준 '진실'이 어찌나 참담했던지, 그 아이들은 처참히 울부짖으며 앨콘리를 떠났다. 자신감은 영구히 손상되고, 장래에 건전하고 행복한 성생활을 영위할 가능성은 현저히 줄어든 채로. 이 일로 린다는 매튜 이모부에게 매질을 당하고 일주일간 혼자 위층에서 점심을 먹는 등 여러 가지 가혹한 처벌을 받았다. 매튜 이모부와 세이디 이모가 캐나다로 여행을 간 크리스마스는 특히나 기억에 생생하다. 래들릿 집안 아이들은 부모님이 탄 배가 승객들을 태운 채 침몰했다는 소식을 기대하며, 매일 아침 신문을 가지러 달려갔다. 그들은 의지가지없는 고아가 되어 작지만 유능한 자신들의 손으로 집안을 휘어잡고 싶어 했다. 스스로를 『케이티 이야기』의 케이티로 생각한 린다는 특히 더했다. 여객선은 빙산에 부딪히는 일 없이 대서양의 폭풍우를 이겨냈지만, 그동안 우리는 모든 규칙에서 벗어나 멋진 휴일을 보냈다.

그러나 내가 가장 생생하게 기억하는 크리스마스는 에밀리 이모가 약혼했던, 내가 열네 살이던 해의 크리스마스다. 에밀리 이모는 세이디 이모와 자매이며, 나를 갓난아기 때부터 키워주신 분이다. 이 자매의 막내인 나의 친엄마는 열아홉이라는 나이에 자식을 떠안기엔 스스로가 너무 아름답고 생기 넘친다고 생각했다. 그리하여 생후 일 개월인 나를 버려두고 나의 친아빠 곁을 떠났고, 그 후로도 걸핏하면 다른 남자와 사랑의 도피를 반복한 탓에 가족과 친구들에게 야생마라고 불리게 되었다. 아빠의 두 번째, 그리고 당시의 세 번째 부인, 이어진 네 번째, 다섯 번째 부인은 당연히 나를 양육할 의향이 없었다. 충동적인 나의 부모님은 어쩌다 한 번씩 로켓처럼 번갈아 나타나서는 나의 지평선에 진기한 광채를 드리웠다. 그런 두 사람이 어찌나 매혹적이었는지, 나는 그들의 불꽃 꼬리에라도 매달려 따라가고픈 마음이 간절했다.

하지만 내게 에밀리 이모가 있어서 다행이라는 것도 뼛속 깊이 알고 있었다. 철이 들면서 나는 더 이상 부모님을 우러러보지 않게 되었다. 그 차갑고 음침한 로켓 두 대는 각자 불시착한 자리에서 서서히 쇠락해 갔다. 엄마는 남프랑스에서 어느 부사관과, 아빠는 빚에 쫓겨 부동산을 처분한 후 바하마에서 늙은 루마니아 백작 부인과 함께 지냈다. 두 사람을 둘러싸고 있던 마력은 내가 성인이 되기 전부터 이미 거의 사라져 이윽고 아무것도 남지 않게 되었다. 유년기의 추억이라는 토대가 없는 만큼, 그들은 내게 여느 중년 남녀와 다를 바가 없었다. 에밀리 이모는 평생 화려하게 빛난 적이 없지만, 언제나 나의 엄마였고, 나는 그녀를 사랑했다.

그러나 내가 지금 기술하고 있는 이 시기의 나는, 상상력이 빈약한 아이들조차 자신이 원래는 인도 혈통의 공주나 잔다르크, 혹은 러시아의 여제가 될 사람인데 몰래 바꿔치기 된 게 틀림없다고 생각하는 나이였다. 나는 부모님을 갈구했고, 그들의 이름이 언급되면 괴로움과 자부심이 뒤엉킨 심정을 들키지 않으려고 일부러 바보 같은 표정을 지었다. 내게 두 사람은 심각하고 낭만적이며 치명적인 죄인들이었다.

당시에 린다와 나는 죄에 심취해서, 오스카 와일드를 위대한 영웅으로 삼고 있었다.

"그가 정확히 무슨 죄를 저지른 거야?"

"전에 아빠한테 물어봤다가 날벼락을 맞았잖아. 맙소사, 얼마나 무서웠다고. '내 집에서 한 번만 더 그 망나니 같은 이름을 입에 올렸다간 다리몽둥이를 분질러 버릴 줄 알아. 이 망할 것아, 알아들었어?' 이러시잖아. 그래서 엄마한테 물어봤더니 애매모호한 표정으로 이렇게 말하지 뭐야. '요 별난 녀석. 나도 정확히는 모르지만, 살인보다 더한, 틀림없이 끔찍하게 나쁜 짓일 거야. 그러니까 식사 시간에 그 이름을 꺼내면 안 돼, 착하지?"

"우리 힘으로 알아내야겠네."

"밥이 이튼에 들어가면 수소문해 보겠대."

"오, 잘됐다! 혹시 우리 엄마, 아빠보다 더한 사람일까?"

"설마 그럴 리가. 그렇게 악랄한 부모님을 두다니 넌 정말 운이 좋아."

바로 이 열네 살 크리스마스 때, 나는 환한 불빛에 어지러워하며 앨콘리의 홀 안에 들어섰다.

멀린퍼드역에서 차로 6마일을 달려 막 도착한 참이었다. 매년 이런 식이었다. 나는 늘 똑같은 기차를 타고 차 마시는 시간에 맞춰 당도했고, 그러면 세이디 이모와 아이들은 사진에서와 똑같이 야전삽 아래 테이블에 둘러앉아 있었다. 언제나 같은 테이블, 같은 다기가 사용되었다. 커다란 장미가 그려진 사기잔과 찻주전자, 스콘을 담아 작은 불꽃 위에서 가열하는 은접시. 물론 사람들은 미세하게 나이를 먹어서, 아기들은 어린이가 되고, 어린이들은 더 자랐으며, 빅토리아라는 두 살배기가 새롭게 더해졌다. 초콜릿 비스킷을 손에 쥐고 아장거리는 빅토리아의 얼굴은 초콜릿 범벅이 되어 차마 못 봐줄 꼴이었지만, 끈적이는 가면 너머로 형형히 빛나는 푸른 눈동자가 래들릿 가문의 아이라는 걸 증명하고 있었다.

내가 들어서자, 여러 개의 의자가 바닥을 긁는 어마어마한 소음이 일어나며 래들릿 가 아이들이 내게 우르르 달려들었다. 한 무리의 사냥개들이 여우 한 마리를 두고 덤벼드는 것처럼 맹렬한 기세였다. 린다만은 예외였다. 누구보다 나를 반기면서도 한사코 그런 내색을 감추고 있었다. 소란이 잦아들고, 내가 스콘과 찻잔이 놓인 나의 지정석에 앉자 린다는 그제야 입을 열었다.

"브렌다는 어디 있어?" 브렌다는 나의 애완용 흰쥐였다.

"등에 병이 나서 죽어버렸어." 내가 대답했다. 세이디 이모가 불안한 듯 린다를 힐끗거렸다.

"네가 올라타기라도 했니?" 루이자가 농담을 던졌다. 최근에 프랑스인 가정교사와 수업을 시작한 맷은 그녀의 고음을 흉내 내며 프랑스어로 말했다. "흔한 요로 감염이었어."

"오, 저런." 세이디 이모가 숨죽여 탄식했다.

린다의 접시 위로 닭똥 같은 눈물이 쏟아져 내렸다. 그 애만큼 자주, 심하게 우는 사람도 또 없었다. 슬픈 일이 생기면, 특히 동물과 관련된 일이면 무조건 눈물샘이 터졌고, 일단 시작되면 울음을 멈추게 하는 일이 여간 힘들지 않았다. 린다는 섬세하고 매우 예민한 아이라서, 자녀들의 건강 문제를 수수방관하는 세이디 이모조차 린다가 밤새 우느라 잠을 못 이루고 식사를 못 해서 몸이 상해간다는 걸 눈치챌 정도였다. 다른 아이들, 특히 장난기가 심한 루이자와 밥은 끝장을 볼 때까지 린다를 놀리다가 결국은 울려서 주기적으로 벌을 받았다. 린다가 간간이 읽고서 실의에 빠지곤 하는 『블랙 뷰티』, 『오드 밥Owd Bob』, 『붉은사슴 이야기The Story of a Red Deer』,✿ 그리고 어니스트 톰프슨 시턴✿✿의 저서는 놀이방에서 금서 목록에 올라 있었다. 그런 책들은 멀리 숨겨 놓아야지, 자칫 바닥에 방치했다가는 린다가 자기 학대라는 무간지옥에 빠져들지 않는다는 보장이 없었다.

약아빠진 루이자는 일단 읊었다 하면 어김없이 린다를 오열하게 하는 시를 지어냈다.

집 없는 꼬마 성냥, 하늘을 지붕 삼아,
신음도 내지 않고, 홀로 누웠네, 집 없는 꼬마 성냥.

세이디 이모가 주변에 없으면 아이들은 음울한 곡조로 이 시를 합창했다. 린다의 기분에 따라, 때로는 그저 성냥갑에

✿ 각각 말과 개, 사슴이 등장하는 소설.

✿✿ 동물의 생태를 관찰하여 수많은 동물기를 쓴 미국의 작가.

시선을 던지는 것만으로도 그 가여운 아이를 달래줄 수 있었다. 그러나 자신감에 차서 삶에 유연하게 대처할 수 있을 때 이러한 장난을 마주하면, 그녀는 뱃속 깊이서 우러나오는 너털웃음을 터뜨렸다. 린다는 단순히 내가 제일 좋아하는 사촌을 넘어서, 당시는 물론이고 그 후로도 오랫동안 내가 가장 좋아하는 사람이었다. 나는 사촌들을 모두 사랑했지만, 린다는 정신과 신체 양면에서 래들릿 가문의 정수만을 뽑아 놓은 아이였다. 그녀의 반듯한 이목구비, 갈색 생머리와 커다랗고 푸른 눈동자는 다른 사촌들의 얼굴에서 변주되는 테마와도 같았다. 다들 용모가 빼어났지만, 린다는 그 중에서도 압도적이었다. 린다는 뭘 하든 격정적이었다. 심지어 웃을 때도 그랬다. 그녀는 굉장히 많이 웃었는데, 언제나 자기 의지에 반해서 웃는 것처럼 보였다. 그 오만상을 찌푸린 얼굴은 나폴레옹의 유년 시절 초상화를 떠올리게 했다.

린다는 브렌다의 일을 나보다 확연히 더 가슴 아파했다. 솔직히 나와 그 쥐의 밀월 시기는 이미 오래전에 끝난 상태였다. 우리는 권태기의 부부처럼 따분한 관계로 전락해 있었고, 브렌다의 등에 징그러운 물집이 맺힌 후로는 그나마 예의를 지키며 자비심을 베푸는 게 내가 할 수 있는 전부였다. 어느 날 아침 우리 안에 차갑게 굳어 있는 사체를 발견하고 충격을 받긴 했지만, 브렌다의 고통이 끝났다는 사실에 나는 여간 안도한 게 아니었다.

"어디다 묻어줬어?" 린다는 접시에 시선을 고정한 채, 격하게 구시렁거렸다.

"개똥지빠귀 옆에. 자그마한 십자가를 세우고, 관 안에는 분홍색 양단을 깔아줬어."

"린다, 얘야. 패니도 차를 다 마신 것 같은데, 네 두꺼비를 소개해 주는 게 어떻겠니?"

세이디 이모가 말했다.

"걔는 위층에서 자고 있어요." 린다가 대꾸했다. 덩달아 울음도 그쳤다.

"그럼 따끈한 토스트라도 먹을래?"

"젠틀맨즈 렐리시[✿] 발라 먹어도 돼요?" 이모의 현재 상태를 이용하려고 린다가 부리나케 물었다. 젠틀맨즈 렐리시는 매튜 이모부가 아이들은 먹어서 좋을 게 없다며 혼자서만 즐기는 음식이었다. 다른 형제들은 대놓고 의미심장한 눈빛

✿ Gentleman's Relish. 영국산 앤초비 소스 상표.

을 주고받았다. 그들이 의도한 대로 이 눈빛을 알아챈 린다는 대성통곡하며 위층으로 뛰어 올라갔다.

"너희들 린다 좀 그만 놀려라. 내 소원이다." 늘 인자한 세이디 이모가 짜증을 내며 린다를 뒤쫓았다.

계단은 홀 밖으로 이어져 있었다. 세이디 이모가 듣지 못할 만큼 멀어지자 루이자가 말했다. "세상 소원이 다 이루어지면, 거지들도 말을 타고 다니겠지. 패니, 내일 아이 사냥이 있어."

"응, 조시한테 들었어. 같이 차를 타고 왔거든. 동물병원에 들렀다나 봐."

매튜 이모부는 자신이 키우는 네 마리의 훌륭한 블러드하운드를 풀어 아이들을 뒤쫓았다. 먼저 두 아이가 선두에서 길을 내며 달리면, 매튜 이모부와 나머지 아이들은 말을 타고 사냥개들의 뒤를 따랐다. 정말 재미있었다. 한번은 이모부가 우리 집에 놀러 왔다가 셴리 광장에서 나와 린다를 추격한 적도 있었다. 교회 가는 길에 이 광경을 본 켄트주의 주말 여행객들은 질겁을 했다. 커다란 사냥개 네 마리가 으르렁대며 어린 여자애 둘을 쫓았으니 말이다. 그로 인해 동네 전체에 어마어마한 소란이 일어났다. 그들이 보기에 이모부는 전설 속의 잔인한 영주였다. 내게는 자기네 애들과 놀기엔 너무 광기 어리고, 불량하고, 위험한 아이라는 인상이 여느 때보다 짙게 드리워졌다.

그해 크리스마스 연휴 첫날에 행해진 아이 사냥은 대단히 성공적이었다. 산토끼 역할로 선정된 건 나와 루이자였다. 아침을 먹자마자 집을 나선 우리는 아름답고 황량한 코츠월드 고지를 가로질렀다. 붉은 공만 한 태양은 아직 지평선을 채 넘어오지 못했고, 자줏빛과 분홍빛이 녹아든 푸르스름한 하늘엔 검푸른 나무 그림자가 새겨져 있었다. 우리가 비틀거리며 새 힘이 솟아나길 바라는 동안 해가 떠올랐다. 햇빛이 퍼지자 성탄절이라기보다 늦가을에 가까운 아름다운 새날이 밝아 왔다.

우리가 양 떼 사이를 지르며 가까스로 사냥개들의 속도를 늦췄을 때, 매튜 이모부가 곧바로 다시 냄새를 맡게 하여 개들을 재촉했다. 두 시간가량 줄기차게 도망 다닌 우리는 집까지 겨우 반 마일을 남기고 포위됐다. 사납게 짖어대며 침을 흘려댄 녀석들은 각자 고깃덩어리와 아이들의 포옹을 상으로 얻었다. 매튜 이모부는 희희낙락하며 말에서 내리더니 흔쾌히 우리와 수다를 떨며 집까지 걸어갔다. 평소와는 확연히 다른 모습으로, 심지어 나한테까지 친근하게 굴었다.

"브렌다가 죽었다며? 그리 아쉬워할 것 없다. 고약한 냄새나 풀풀 풍기는 생쥐였으니까. 그 녀석의 우리를 난방기에 너무 가까이 둔 모양이구나. 그러면 건강에 안 좋다고 내가 누누이 말했건만. 아니면 늙어서 죽은 거냐?"

매튜 이모부는 본인이 마음만 먹으면 엄청난 매력을 발산했다. 그러나 당시에 나는 이모부를 극도로 두려워했고, 그런 감정을 들키는 실수를 범했다.

"겨울잠쥐를 키워봐라, 패니. 아니면 좀 더 큰 쥐라든가. 흰쥐보다 훨씬 재미있을걸. 솔직히 브렌다는 내 평생 본 중에 제일 형편없는 쥐였어."

"따분한 애였죠." 나는 이모부의 비위를 맞추었다.

"성탄절 지나고 런던에 다녀오는 길에 겨울잠쥐를 한 마리 사다주마. 일전에 아미 앤 네이비Army & Navy 상점에서 봐둔 게 있거든."

"오, 아빠, 그건 너무 불공평해요." 조랑말을 끌고 우리 옆에서 걷던 린다가 말했다. "제가 오래전부터 겨울잠쥐를 갖고 싶어 한 걸 아시잖아요."

'그건 불공평해요'라는 말은 어린 시절 래들릿 형제들의 입버릇 같은 거였다. 대가족의 틈바구니에서 자라면, 인생이 근본적으로 불공평하다는 사실을 일찍부터 배우게 된다는 장점이 있다. 그 집에서는 대체로 모든 일이 매튜 이모부가 총애하는 린다의 뜻대로 굴러갔다.

하지만 이날 이모부는 린다에게 화가 나 있었다. 내게 이토록 다정하게 굴고 쥐에 관해 정답게 이야기하는 것도 그저 자기 딸을 놀리기 위한 계략이라는 걸 나는 단박에 알아보았다.

"댁은 애완동물이 넘쳐나시잖아요, 아가씨." 그가 날카롭게 말했다. "이미 있는 놈들도 관리를 못 하면서. 그리고 내가 한 말 잊지 마. 집에 돌아가는 즉시 네 개는 바로 개집에 넣고 집 안에 못 들어오게 하는 거야."

린다는 오만상을 찌푸리며 눈물을 쏟더니, 조랑말에 올라타 발로 구보 신호를 주고는 집까지 천천히 나아갔다. 그녀의 애완견 래비가 아침 식사 후에 매튜 이모부의 업무실에서 구토를 한 모양이었다. 개들이 집을 더럽히는 꼴을 못 보는 매튜 이모부는 노발대발했고, 그러고도 화가 안 풀려서 다시는 래비를 집 안에 들이지 말라는 엄명을 내렸다. 이유와 동물만 바꿔가며 노상 벌어지는 일이었다. 게다가 매튜 이모부의 금지령은 늘 말만 요란해서, 웬만해선 하루이틀을 넘기지 못하고 그의 말마따나 '쐐기의 날이 끼어들'곤 했다.

"장갑만 가지고 나올 건데, 잠깐 데리고 들어가면 안 돼요?"

"너무 지쳐서 마구간까지 갈 힘도 없어요. 차 마시는 동안만 여기에 놔둘게요."

"아, 알았어. 또 쐐기의 날을 꽂는구나. 좋아, 이번에는 봐주마. 하지만 한 번만 더 집 안을 어지럽히거나, 네 침대에서 재우는 게 발각되거나, 비싼 가구를 갉아 먹으면(이상이 추방에 이르는 범죄 목록이었다) 그땐 녀석을 아주 작살내 버릴 거야. 경고했으니 나중에 딴소리하지 마."

이러한 추방령이 내려질 때면, 유배자의 주인은 사랑하는 동물이 차갑고 음산한 개집에 유폐되어 홀로 삶을 비관하고 있는 모습을 떠올렸다.

"제가 매일 세 시간씩 산책을 시켜주고, 한 시간씩 찾아가 말을 걸어준다 해도, 래비는 스무 시간이나 혼자 할 일도 없이 쓸쓸히 보내야 해요. 아, 개들은 왜 글을 못 읽는 걸까요?"

뒤에서 또 언급하겠지만, 래들릿 형제들은 애완동물을 상당히 의인화하여 바라보는 경향이 있었다.

하지만 이날 매튜 이모부는 기분이 썩 좋았기에, 마구간을 나서며 래비의 개집 앞에 앉아 울고 있는 린다에게 이렇게 말했다.

"그 불쌍한 짐승을 온종일 그 안에 처박아 둘 거냐?"

언제 울었냐는 듯이 뚝 그친 린다는 발치에 래비를 달고 집 안으로 뛰어 들어갔다. 래들릿 가 아이들은 언제나 행복의 정점에 서지 않으면 절망의 구렁텅이에 빠졌다. 감정도 평범한 수준에 머무르지 않아서, 사랑하지 않으면 혐오했고, 깔깔대지 않으면 울부짖는 등 극과 극의 세계에 살았다. 매튜 이모부와 산다는 건, '톰 티들러의 땅' 게임✿을 쉴 새 없이 반복하는 것이나 마찬가지였다. 아이들은 담력이 허용하는 한, 때로는 상당히 멀리까지 나아갔다. 하지만 때로는 이모부가 별다른 이유도 없이, 그들이 선을 넘으려는 찰나에 덥석 잡아채 갔다. 가난한 집 아이들이었다면 이처럼 과격하고 난폭하고 포악한 부친에게서 분리되어 인가된 시설에 맡겨졌을지도 모른다. 아니면 이모부가 아이들에게서 분리되어 자녀 교육을 방임한 죄로 감옥에 보내졌을 가능성도

✿ 일종의 땅따먹기.

있다. 그러나 대자연은 자기만의 방식으로 그들을 가르쳤고, 누가 봐도 매튜 이모부를 똑 닮은 래들릿 형제들에겐 나처럼 평범한 아이들은 기겁하고 나자빠질 폭풍우도 여유롭게 헤쳐 나갈 힘이 있었다.

2

매튜 이모부가 나를 싫어한다는 건 앨콘리에서 공공연한 사실이었다. 이 폭력적이고 자유분방한 남자는 자기 자식들과 마찬가지로 중간이 없어서 좋고 싫고가 분명했는데, 웬만하면 다 싫어했다. 이모부가 나를 싫어하는 건 우리 아버지를 싫어했기 때문이었다. 두 사람은 이튼 시절에 적수였다고 한다. 그 일이 분명해졌을 때, 그러니까 우리 부모님이 나를 남에게 떠맡길 게 분명해졌을 때, 즉 내가 잉태됐을 때부터 세이디 이모는 나를 린다와 함께 키우려고 했다. 우린 나이도 같으니 합리적인 계획이라 할 수 있었다. 그러나 이모부가 딱 잘라 반대했다. 그의 말에 따르면, 우리 아빠가 싫으니 나도 꼴보기 싫었고, 무엇보다 자기는 어린애라면 질색인데 안타깝게도 자기 집에는 이미 둘이나 있었다. (얼마 안 가 일곱 명으로 불어나리라고는 예상 못 했던 것으로 보인다. 실제로 이모와 이모부는 어떻게 집 안이 항상 요람으로 북적이는지 놀라워했고, 그 안에 누워 있는 인간들의 미래에 관해서도 특별한 방침이 없는 듯했다.) 그리하여 한때 괴물처럼 잔인한 사내에게 희롱당해 상심한 탓에 평생 결혼하지 않기로 작정한 우리 착한 에밀리 이모가 나를 맡아 기르는 걸 필생의 업으로 삼게 되었다. 나는 그 일로 이모에게 무척 감사하고 있다. 이모는 여성 교육의 강력한 지지자로, 내게 제대로 된 교육을 받게 해주려고 엄청난 고통을 감수했다. 통학이 가능한 좋은 학교 근처에 살려고 일부러 셴리로 이사를 할 정도였다. 래들릿 가의 딸들은 실질적으로 아무런 수업도 받지 않았다. 교육이라고 해봤자 루실이라는 프랑스인 가정교사에게 읽고 쓰는 법을 배우고, 차디찬 무도실에서 매일 한 시간씩 줄곧 시계만 보며 〈즐거운 농부〉 같은 곡에 맞춰 쿵쿵거리는 '훈련'을 하고, 사냥이 없는 날엔 루실과 프랑스식 산책을 다녀오는 게 고작이었다. 매튜 이모부는 똑똑한 여자들을 혐오했지만, 교양 있는 숙녀라면 승마는 물론이고 프랑스어와 피아노 연주는 할 줄 알아야 한다고 생각했다. 어린 나는 속박과 굴레가 없고 수

학과 과학으로부터 자유로운 그들을 부러워하면서도, 그들처럼 무지하지 않게 성장하고 있다는 데서 오만한 만족감을 느꼈다.

에밀리 이모는 나와 함께 앨콘리에 방문하는 일이 거의 없었다. 어쩌면 나 혼자 놀러 가는 편이 더 재미있으리라 생각했는지도 모르겠다. 휴가지에서 어린 시절의 친구들과 크리스마스를 보내며 중년의 책임감에서 잠시 떨어져 있는 게 이모한테도 기분 전환이 되는 건 틀림없었다. 당시 에밀리 이모는 마흔 살이었는데, 우리 조카들은 이미 오래전부터 그녀를 세상과 육신과 악마에 유혹당하지 않는 인간으로 여겼다. 그런데 그해에 이모는 연휴가 시작되기도 전에 셴리를 떠나면서, 1월에 앨콘리에서 만나자고 내게 말했던 것이다.

아이 사냥을 다녀온 날 오후, 린다는 '헌즈'✿ 모임을 소집했다. 헌즈는 래들릿 가의 비밀 조직으로, 헌즈의 동지가 아닌 사람은 무조건 반-헌즈였고, '끔찍한 반-헌즈들에게 죽음을'이 그들의 슬로건이었다. 나도 그들처럼 귀족 아버지를

✿ Hons. 귀족 자제 혹은 존경할 만한 사람이라는 뜻.

둔 헌즈의 일원이었다.

하지만 그밖에 명예 헌즈들도 많았다. 헌즈가 되기 위해 꼭 귀족의 자녀로 태어날 필요는 없었다. '친절한 마음은 왕관보다 귀하고, 순전한 믿음은 노르만족의 피보다 값지다.' 영악한 속물이었던 우리가 당시에 이 말을 얼마나 진실로 믿었는지는 의문이지만, 전반적으로는 그러한 생각에 동의하고 있었다. 명예 헌즈의 수장은 우리 모두 무척이나 좋아했던 마구간지기 조시였는데, 노르만족의 피를 항아리째 준다 해도 바꿀 수 없는 사람이었다. 반-헌즈를 대표하는 건 사냥터지기인 크레이븐으로, 우리는 그를 상대로 부지런히 사투를 벌였다. 몰래 숲에 잠입해 그의 철제 덫을 훔치고, 그가 새장에 가둬 물도 먹이도 주지 않고 매사냥의 미끼로 쓰던 되새들을 풀어주었으며, 식품 저장실에 보관된 희생자들에게 온당한 장례를 치러주었다. 또한 크레이븐이 꼼꼼하게 막아놓은 여우굴을 사냥 전에 다시 파헤쳐 놓기도 했다.

가여운 헌즈 구성원들은 시골의 잔혹성에 번민했지만, 나는 앨콘리에서 연휴를 보낼 때마다 내 안에서 순수한 야만성을 발견했다. 에밀리 이모의 작은 집은 소도시에 있었다. 붉은 벽돌과 하얀 패널로 지은 퀸 앤 양식의 가옥으로, 목련

나무가 한 그루 있어 싱그럽고 달콤한 향이 감돌았다. 그 집과 시골 사이에는 깔끔하고 아담한 정원과 철제 울타리, 마을의 녹지대, 그리고 하나의 마을이 가로놓여 있었다. 그 너머에 있는 시골도 글로스터셔와는 사뭇 달랐다. 그곳은 거세되고, 손이 타고, 지나치게 단장되어 차라리 교외의 정원에 가까웠다.

반면에 앨콘리는 저택의 꼭대기까지 수도들이 무자비하게 뻗어 있었다. 거기서는 족제비에 몰려 뱅뱅 도는 토끼의 비명이나 수여우의 괴상하고 기분 나쁜 울음에 단잠을 깨기 일쑤였다. 암여우가 암탉을 산 채로 물고 가는 모습이 침실 창을 통해 목격되기도 했다. 밤에는 꿩이 홰를 치거나 올빼미가 각성하는 야생의 원시적인 소리가 허공을 가득 메웠다. 겨울에 눈이 쌓이면 도처에서 짐승의 흔적이 눈에 띄었다. 그걸 따라가 보면 피 웅덩이와 털이나 깃털 뭉치같이 포식자들의 성공적인 사냥을 입증하는 증거물이 나타났다.

저택의 반대편에는 엎어지면 코 닿을 거리에 앨콘리 소유의 농장이 있었다. 거기서는 훤히 보이는 데서 태연히 돼지와 가금류를 도살하고, 양을 거세하는가 하면, 소에 낙인을 찍었다. 자상한 노인인 조시마저도 사냥철이 끝난 후에는 시뻘건 인두로 아끼는 말을 지지는 걸 아무렇지 않게 여겼다.

"한 번에 두 다리씩만 해요." 그는 마치 자신이 말이 되어 스스로의 털을 손질하는 것처럼 잇새로 쉭쉭 소리를 내며 말했다. "아니면 너무 아파서 참지를 못하거든요."

린다와 나는 고통에 취약해서, 동물들이 힘들게 살다가 죽을 때까지 고통스럽게 가는 걸 참을 수가 없었다. (지금도 나는 그런 걸 꽤 거북해하지만, 그 시절 앨콘리에서 우리 모두는 그런 일에 절대적으로 집착했다.)

헌즈의 박애주의적 활동은 금지되어 있었고, 위반하면 매튜 이모부에게 벌을 받았다. 이모부는 하인 중에 크레이븐을 가장 아껴서, 언제나 전적으로 그의 편을 들었다. 앨콘리에서는 꿩이나 메추라기를 어김없이 가공 처리했고, 해로운 짐승은 철저히 박멸했는데, 그중 여우에게는 한층 더 자극적인 죽음이 준비되어 있었다. 헌즈들은 수시로 매를 맞았고, 툭하면 용돈이 끊겼다. 취침 시간이 당겨지거나 훈련 시간이 늘어나기도 했다. 숱한 방해와 낙담에도 불구하고 그들은 용감하게 이러한 활동을 지속해 나갔다. 철제 덫으로 가득 채워진 커다란 상자들이 아미 앤 네이비 상점에서 정기적으로 배송되어 오면, 크레이븐은 그걸 다음에 필요해질 때까지 숲 중심에 있는 자신의 오두막 주위에 쌓아 놓았다. (그의 작업장은 허름한 객차 한 량을 떼어온 것으로, 어울리지도 않게 작고 아름다운 숲속 공터의 앵초와 블랙베리 덤불 사이에 자리하고 있었다.) 물론 수백 개나 되는 덫 중에 생명과 재산의 위험을 무릅쓰고 겨우 서너 개를 감추는 일이 무의미하게 느껴지기도 했다. 때로는 그런 덫에 걸려 신음하고 있는 동물들을 발견하기도 했다. 가까이 다가가 풀어주려면 남은 용기를 모조리 쥐어 짜야 했다. 갈기갈기 찢긴 다리를 달랑거리며 세 다리로 도망치는 모습은 공포 그 자체였다. 그 길로 굴속에 돌아가 봤자 패혈증으로 죽게 되리라는 걸 우리도 알고 있었다. 매튜 이모부는 이 사실을 거듭 강조하며, 연장된 고난에 관한 고통스러운 세부 묘사를 아끼지 않았다. 그러나 차라리 그편이 자비롭다는 걸 알면서도, 우리는 우리 손으로 동물을 죽일 수 없었다. 그건 너무 무리한 요구였다. 비슷한 일만 목격해도 우리는 십중팔구 멀리 달아나 속을 게워 냈다.

헌즈의 회합 장소는 낡은 이불을 보관하는 꼭대기 층의 벽장으로, 좁고 어둡고 어마어마하게 더웠다. 시골 저택이 대개 그렇듯, 앨콘리도 중앙난방 장치가 처음 개발됐을 때

거금을 들여 설치했지만, 이제는 원체 고물이 되어 있었다. 대서양을 횡단하는 여객선에 써도 될 만큼 거대한 보일러에 매일 몇 톤씩 코크스✿를 퍼붓는데도 각 거실의 온도에는 아무런 변화가 없었다. 대신 모든 열기가 헌즈의 벽장으로 모여드는지 그 안은 항시 후덥지근했다. 우리는 널빤지로 된 선반에 웅크리고 앉아 삶과 죽음에 관해 몇 시간씩 떠들었다.

앞선 해의 크리스마스 연휴에 우리는 너무 늦게서야 눈을 뜨게 된, 출산이라는 매력적인 주제에 빠져들었다. 그전까지는 어머니의 배가 아홉 달간 점점 커지다가 잘 익은 호박처럼 물러터지면 아기가 펑 튀어나오는 줄만 알았다. 실제 과정을 알게 된 우리는 오히려 김이 빠져버렸다. 하지만 린다가 어느 소설책에서 본 분만 장면을 살벌한 말투로 낭독해 분위기를 급변시켰다.

"그녀가 거친 숨을 헐떡이며 (그리고 이마 위로 땀을 폭포수처럼 흘리며) 고문당하는 짐승과 같이 울부짖는 소리가 공기를 갈랐다. 고통에 일그러진 이 얼굴이 정녕 내 사랑하

✿ 석탄을 가공해 고탄소화한 연료.

는 로나의 것이란 말인가. 이 고문실이 우리의 침실이고, 이 고문대가 우리 부부의 침대란 말인가. '선생님, 의사 선생님. 어떻게든 좀 해주세요.' 나는 이렇게 부르짖으며 밤의 어둠 속으로 뛰쳐나갔다." 이야기는 계속해서 이어졌다.

이걸 들은 우리는 언젠가 자신도 그토록 처절한 고통을 겪어야 한다는 생각에 다소 불안해졌다. 일곱 번째 아이를 낳은 지 얼마 안 된 세이디 이모에게 물어봤지만, 도무지 안심이 되지 않는 말뿐이었다.

"그렇지." 이모는 애매모호하게 말했다. "세상에서 제일 무시무시한 고통이지. 그런데 우스운 건, 지나고 나면 까먹는다는 거야. 매번 통증이 다시 시작돼서야 '아, 이제 기억났어. 그만, 멈춰'라고 외치고 싶어진다니까. 물론 그때는 이미 아홉 달이나 지나서 그만둘 수도 없는데 말이야."

그러자 린다가 암소들이 너무 가엾다며 울음을 터뜨리는 바람에 대화는 거기서 중단되었다.

세이디 이모와 성에 관한 이야기를 나누는 건 쉽지 않았다. 언제나 무언가가 대화를 가로막는 기분이었다. 그나마 아기에 관한 대화가 제일 근접한 거였다. 그러다 어느 시점이 되자, 세이디 이모와 에밀리 이모는 우리를 교육시켜야 한다는 걸 깨달았다. 하지만 아마도 직접 가르치기는 무안해서인지 그 주제를 다룬 현대적인 교본을 건네주었다.

우리는 외설적인 개념을 제법 습득하게 되었다.

하루는 린다가 비웃듯이 말했다. "재시는 딱하게도 성욕에 사로잡혀 버렸어."

"성욕에 사로잡혔다고?" 재시가 소리쳤다. "린다 언니보다 더 심하게 사로잡힌 사람은 없을걸. 그림만 보고 있어도 피그말리온 취급을 하는 법이 어디 있어?"

급기야 우리는 『오리와 오리의 번식』이라는 책에서 더 많은 정보를 얻게 되었다.

한참을 열독한 후에 린다는 이렇게 말했다. "오리들은 흐르는 물속에서만 교미한대. 부디 별일 없어야 할 텐데."

그해 크리스마스이브에 루이자와 재시, 밥, 맷, 그리고 나는 린다의 공지 사항을 들으러 헌즈의 회합 장소에 모였다.

"자궁으로 돌아갈 차례인가?" 재시가 말했다.

"가엾은 세이디 이모." 내가 대꾸했다. "너희가 전부 다시 배 속으로 들어가겠다고 하면 기절초풍하실 텐데."

"그건 모르는 일이야. 토끼도 자기 새끼를 먹어 치우잖아. 그것도 그저 강박증이라고 누가 토끼들한테 가르쳐 줘야 할 텐데.”

“그걸 토끼들한테 어떻게 설명하려고? 동물들은 그래서 문제야. 얘기를 해줘도 못 알아듣잖아. 불쌍한 천사들. 그리고 우리 엄마야말로 자궁으로 돌아가고 싶어 하는 사람이야. 어두운 데 들어가 있는 걸 좋아하잖아. 다른 사람은? 패니, 너는 어때?”

“나는 별로 돌아가고 싶지 않아. 날 낳아준 사람을 생각하면, 그 안에서 편하지 않았을 게 틀림없으니까. 내 뒤로는 다들 일찌감치 쫓겨났고.”

“낙태?” 린다가 솔깃해서 물었다.

“뭐, 높은 데서 떨어지고, 뜨거운 물로 목욕하고, 그런 거지.”

“넌 그걸 어떻게 알아?”

“아주 어릴 때 에밀리 이모랑 세이디 이모가 말하는 걸 들었는데, 나중에 기억이 나더라고. 세이디 이모가 ‘걘 도대체 어떻게 조절하는 거야?’라고 물으니까, 에밀리 이모가 그랬어. ‘스키나 사냥, 아니면 부엌 식탁에서 냅다 뛰어내리는 거지.’”

“그렇게 악랄한 부모를 두다니 넌 정말 운이 좋아.”

이건 래들릿 가에서 무한히 반복되는 감탄사였다. 그들의 눈에는 악랄한 부모를 둔 게 나의 가장 흥미로운 점이었다. 다른 면에서는 따분하기 그지없는 아이였으니까.

린다가 어른들처럼 목을 가다듬으며 말했다. “내가 오늘 헌즈 모임에서 전달할 소식은 구성원 대부분이 전반적으로 관심을 가질 만한 일이며, 특히 패니와 관련이 있어. 뭔지 맞춰보라고는 안 할게. 차 마실 시간이 거의 다 된 데다, 절대로 못 맞출 테니까. 그냥 바로 발표할게. 에밀리 이모가 약혼했어.”

모두가 동시에 헉 소리를 냈다.

“린다, 네가 지어낸 얘기지?” 내가 따지고 들었다. 하지만 린다가 그랬을 리 없다는 걸 알고 있었다.

린다는 주머니에서 종이를 한 장 꺼냈다. 반쪽짜리 편지지였는데, 어떤 서신의 끝부분이 확실했다. 에밀리 이모의 어린애 같은 글씨가 종이를 가득 채우고 있었다. 린다가 편지를 읽는 동안, 나는 어깨 너머로 편지를 들여다보았다.

… 애들한테는 우리가 약혼했다는 걸 비밀로 해줘.

일단 지금은 그럴까 하는데, 어떻게 생각해? 하지만 그랬다가 패니가 그 사람을 싫어하게 되면 어쩌지. 물론 그럴 리 없다고 생각하지만 애들은 종잡을 수가 없으니까. 괜히 더 큰 충격을 주는 건 아닐까? 오, 세이디, 난 못 정하겠어. 어느 쪽이든 언니가 최선이라고 생각하는 대로 해줘. 우린 목요일에 도착할 거야. 수요일 저녁에 전화할 테니까 그때 가서 상황을 보자.

사랑을 담아, 에밀리.

벽장 안은 야단법석이 되었다.

3

“하지만 왜?” 나는 백 번째 똑같은 질문을 던졌다.

나와 린다, 루이자는 루이자의 침대에 끼어 앉고, 밥은 그 발치에 걸터앉아 소곤소곤 의견을 나누었다. 한밤중에 떠드는 건 무엇보다 엄격히 금지되어 있었지만, 앨콘리에서 이 원칙을 위반하려면 24시간 중 이른 밤이 가장 안전했다. 매튜 이모부는 저녁 식사 중에 잠이 든다고 해도 과언이 아니었다. 그런 다음 자신의 업무실에서 한두 시간쯤 졸다가 몽유병자처럼 느릿느릿 침대로 기어들어가 온종일 바깥일을 한 사람처럼 깊은 잠에 빠져들었고, 다음 날 새벽닭이 울 무렵이면 어김없이 말똥말똥해졌다. 그즈음 이모부는 난로 재를 두고 하녀들과 끊임없이 전쟁을 치르는 중이었다. 앨콘리에서는 각 방에 장작불을 피워 난방을 했는데, 이모부는 이것이 올바로 작동하려면 벽난로 안에 수북이 쌓여 뜨거운 연기를 내뿜는 깜부기숯을 그대로 둬야 한다는 타당한 주장을 이어갔다. 그러나 하녀들은 하나같이 무슨 이유에선지(아마도 석탄 난로를 쓰던 때 받은 교육 때문에) 난로의 재를 몽땅 내다 버리려 했다. 새벽 여섯 시만 되면 이모부가 페이즐리 무늬 드레싱 가운 차림으로 절레절레 고개를 흔들고 욕설을 퍼부으며 달려드는 일이 반복되자, 뜻대로 청소하는 게 불가능함을 깨달은 하녀들은 매일 아침 갈고리나 지팡이로 조금씩, 한 삽 정도만 퍼내기로 마음먹었다. 그러한 행동으로 자신들의 정체성을 역설하려 했던 게 아닐까 싶다.

그리하여 게릴라전은 절정으로 치달았다. 하녀들은 워낙에 일찍 일어나는 부류라서, 보통 세 시간 정도는 자기들만의 시간으로 확보하는 게 관례였다. 하지만 앨콘리에서는 어림도 없는 소리였다. 매튜 이모부는 여름이고 겨울이고 으레 새벽 다섯 시면 침대에서 일어나, 드레싱 가운 차림으로 아그리파 장군✿처럼 집 안을 어슬렁거리며 보온병에 담긴 차

✿ 고대 로마의 집정관.

를 수시로 홀짝였고, 그러다가 일곱 시가 되면 목욕을 했다. 아침 식사는 이모부 내외와 아이들, 손님을 가리지 않고 여덟 시 정각에 시작됐고, 지각은 용납되지 않았다. 매튜 이모부는 타인의 아침잠을 존중할 줄 모르는 사람이라 다섯 시가 넘으면 어떠한 배려도 기대할 수 없었다. 그는 온 집 안을 시끄럽게 휘저으며 찻잔을 달그락거리는가 하면, 개들에게 고함을 지르고, 하녀들에게 악다구니를 부리는 데다, 캐나다에서 구해 온 목동용 채찍을 잔디 위로 휘둘러 총성보다 더 큰 소음을 유발하는 것도 모자라, 축음기에서 흘러나오는 갈리쿠르치✿의 노래를 따라 불렀다. 웅장한 확성기가 달려 비정상적으로 시끄럽던 이 축음기에서는 〈우나 보체 포코 파Una voce poco fa〉와 로시나의 〈광란의 장면〉,✿✿ 〈보라, 정다운 종달새를〉✿✿✿ 등이 최고 속도로 재생되어 원곡보다 더 높고 날카로운 음이 터져 나왔다.

내게 앨콘리에서의 어린 시절을 가장 생생히 떠오르게 해주는 게 바로 이 노래들이다. 매튜 이모부는 수년간 지치지

✿ 이탈리아 출생으로 미국에서 활약한 소프라노 가수.

✿✿ 둘 다 오페라 〈세비야의 이발사〉에 나오는 아리아.

✿✿✿ 영국 작곡가 비숍이 셰익스피어의 시를 바탕으로 만든 가곡.

도 않고 이런 곡들을 듣고 또 들었다. 하지만 갈리쿠르치의 노래를 감상하러 멀리 리버풀까지 다녀온 후로 그 습관은 종말을 맞이하고 말았다. 그녀의 얼굴을 보고 실망이 이만저만이 아니었던 탓에 갈리쿠르치의 음반은 그 후로 다시는 재생되지 않았고, 대신 세상에서 가장 낮은 베이스 음색이 새롭게 그 공백을 채웠다.

'잠수부는 죽음이 두려울 테지, 바다 기이이이-픈 곳을 홀로 거닐며!'라든지, '드레이크는 서쪽으로 간다네, 제군들' 같은 곡이었다.

이런 노래들은 새벽에 듣기 덜 괴로웠기 때문에 대체로 가족들에게 환영받았다.

"이모는 왜 굳이 결혼하려는 거지?"

"사랑에 빠질 나이도 아니잖아. 마흔 살이니까."

어릴 때는 다들 그렇듯, 우리는 사랑을 애들 장난쯤으로 여겼다.

"상대방 남자는 몇 살일까?"

"오십이나 육십은 됐겠지. 이모는 과부가 되려는 건지도 몰라. 상복을 입는 사람 말이야."

"패니한테 남자의 손길이 필요하다고 생각한 건 아닐까?"

"남자의 손길!" 루이자가 소리를 질렀다. "벌써 말썽이 예상되는군. 그 사람이 패니를 사랑하게 되면, 엄청 곤란한 일이 벌어질 거야. 서머싯✿과 엘리자베스 공주처럼 말이야. 자꾸만 신체 접촉을 하고, 네 침대에 들어와서 꼬집는 거지. 두고 보라고."

"설마 그 나이에 그럴 리가."

"나이 든 남자들은 어린 여자를 좋아해."

"어린 남자도." 밥이 덧붙였다.

"세이디 이모는 두 사람이 올 때까지 비밀로 할 작정인 것 같은데." 내가 말했다.

"앞으로 일주일은 남았잖아. 고민 중이겠지. 아빠한테는 말할 거야. 다음에 목욕할 때 엿들으면 뭔가 나오지 않을까. 밥, 네가 시도해 봐."

앨콘리에서의 크리스마스 당일은 여느 때와 다름없이 지나갔다. 햇빛이 쨍쨍한가 싶으면 소나기가 오락가락하는 날

✿ 토머스 시모어.

이었다. 나는 어린애답게 에밀리 이모에 관한 충격적인 소식을 외면한 채 마음껏 즐기는 데 열중했다. 여섯 시 즈음, 린다와 나는 졸린 눈을 비비며 각자의 양말을 뒤졌다. 진짜 선물은 나중에 아침 식사 때 트리에서 받을 테지만, 양말은 훌륭한 오르되브르(전채 요리)인데다 보물로 가득했다. 그때, 재시가 들어오더니 자기 양말에서 나온 물건으로 우리에게 흥정을 붙였다. 재시는 가출 자금을 모으고 있어서 오직 돈 생각밖에 없었다.

어디를 가든 우체국 통장을 들고 다녔고, 항시 자기 재산을 1파딩✿까지 파악하고 있었다. 재시는 계산이 엄청나게 서툴렀기 때문에, 단칸방에서의 장기 투숙을 계획한다는 건 의지가 낳은 기적으로밖에 볼 수 없었다.

“지금까지 얼마나 모았어, 재시?”

“런던까지의 교통비랑 세면대와 아침 식사가 포함된 단칸방에서 한 달 하고도 이틀에 한 시간 반을 지낼 수 있는 숙박비.”

그 외의 식비를 어떻게 해결할 것인지는 여전히 오리무중

✿ 영국의 옛 화폐 단위.

이었다. 재시는 매일 아침 《타임스》에 실린 단칸방 광고를 훑었다. 거기서 찾은 가장 저렴한 방은 클래펌에 있었다. 그만큼 꿈을 현실로 만들어 줄 현금이 너무나도 간절했기 때문에, 크리스마스나 그녀의 생일 무렵이면 괜찮은 물건을 좋은 값에 얻을 수 있었다. 그 무렵 재시는 여덟 살이었다.

우리 부모님이 악랄하긴 해도 크리스마스만큼은 기대 이상으로 잘 챙겨주었다고 인정해야겠다. 부모님이 주신 선물은 어김없이 온 집안사람들의 부러움을 샀다. 이때 파리에 체류 중이던 어머니는 박제된 벌새들이 가득 들어 있는 금박 새장을 보내왔는데, 태엽을 감으면 새들이 지저귀며 이리저리 날아다니는가 하면 분수에서 목을 축였다. 함께 부쳐온 모피 모자와 토파즈 금팔찌는 세이디 이모가 어린애한테 부적절한 선물이라는 생각을 입 밖에 낸 덕분에 그 매력이 한층 더 강력해졌다. 아버지가 선물한 조랑말과 수레, 매우 세련되고 아름다운 아동복은 며칠 전에 미리 도착해서 조시가 마구간에 숨겨두고 있었다.

"그걸 이쪽으로 송달하다니, 빌어먹도록 멍청한 에드워드 답군." 매튜 이모부가 투덜거렸다. "다시 센리까지 보내려면 우리가 생고생을 해야 하는데도 말이야. 나이 든 에밀리가 퍽이나 좋아하겠다. 저 뒤치다꺼리를 누구보고 하라는 거야?"

린다는 부러움에 울부짖었다. "이건 너무 불공평해." 그리고 뒷말을 이었다. "왜 나는 그런 악랄한 부모님이 없는 거냐고."

점심을 먹은 후, 우리는 조시를 부추겨 말을 타러 나갔다. 그 조랑말은 천사 같아서 어린애들도 쉽게 다룰 수 있었다. 마구를 채우는 것조차 간단히 끝났다. 린다가 내 모자를 쓰고 조랑말을 몰았다. 우리는 시간 맞춰 돌아오질 못해서 크리스마스트리 행사에 늦고 말았다. 집 안은 이미 소작인들과 그 자녀들로 가득했다. 산타클로스 복장을 하려고 낑낑거리고 있던 매튜 이모부는 우리를 보자 고래고래 호통을 쳤고, 그 바람에 린다는 위층으로 올라가 통곡하느라 이모부의 선물을 받아보지 못했다. 이모부는 린다가 오매불망하던 겨울잠쥐를 수배하는 데 제법 공을 들였던 터라, 이 일로 심사가 뒤틀릴 대로 뒤틀린 나머지, 온갖 사람에게 차례로 소리를 지르며 틀니를 빠득빠득 갈았다. 이모부가 욱하느라 닳아 없어진 틀니가 벌써 네 쌍이나 된다는 건 이 집에서 누구나 아는 사실이었다.

그날 저녁 맷이 우리 엄마가 파리에서 그에게 보내준 폭죽 상자를 꺼냈을 때 폭력은 절정에 달했다. 상자에는 '페타르'✿라고 쓰여 있었다. 누군가가 "그건 뭐 하는 물건이야?"라고 묻자, 맷은 "좋아, 방귀 좀 뀌어볼까?"라고 프랑스어로 대꾸했다. 우연히 매튜 이모부가 그걸 듣는 바람에 맷은 몽둥이찜질을 당했는데, 이건 실로 불공평한 처사였다. 불쌍한 맷은 그날 루실한테 들은 말을 따라 한 것뿐이었으니까. 그런데도 맷은 몽둥이질을 자신의 행동과는 아무런 관련이 없는 자연 현상 정도로 여기며 모든 것에 달관한 사람처럼 감내했다.

세이디 이모가 어떻게 루실처럼 지극히 상스러운 사람을 아이들의 가정교사로 택했는지 나는 자주 궁금했다. 우리는 하나같이 그녀를 좋아했다. 루실은 명랑하고 활기찼으며, 쉬지 않고 큰 소리로 책을 읽어주었다. 그러나 입버릇이 고약하기 짝이 없어서 경솔한 사람들을 위험에 빠뜨리기 딱 좋았다.

"우리가 사방에 던지고 있는 이 커스터드는 무엇입니까?"

매튜 이모부가 외식을 시켜준다며 우리를 옥스퍼드의 풀

✿ pétards. 폭죽.

러스[✿]에 데려갔을 때, 맷이 천진난만하게 이 말을 내뱉던 순간을 나는 잊을 수가 없다. 결과는 처참했다.

이모부는 맷이 이 문장의 뜻을 추호도 모를 수 있으며, 그걸 어디서 배웠는지 확인하는 것이 더 온당한 처사라는 생각은 조금도 하지 않았다.

✿ Fuller's. 영국 전역에 여러 지점을 둔 선술집.

4

나는 자연히 에밀리 이모와 그녀의 결혼 상대를 초조하게 기다렸다. 어찌 됐건 이모야말로 나의 진짜 엄마였으니까. 아무리 나를 낳아준 그 화려한 악인을 갈망한다 해도, 나를 지탱해 준 건, 겉으로는 평범해 보여도 한결같이 견고하게 궁극의 모성을 보여준 에밀리 이모와의 관계였다. 셴리에 있는 우리의 작은 집은 조용하고 행복해서, 앨콘리의 소란이나 격렬한 정서와는 반대되는 것들을 선사해 주었다. 다소 재미는 없을지라도 그곳은 나를 품어준 피난처였고, 나는 항상 그곳으로 돌아갈 수 있음에 감사했다. 그곳에선 모든 것이 나를 중심으로 돌아간다는 걸 나도 어렴풋이 감지했던 것 같다. 이른 점심 식사와 늦은 오후의 다과 등 모든 시간표가 나의 수업과 취침 시간에 맞춰져 있었다. 에밀리 이모가 조금이라도 개인적인 삶을 누리는 건 내가 앨콘리에서 연휴를 보내는 시기뿐이었는데, 이런 휴가조차 자주 있는 건 아니었다. 매튜 이모부를 비롯한 그곳의 거친 분위기가 나의 신경을 자극할 수 있다고 이모가 염려했기 때문이다. 에밀리 이모가 어느 정도까지 내 주위에서 자신의 존재를 조절해 왔는지 정확히 의식하진 못했어도, 우리의 관계에 남자가 한 명 더해지면 모든 게 변할 거라는 것만큼은 똑똑히 알 수 있었다. 가족들 외에는 아는 남자가 없다시피 했기에, 나는 모든 남자를 매튜 이모부나 몇 번 본 적도 없는 격정적인 성격의 우리 아빠에 비추어 상상할 수밖에 없었다. 아담하고 정연한 우리 집에 끼어 들어오기엔 양쪽 다 지독히 어울리지 않았다. 나는 거의 공포에 가까운 불안에 사로잡혔다. 게다가 루이자와 린다의 왕성한 상상력은 나를 신경쇠약 상태까지 몰아넣었다. 루이자는 이제 『변함없는 님프The Constant Nymph』[✿]를 가지고 나를 놀려댔다. 그녀가 카랑카랑하게 낭독한 마지막 몇 장에 따르면, 나는 브뤼셀의 하숙집에서 에밀리 이모의 남편 품에 안겨 죽어갈 예정이었다.

✿ 마거릿 케네디가 1924년에 발표한 소설.

수요일에 에밀리 이모가 세이디 이모에게 전화를 걸어왔고, 두 사람은 오랫동안 이야기를 나누었다. 당시 앨콘리의 전화기는 밝은 조명이 비추는 후면 복도의 유리 찬장에 놓여 있었는데, 내선 전화가 없어서 통화 내용을 엿듣는 게 불가능했다. (훗날 전화기를 매튜 이모부의 업무실로 옮기며 내선이 연결되자 아무것도 숨길 수 없게 되었다.) 응접실로 돌아온 세이디 이모는 그저 이렇게 말할 뿐이었다. "에밀리가 내일 세 시 오 분 기차로 온다는구나. 패니, 너한테 안부 전해 달란다."

다음 날, 우리는 모두 사냥을 나갔다. 래들릿 가 아이들은 동물을 사랑했다. 그들은 여우를 아끼는 마음에 무시무시한 매를 감수하며 막힌 여우굴을 뚫어주었고, 『여우 레이너드』✿를 읽으며 울고 웃었으며, 여름이면 새벽 네 시에 일어나 연푸른빛이 감도는 숲속에서 새끼 여우들이 뛰노는 모습을 감상했다. 하지만 그러면서도 세상 어떤 일보다 사냥을 좋아했다. 그것은 그들과 나의 골수에 박혀 있어서, 우리 모두 원죄라고 자각하면서도 좀처럼 뿌리 뽑을 수 없었다. 그날 세

✿ 중세 유럽의 설화집.

시간 동안, 내게는 나와 내가 탄 조랑말의 몸만이 세상의 전부였다. 돌진, 경주, 흙 튀기기, 힘겹게 언덕에 올랐다가 활강하기, 잡아당기기, 전력 질주, 대지와 하늘. 그 외의 모든 것은 머릿속에서 사라졌다. 내 이름조차 까마득했다. 정신과 육체 양면에서 절대적인 몰입을 가능케 하는 것. 사냥이 사람들, 특히 어리석은 이들을 사로잡는 마력이 바로 여기에 있으리라.

세 시간 후, 나 혼자 조시를 따라 집으로 돌아갔다. 나는 자칫 피로가 심하면 밤새 앓는 경우가 있어서, 바깥에서 오래 노는 게 허락되지 않았다. 매튜 이모부의 교체용 말을 데려온 조시가 두 시쯤 이모부와 말을 바꾼 후, 온몸이 흥건해져 식은땀을 흘리는 첫 번째 말을 타고 나와 함께 귀갓길에 나섰다. 나는 무아지경에서 빠져나온 후에야 눈부신 햇살과 함께 시작됐던 하루가 어느새 비를 뿌릴 듯 춥고 어두워져 있다는 걸 알아차렸다.

"마님께서는 올해 어디서 사냥을 하시나요?" 멀린퍼드 길을 따라 속보로 10마일 거리를 달리기 시작하며 조시가 물었다. 깎아지른 듯한 이 산길은 전체 15마일 내내 조그마한 쉼터도 방풍막도 없어서 내가 아는 그 어떤 길보다 잔악하게 노출되어 있었다. 매튜 이모부는 사냥터로 나갈 때나 집으로 돌아올 때 자동차로 이동하는 걸 절대로 허락하지 않았다. 파렴치하고 나약한 습관이라는 거였다.

조시가 말하는 마님은 물론 우리 어머니였다. 어머니와 이모들이 어렸을 때부터 외할아버지 밑에서 일한 그는 우리 어머니를 여신으로 여기며 흠모했다.

"파리에 계세요, 조시."

"파리요? 무슨 일로요?"

"거기가 좋은가 봐요."

"허어." 조시가 괄괄한 목소리로 탄식했다. 우리는 반 마일 남짓 침묵 속에 말을 몰았다. 비가 쏟아지기 시작했다. 차가운 가랑비가 길 양옆으로 펼쳐진 광경을 가려버렸다. 우리는 빗줄기를 헤치며 빠른 걸음으로 나아갔다. 나는 허리가 부실해서 거리와 상관없이 여성용 안장✿에 앉아 말을 타는 게 언제나 괴로웠다. 그래서 슬슬 잔디 쪽으로 조랑말을 몰며 구보로 속도를 올렸다. 이러면 말의 체온이 다시 올라가서 조시가 못마땅해할 건 알고 있었다. 천천히 걸어야

✿ 옆으로 앉는 안장으로, 주로 치마를 입은 여자들이 사용한다.

열이 식는다. 속보, 속보, 허리가 부러져도 속보를 이어가야 했다.

마침내 조시가 입을 열었다. “제 생각에 마님의 인생에서 단 일 분이라도 말을 타지 않는 시간은 헛되이 낭비되는 시간이에요.”

“어머니는 승마 실력이 출중하시죠?”

예전에도 조시에게 이 얘기를 여러 번 들었지만, 아무리 들어도 더 듣고 싶었다.

“제 평생 그런 분은 본 적이 없어요.” 조시가 잇새로 쉭쉭 소리를 내며 말했다. “벨벳같이 부드러운 손은 강철같이 억세고, 둔부는 또 어땠는지—! 그런데 지금 아가씨를 보세요. 안장 위에서 이리 밀렸다, 저리 밀렸다. 오늘 밤에 허리가 아플 게 불 보듯 훤하잖아요. 두말하면 잔소리죠.”

“오, 조시. 속보라니요. 난 너무 지쳤어요.”

“그분은 지치는 법이 없었어요. 10마일을 달리고 나면 말을 바꿔 타셨죠. 일주일간 바깥 구경을 못 해본 젊고 싱싱한 다섯 살짜리 말 위로 새처럼 펄쩍 뛰어오르셨어요. 말이 자기가 출발하는지도 모르고 멍하니 있으면, 순식간에 고삐를 매고 놈의 머리를 당겨서, 기둥과 울타리를 지나 산과 밭을 누비고 다니셨죠. 바위처럼 견고하게 앉아서요. 그에 비하면 나리는 (매튜 이모부를 지칭하는 거였다) 물론 말은 잘 타시죠. 그걸 부정하는 건 아니에요. 하지만 그분이 집에 돌려보내는 말들은 온통 진이 빠져서 죽 먹을 힘도 없어요. 승마 실력은 좋아도 말을 연구하지 않으시니까요. 아가씨 어머니는 말이 이 모양이 되도록 탄 적은 한 번도 없으셨어요. 그만 쉬게 해야 할 때를 아시고, 그럴 땐 뒤도 안 돌아보고 귀가하셨죠. 나리는 건장한 분이에요. 그걸 부정하는 건 아니에요. 16스톤✿이나 되는 거구로 승마를 하니까 체구가 좋은 말들도 반쯤 죽어 나가는 거예요. 그럼 밤새도록 놈들을 보살펴야 하는 건 누구죠? 저라고요."

비가 이제는 억수같이 쏟아지고 있었다. 왼쪽 어깨 너머로 차디찬 물줄기가 흘러내리고, 오른쪽 신발 안에 서서히 물이 차올랐으며, 허리는 칼로 찌르듯이 아팠다. 일분일초도 더 견디지 못할 만큼 고통스러웠지만, 앞으로 5마일, 사십 분은 더 가야 했다. 내 등이 점점 구부러질 때마다 조시는 깔보는 표정으로 나를 쳐다보았다. 나 같은 애가 어떻게

✿ 101kg.

우리 어머니의 딸인지 의아해하는 게 분명했다.

“린다 아가씨는 마님의 훌륭한 자질을 어느 정도 물려받았죠.” 그가 말했다.

마침내, 정말 마침내 우리는 멀린퍼드 길을 벗어나 계곡을 따라 앨콘리 마을로 내려왔고, 거기서 다시 언덕을 올라 앨콘리 저택에 당도했다. 그리고 관리인 처소의 문을 지나 진입로를 따라 마구간 앞마당으로 들어섰다. 나는 뻣뻣한 몸으로 말에서 내려, 조시의 마구간에서 일하는 사람 중 한 명에게 조랑말을 넘기곤, 노인처럼 터벅터벅 걸음을 옮겼다. 현관문 앞에 거의 다 와서야 지금쯤이면 에밀리 이모가 그 남자와 함께 도착해 있으리라는 생각이 불현듯 가슴을 때렸다. 가까스로 용기를 내서 문을 열기까지는 꽤 오랜 시간이 걸렸다.

과연 홀로 들어서니 벽난로 앞에 세이디 이모와 에밀리 이모, 그리고 키가 작고 준수하며 한눈에도 젊어 보이는 남자가 이쪽을 등지고 서 있었다. 내가 처음 받은 인상은 아무리 봐도 신랑처럼 보이지 않는다는 거였다. 친절하고 온화한 사람 같았다.

“이 애가 패니예요.” 두 이모가 동시에 말했다.

"아가, 이분은 워백 대령님이시란다."

세이디 이모가 소개했다.

나는 열네 살짜리 여자애답게 퉁명스럽고 품위 없는 악수를 하면서 저 사람도 대령답지는 않다고 생각했다.

"오, 아가. 쫄딱 젖었구나. 다른 애들은 한참 더 있어야 오겠지. 넌 어디서 돌아왔니?"

"올드 로즈의 잡목림을 돌다가 헤어졌어요."

그러다가 문득, 그래도 여자로서 남자 앞에 서는 건데, 그동안 사냥에서 돌아올 때마다 봐온 나의 몰골이 떠올랐다. 머리부터 발끝까지 진흙이 튀어 있고, 모자는 삐뚜름하고, 머리엔 새집을 지었고, 양말은 깃발처럼 펄럭이지 않았던가. 나는 아무 말이나 중얼거리며 욕실과 휴게실이 있는 뒷계단으로 빠져나갔다. 사냥 후에는 어김없이 이쪽으로 보내져 최소 두 시간은 누워 있어야 했다. 잠시 후 린다가 나보다 더 흠뻑 젖은 채 돌아와 나와 함께 잠자리에 들었다. 린다도 대령을 만났는데, 그가 결혼할 사람처럼 안 보이고 군인으로도 안 보인다는 데 동의했다.

"저 사람이 야전삽으로 독일군을 때려죽이는 건 상상이 안 돼." 그녀가 비웃듯이 말했다.

우리는 매튜 이모부를 두려워했고, 때로는 미워하며 열렬히 비난하기도 했지만, 그럼에도 그는 우리에게 영국 남성의 표준 같은 사람이었다. 이모부와 현저히 다른 사람은 뭔가 문제가 있어 보였다.

"이모부가 그 사람한테 시궁창 같은 한 주를 선사하시겠지." 나는 에밀리 이모를 걱정하며 이렇게 말했다.

"가엾은 에밀리 이모. 아빠라면 그 남자를 마구간에서 재우라고 할지도 몰라." 린다가 깔깔거리며 말했다.

"그래도 괜찮은 사람 같아 보였어. 이모 나이를 생각하면 누구라도 생겨서 다행이기도 하고."

"그 사람이 아빠랑 같이 있는 걸 빨리 보고 싶어."

그러나 피비린내 나는 장면을 기대한 우리는 실망할 수밖에 없었다. 매튜 이모부는 워벡 대령에게 엄청난 호감을 느낀 게 분명했다. 이모부는 처음 굳어진 인상을 절대 바꾸지 않는 사람이었고, 그가 아끼는 소수의 사람은 형언하기 힘든 잘못을 저질러도 그의 눈 밖에 나지 않았다. 그러니 워벡 대령은 유리한 입장에 선 것이다.

"무서울 정도로 똑똑한 친구야. 문예 쪽으로 말이야. 그 친구가 무슨 일을 하는지 들어도 못 믿을걸. 책을 쓰고, 그림을 비평한대. 피아노 실력은 또 얼마나 기똥찬지. 연주할 줄 아는 곡들이 변변치는 않지만. 〈컨트리 걸〉[✿] 같은 데 나오는 곡을 배워놨다면 어지간히 들어줄 만했을 거야. 뭐든 힘들이지 않고 해낼 친구거든. 척 보면 알지."

저녁 식탁에서 워벡 대령은 세이디 이모 옆에, 에밀리 이모는 매튜 이모부 옆에 각각 떨어져 앉았고, 그것도 모자라 아이들 네 명(밥은 다음 학기에 이튼으로 떠나기 때문에 아래층에서 함께 식사하는 일이 허락되었다)과 군데군데 고여 있는 어둠이 그들 사이를 갈라놓았다. 식탁 위 천장에는 전구 세 개가 한 묶음으로 매달려 있었지만, 암적색 일본산 비단에 금색 술이 달린 커튼이 가림막으로 드리워져 있어서 눈부신 조명이 식탁 한가운데를 내리비출 뿐, 식사하는 사람들과 그들의 접시는 어두컴컴한 그늘 속으로 밀려나 있었다. 우리 모두는 자연히 약혼남의 희미한 형상에서 눈을 뗄 수 없었고, 그의 행동에서 흥미로운 점을 적잖이 발견했다. 그는 우선 세이디 이모에게 정원과 초목, 화초 등에 관한 이야기를 꺼냈다. 앨콘리에서는 다뤄지는 일이 없는 주제였

✿ 1900년대 초 영국에서 공연된 코미디 뮤지컬.

다. 정원은 정원사가 돌보면 그만이었다. 집에서 반 마일가량 떨어진 그곳은 여름에 가끔 산책할 때를 제외하면 아무도 찾아가지 않았다. 런던에 사는 사람이 그 많은 식물의 이름과 성질, 약효를 알고 있다니 신기했다. 세이디 이모는 정중히 그에게 호응하려 애썼다. 하지만 멍한 태도로 모르는 부분을 눙치는 데도 한계가 있어서 무지함을 완전히 감출 수는 없었다.

"그럼 여기 토양은 무슨 종류인가요?" 워벡 대령이 물었다.

드디어 아는 내용이 나오자, 세이디 이모는 행복한 미소를 지으며 구름 위에서 내려와 자신만만한 목소리로 대답했다. "진흙이에요."

"아, 그렇군요." 대령이 말했다.

그는 보석으로 장식된 작은 상자를 꺼내더니 거기서 커다란 알약을 끄집어내서, 놀랍게도 물 한 모금 마시지 않고 꿀꺽 삼켰다. 그러고는 혼잣말인 듯하면서도 자못 또렷하게 말했다. "물이 섞이면 장을 꽉 막아버리니까요."

집사인 로건이 셰퍼드 파이[✿]를 내왔을 때(앨콘리의 음식

✿ 양고기나 쇠고기에 감자와 야채를 넣어 만든 영국식 파이.

은 언제나 맛있고 풍성했지만 소박한 가정식의 범주를 벗어나진 않았다), 대령은 다시 한번 남에게 들으라는 건지 아닌지 헷갈리게 말했다. "아니요, 두 번 익힌 고기는 안 먹습니다. 전 한심할 만큼 허약한 체질이라 조심해야 하거든요. 아니면 큰 곤욕을 치르고 말죠."

세이디 이모는 건강에 관한 이야기를 듣는 걸 극도로 싫어해 크리스천 사이언스✿ 교도로 오해받기 일쑤지만, 실은 종교에 관한 이야기는 더 싫어해서 종교인이 되지 못하는 사람인 만큼, 그의 말을 못 들은 척했다. 그러나 밥은 커다란 관심을 표하며 두 번 구운 고기를 먹으면 어떻게 되는지 물었다.

"아, 소화액이 매우 심각하게 낭비되어 버린단다. 차라리 가죽을 먹는 게 낫지." 워벡 대령이 희미하게 말하며 샐러드를 자기 접시에 가득 옮겨 담았다. 그리고 다시 한번 낮은 목소리를 냈다.

"생상추, 괴혈병 예방." 그러고는 또 다른 상자에서 아까보다 더 큰 알약을 두 개 집어 들며 중얼거렸다. "단백질."

✿ 질병은 기도를 통해 치료해야 한다고 믿는 기독교계 신흥 종교.

"빵이 정말 맛있네요." 두 번 구운 고기를 거부한 무례함을 만회하려는 듯 그는 세이디 이모에게 이렇게 말했다. "필시 균이 들어 있을 거예요."

"네?" 로건에게 소곤소곤 말을 전하고 있던("크랩 부인에게 급히 샐러드를 좀 더 만들어 줄 수 있는지 물어봐요.") 세이디 이모가 돌아서며 물었다.

"빵이 맛있는 걸 보니, 맷돌로 제분한 밀가루를 써서 균의 함유량이 높은 게 틀림없다고 말하고 있었습니다. 런던 집 제 침실에 밀알을 촬영한 사진이 있는데(물론 확대한 거죠), 거기에도 균이 보인답니다. 아시다시피 흰 빵에서는 건강에 이로운 균을 제거하여(축출한다고 해도 과언이 아니죠) 닭의 사료로 쓰잖아요. 그 결과로 인류는 점점 허약해지는데, 암탉들은 세대를 거듭할수록 더 크고 튼튼해지는 실정이죠."

지루해서 얼을 빼놓고 있던 세이디 이모와 달리 격양되어 듣고 있던 린다가 말했다. "그럼 결국엔 암탉들이✿ 헌즈가 되고 헌즈는 암탉이 되겠네요. 오, 작고 귀여운 헌즈 우리에

✿ 영어로는 암탉인 헨즈[hens]와 헌즈의 발음이 비슷해서 언어유희처럼 사용되었다.

서 살면 얼마나 재미있을까."

"누나는 자기 임무를 반기지 않을 것 같은데." 밥이 나섰다. "일전에 암탉이 알을 낳는 걸 봤는데, 아주 무시무시한 표정을 짓고 있었어."

"그냥 화장실 한 번 다녀오는 정도일 거야." 린다가 대꾸했다.

"린다, 그만." 세이디 이모가 날카롭게 막아섰다. "쓸데없는 소리 한다. 떠들지 말고 식사나 계속하렴."

세이디 이모는 아무리 멍하니 있어도 주변에서 벌어지는 일을 전혀 못 알아차리는 건 아니었다.

"좀 전에 뭐라고 하셨죠, 워벡 대령님? 세균이 어쨌다고요?"

"오, 세균이 아니라 유익균이에요."

이즈음 나는 식탁 반대편의 어둠에 신경을 쓰게 되었다. 매튜 이모부와 에밀리 이모 사이에 통례와도 같은 입씨름이 벌어지고 있었다. 나에 관한 일이었다. 에밀리 이모가 앨콘리에 올 때마다 둘 사이에 이런 언쟁이 일어났지만, 사실 이모부가 그녀를 좋아한다는 건 누구나 알고 있었다. 이모부는 자신에게 맞서는 사람을 늘 반겼다. 그리고 에밀리 이모에게서 자신이 사랑하는 세이디 이모의 모습을 보았던 것 같다. 에밀리 이모가 더 낙천적이고, 성격이 강하고, 미모는 덜하며, 출산을 겪지 않아 몸이 덜 상했다는 점만 빼면 둘은 상당히 닮은 자매였다. 우리 엄마는 모든 면에서 두 사람과 현저히 달랐지만, 린다의 말처럼 딱하게도 성욕에 사로잡혀 있었다.

매튜 이모부와 에밀리 이모는 우리 모두 여러 차례 들어 봤던 논쟁에 열을 올리고 있었다. 여성 교육에 관한 거였다.

매튜 이모부: 가엾은 패니가 학교에서(학교라는 단어는 쌀쌀맞게 경멸조로 발음) 당신이 바라는 것들을 얻을 수 있으면 좋겠군. 거기서 끔찍한 표현도 어지간히 배워오는 것 같지만 말이야.

에밀리 이모(차분하게 항변하며): 물론 그럴 수도 있죠. 하지만 좋은 교육도 적잖이 받고 있어요.

매튜 이모부: 교육! 교육 못 받은 사람들도 편선지 같은 건 입에 올리지 않을걸. 그런데 가엾은 패니는 세이디에게 편선지를 달라고 하더군. 그딴 게 교육이라는 건가? 패니는 거울이니 벽난로 선반이니 핸드백이니 향수 나부랭이를 운운하고, 커피엔 설탕을 넣고, 우산엔 술을 달지. 혹시 운이

좋아서 남편감을 얻으면 그 부모를 아버지, 어머니라고 부를 판이야. 그 잘난 교육을 받았다고 쉴 새 없이 골머리를 썩이면 남편이 얼마나 불행해지겠어? 집사람이 편선지 따위를 나불거려 봐. 얼마나 짜증이 나겠냐고!

에밀리 이모: 자기 아내가 조지 3세에 관해 들어본 적도 없다는 사실에 짜증을 내는 남자들이 더 많을걸요. (그리고 패니야, 너도 알다시피 편지지라고 해야지. 편선지 같은 말은 다시는 쓰면 안 돼.✿) 이런 게 바로 매튜 당신이나 내가 개입해야 하는 부분이에요. 가정의 영향력은 교육에 있어서 상당히 중요한 부분이니까요.

매튜 이모부: 또 시작이군.

에밀리 이모: 상당히 중요하지만, 가장 중요한 통로는 아니에요.

매튜 이모부: 조지 3세가 누군지 알기 위해 한심한 중류층 기관에 갈 필요는 없어. 그래서 패니, 조지 3세가 누구지?

안타깝게도 나는 이럴 때 능숙히 대처하는 법이 없었다. 매튜 이모부에 대한 두려움 때문에 정신이 사방팔방 흩어진

✿ 영국에는 상류층이 쓰는 어휘와 중류층이 쓰는 어휘가 구별되어 있다. 원문의 notepaper는 중류층의 어휘이다.

채, 시뻘게진 얼굴로 대답했다.

"왕이었어요. 그리고 미쳤어요."

"지극히 독창적이고 정보성 높은 발언이군." 매튜 이모부가 빈정대는 투로 말했다. "이 정도면 여성적인 매력을 깡그리 잃어버려도 아무 문제 없겠어. 하키를 해서 다리는 문기둥만 해지고, 엉덩이는 말을 타는 여자 중에 제일 흉악해져도 무슨 상관이야. 말은 저 애를 보기만 해도 허리가 얼얼해지겠지만. 린다, 너는 다행히 교육을 안 받았으니, 조지 3세에 대해 아는 걸 말해볼래?"

"음." 린다가 입안 가득 음식을 문 채 말했다. "불쌍한 프레드[✿]의 아들이며 보 브루멜[✿✿]의 뚱뚱한 친구[✿✿✿]에게는 아버지였고, 소위 말하는 우유부단한 성격이었어요. '나는 큐[✿✿✿✿]에 계신 전하의 개인데, 당신은 누구의 개인지 말씀해 주시겠어요?'[✿✿✿✿✿]" 그러고는 전혀 엉뚱한 말을 덧붙였다. "오, 달콤해라!"

✿ 프레더릭 왕세자로, 부친인 조지 2세와 불화를 겪었다.

✿✿ 영국 남성복 패션의 새 지평을 연 인물.

✿✿✿ 조지 4세.

✿✿✿✿ 왕립 식물원이 있는 영국 남서부 지구.

✿✿✿✿✿ 영국 시인 알렉산더 포프가 쓴 풍자시의 한 구절.

매튜 이모부는 잔혹하리만큼 의기양양한 표정으로 에밀리 이모를 쳐다보았다. 내가 우리 편의 기대를 저버렸다는 생각에 울음을 터뜨리자, 이모부는 또 다른 잔인한 공격을 퍼부었다.

"패니가 일 년에 1만 5천 파운드씩 받게 된다는 게 얼마나 다행인지 몰라. 야생마가 그동안 챙겨놓은 합의금도 있을 테니. 그거면 패니도 괜찮은 남편을 만날 수 있겠지. 점심 식사나 편지 봉투 같은 말을 입에 올리고, 우유를 먼저 따르더라도✿ 말이야. 걱정되는 건 그런 게 아니라, 불쌍한 건달이 저 애한테 낚였다가 술고래로 전락하는 거야."

에밀리 이모는 매튜 이모부를 무섭게 노려보았다. 이모는 내게 상속받을 재산이 있다는 사실을 웬만하면 숨기려 했다. 실은 그 상속도 건강하고 원기 왕성하며 인생의 전성기를 누리고 있는 우리 아버지가 가임기의 여성과 결혼하기 전까지만 유효한 거였다. 그런데 아버지는 마치 하노버 왕조의 남자들처럼 마흔이 넘은 여자들에게만 관심을 보여서, 우리 어머니가 그를 떠난 후로는 현대 과학의 기적으로도

✿ 영국에서 차에 우유를 먼저 따르는 건 하류 계층의 풍습으로 여겨진다.

임신이 어려운 중년의 아내들만 연달아 맞이했다. 또한 어른들은 우리 엄마의 별명이 야생마라는 걸 아이들이 추호도 모른다고 오판하고 있었다.

"그런 건 전부 초점에서 벗어난 이야기예요." 에밀리 이모가 말했다. "패니가 먼 미래에 약간의 재산을 소유할 수도 있겠죠(1만 5천 파운드라는 건 터무니없지만요). 하지만 어찌 됐든 패니와 결혼할 남자가 아내를 부양할 수 있을 테고, 아니면 현대 사회도 많이 변했으니 스스로 생계를 책임져야 할 수도 있어요. 어떤 경우든 더 성숙하고, 행복하고, 호기심 많고, 흥미로운 사람이 되려면 반드시……."

"조지 3세가 왕이고 미쳤다는 걸 알아야겠지."

그래도 이모가 옳았고, 나도 이모도 그 사실을 알고 있었다. 래들릿 가 아이들은 앨콘리에 있는 도서실에서 간헐적으로 엄청난 양의 독서를 했다. 교양이 풍부했던 그들의 조부가 만든, 전형적인 19세기의 도서실이었다. 그들은 다양한 정보를 무수히 획득해 거기에 자기만의 독창성을 입혔고, 특유의 매력과 활발한 기개로 무지의 심연을 메웠다. 하지만 결코 집중하는 습관을 기르지 못했고 성실히 노력하는 법을 몰랐기에, 결국 지루함을 참지 못하는 어른이 되고 말았다. 정신적인 훈련이 전혀 안 된 탓에, 역경과 고난에는 끄떡없지만, 날마다 지속되는 일상에는 고문과도 같은 권태를 느꼈다.

저녁 식사가 끝나고 모두 느릿느릿 식당 밖으로 나가는 중에, 워벡 대령의 목소리가 들려왔다.

"감사하지만 포트 와인은 됐어요. 무척 맛있는 술인데 저는 마실 수가 없거든요. 포트 와인의 산 때문에 이렇게 허약해진 거라서요."

"아, 왕년에는 포트 와인을 꽤 마셨나 보군?" 매튜 이모부가 물었다.

"오, 아니에요. 저는 입에도 안 대봤어요. 저희 선조들 얘기죠."

두 사람이 우리가 있는 응접실로 들어서자 세이디 이모가 말했다. "이제 아이들도 그 소식을 알게 됐어요."

"다들 우습다고 생각했겠네요. 이렇게 나이 든 사람들이 결혼을 한다니." 데이비 워벡이 말했다.

"오, 아니에요. 그럴 리가요." 우리는 얼굴을 붉히며 예의 바르게 고개를 저었다.

"이 친구는 정말 대단해." 매튜 이모부가 큰 소리로 외쳤다. "모르는 게 없어. 찰스 2세의 설탕통들이 사실은 조지 왕조 시대에 찰스 2세 풍으로 만든 거라는군. 그러니 화려하긴 해도 아무런 가치가 없다는 거야. 내일 집 안을 돌며 우리 가문의 물건들을 보여줄 테니 뭐가 뭔지 자네가 좀 가르쳐 주게. 자네 같은 사람과 한 식구가 되다니 몹시 든든하구먼."

"그거 아주 재미있겠네요." 데이비가 희미하게 말했다. "그런데 괜찮으시면 저는 이만 잠자리에 들까 해요. 좋아요, 아침에 차를 준비해 주세요. 밤새 증발한 수분을 보충하려면 꼭 마셔줘야죠."

그는 우리 모두와 악수를 나눈 후 급히 방을 나서며 혼잣말을 중얼거렸다. "잘 보이려고 애쓰는 건 너무 피곤한 일이야."

"데이비 워벡은 헌즈야."

다음 날, 아침을 먹으러 아래층으로 내려가는데 밥이 말을 꺼냈다.

"그래, 훌륭한 헌즈 같더라."

린다가 졸린 목소리로 말했다.

"아니, 내 말은 진짜 그렇다는 거야. 기록이 있다니까. 귀족 자제. 데이비드 워벡. 내가 찾아봤는데, 진짜 있더라고."

밥은 당시 더브렛✿에 푹 빠져서 그의 책에 코를 박고 살았다. 한번은 자신이 조사한 결과를 루실에게 프랑스어로 가르쳐 주기도 했다. "래들릿 가문의 기원은 고대의 안개 속으로 사라져 버렸어요."

"다만 그는 둘째 아들일 뿐이고 상속은 장남이 받아서, 에밀리 이모가 레이디가 될 일은 없겠어. 그리고 그의 아버지는 겨우 2대째 남작이야. 1860년에 내려진 작위지. 그 가문은 겨우 1720년에 시작됐고, 그전에는 모계 혈통을 따랐어." 밥의 목소리가 점점 작아졌다. "그렇긴 해도……."

데이비 워벡이 계단을 내려오며 매튜 이모부에게 이야기하는 소리가 들렸다.

"오, 아니에요. 레이놀즈일 리는 없어요. 운이 좋으시다면 호어 왕자✿✿일지도 모르죠. 졸작이긴 하지만요."

"돼지 머릿골은 어떤가, 데이비?" 매튜 이모부가 뜨거운 접시 뚜껑을 열면서 물었다.

✿ 영국 귀족 연감을 작성한 인물.

✿✿ 화가 겸 미술 평론가.

"오, 좋죠, 매튜. 뇌를 말씀하시는 거라면요. 소화가 잘되거든요."

"아침 식사 후에는 북쪽 복도에 있는 광석 수집품을 보여주지. 거기는 자네가 보기에도 제법 값진 물건들이 있을 테니까. 영국에서 가장 훌륭한 소장품일걸. 평생 그것만 수집하다 돌아가신 백부님께 물려받았거든. 그건 그렇고, 독수리상은 어땠나?"

"아, 그게 중국산이면 보물로 볼 수 있죠. 그런데 일본산이라 그걸 주조한 데 쓰인 거푸집만큼도 값어치가 없어요. 린다, 쿠퍼스 옥스퍼드✿ 좀 건네주겠니?"

아침 식사를 마치고 우리는 북쪽 복도에 있는 유리 찬장 앞으로 우르르 몰려갔다. 그 안에는 수백 개의 돌이 전시되어 있었다. 석화되거나 화석화된 것들이었다. 자형석과 청금석이 가장 볼만했고, 길에서 주워 온 듯한 커다란 수석들은 평범했지만, 저마다의 일화가 전해 내려오는 귀하고 독특한 보물들이었다. "북쪽 복도의 광물들은 박물관에 전시해도 될 만큼 훌륭해." 나를 비롯한 아이들은 이 돌들을 우

✿ 마멀레이드 상표.

러러보았다. 데이비는 주의 깊게 살피더니, 그중 몇 개를 창가로 가져가 자세히 들여다보았다. 마침내 그는 큰 한숨을 터뜨리며 말했다.

"정말 아름다운 소장품이네요. 그런데 전부 병에 걸린 건 알고 계시죠?"

"병이라고?"

"위중한 상태라 치료하기엔 이미 늦었어요. 일이 년 안에 하나도 남김없이 사망할 거예요. 한꺼번에 내다 버리시는 편이 낫겠어요."

매튜 이모부는 아주 즐거워했다.

"고약한 친구 같으니라고. 뭐 하나 마음에 들어 하는 게 없어. 저런 친구는 평생 처음 본다니까. 아, 글쎄 광물도 구제역에 걸린다지 뭐야."

5

에밀리 이모의 결혼식이 지나고 일 년 남짓한 기간 동안, 나와 린다는 또래에 비해 미숙한 어린애에서 사랑을 꿈꾸며 빈둥거리는 청소년으로 성장했다. 이모의 결혼이 초래한 결과 중 하나는, 내가 대부분의 휴일을 앨콘리에서 보내게 되었다는 것이다. 매튜 이모부가 좋아하는 다른 사람들처럼 데이비는 이모부를 조금도 무서워하지 않았고, 내가 이모부와 너무 오래 붙어 있으면 불안정해진다는 에밀리 이모의 논리를 일소에 부쳤다.

“두 사람은 그저 엄살이 심한 거야. 그런 늙은 골판지 괴물 때문에 기분 나빠할 필요가 뭐 있어.”

데이비는 런던에 있는 아파트를 정리하고 우리와 함께 셴리에 살게 되었다. 학기 중에는 그로 인해 우리의 삶이 영향

받는 일이 거의 없었다. 그때까지만 해도 여자들끼리 사는 집에 남자가 하나 들어오는 건 무조건 유익한 일 같았다(커튼과 이불, 그리고 에밀리 이모의 복장이 한결 좋은 쪽으로 변했다). 그러나 방학이 되면 그는 이모를 데리고 자신의 친척 집을 방문하거나 해외여행을 떠나서, 나는 줄곧 앨콘리에 머물러야 했다. 에밀리 이모는 남편의 희망 사항과 나의 신경쇠약 문제 중 하나를 택해야 한다면 전자가 우선한다고 여겼을 것이다. 이모가 이미 사십 대였음에도 불구하고 두 사람은 열정적으로 사랑에 빠진 듯했다. 내가 항상 옆에 있어서 필시 갑갑했을 텐데, 한순간도 내게 그런 내색을 하지 않았다는 점이 두 사람의 인격을 잘 대변해 준다. 데이비는 그때부터 내게 다정하고 이해심 많으며 함부로 간섭하지 않는 완벽한 새아빠가 되어 주었다. 그는 군소리 없이 나를 에밀리 이모의 가족으로 받아들였고, 내가 그 집에 살아야 한다는 사실을 조금도 의심하지 않았다.

크리스마스 연휴 즈음 공식적으로 사교계에 '진출'한 루이자가 무도회라는 무도회는 다 찾아다니자 우리는 쓰라린 질투심에 휩싸였다. 그래도 린다는 루이자에게 구애하는 남자가 별로 없는 것 같다고 비웃었다. 우리가 사교계에 나가려면 아직 이 년이나 기다려야 했다. 영원과도 같은 시간이었다. 사랑을 향한 열망에 도취된 데다 수업이나 다른 활동으로 정신을 돌릴 수도 없던 린다에게는 더더욱 길게 느껴졌다. 이제 린다는 사냥 외에는 모든 흥미를 잃었고, 동물을 애지중지하는 마음마저 사라진 듯했다. 린다와 나는 사냥이 없는 날에는 아무것도 하지 않았다. 너무 작아져서 허리의 후크 단추가 튕겨 나가기 일보 직전인 트위드 정장 차림으로 인내심 게임✿을 수없이 반복하거나, 헌즈의 벽장 안에 드러누워 '길이 재기'를 하며 시간을 죽이는 게 고작이었다. 우리는 가진 줄자로 서로의 눈이 얼마나 큰지, 손목과 발목, 허리와 목은 얼마나 가는지, 다리와 손가락은 얼마나 긴지 재보며 비교했다. 이기는 건 번번이 린다였다. 길이 재기를 마치고 나면 연애 이야기로 꽃을 피웠다. 그즈음 우리에게 사랑과 결혼은 동의어였고, 두 가지 모두 죽음을 넘어 언제까지고 지속되리라 믿었기에, 당시 주고받은 이야기들은 순진하기 그지없었다. 죄에 심취했던 시기는 이미 끝나 있었다. 이튼에서 돌아온 밥이 오스카 와일드에 관해 시시콜콜

✿ 카드 게임의 일종, '솔리테어'라고도 불린다.

들려줬기 때문이다. 베일이 벗겨지고 나니, 그가 저지른 범죄도 이제는 낭만적이라기보다 따분하고 불가해하게 느껴졌다.

우리는 자연스레 둘 다 사랑에 빠졌다. 하지만 상대는 한 번도 만나본 적 없는 사람들이었다. 린다의 연인은 황태자였고, 나의 연인은 살집이 있고 혈색 좋은 중년의 농부로, 그가 말을 타고 섄리를 지나는 모습을 가끔 본 적이 있었다. 우리가 느끼는 이런 사랑은 너무나 강렬하고 고통스러울 만큼 감미로워서 그들이 우리의 머릿속을 온통 차지해 버렸다.

하지만 시간이 지나면 실재하는 인물이 그 자리를 대신하리라는 걸 우리 둘 다 어렴풋이 알았던 것 같다. 그들은 이를테면, 궁극적으로 이 집의 거주자가 될 사람들을 위해 실내를 데워주고 있는 거였다. 결혼 후에도 애인이 생길 수 있다는 건 우리에게 말도 안 되는 소리였다. 우리는 진정한 사랑을 소망했고, 그런 사랑은 일생에 딱 한 번 찾아오는 거였다. 자신을 상대에게 바치고 나면 결코 흔들릴 까닭이 없었다. 남편들은 한눈을 팔 수도 있으니, 그것을 대비하고, 이해하고, 용서해야 한다는 건 우리도 알고 있었다. “난 당신에게 충실했어, 시너러. 내 방식대로 말이야"[✿]는 이를 아름답게 묘사하는 말 같았다. 하지만 여자들의 경우는 전혀 달랐다. 한 번 이상 사랑에 빠지거나 남에게 자신을 허락하는 건 최하층 계급의 여자들만 하는 일이었다. 내가 어떻게 이런 관념을 가지고 우리 엄마, 그 외설스러운 요부를 위대한 영웅처럼 숭배했는지 알다가도 모르겠다. 아마도 엄마를 완전히 다른 범주로 분류했던 게 아닐까 싶다. 천 척의 배를 출항시킬 만한 미인[✿✿]으로 말이다. 그 밖에도 몇몇 역사적 인물이 여기에 속했다. 그러나 린다와 나는 사랑에 관한 한 완벽주의자여서 그런 종류의 명성을 갈망하지는 않았다.

그해 겨울에 매튜 이모부의 축음기에는 〈소라Thora〉라는 새로운 곡이 걸렸다. "나는 장미 나라에 살며, 눈의 나라를 꿈꾸고 있소." 남성의 중후한 목소리가 우렁차게 울려 퍼졌다.

"말해주오, 말해주오, 내게 말해주오, 소라." 이모부가 아침, 정오, 저녁마다 틀던 이 곡은 우리의 기분에 딱 들어맞았고, 소라는 사무치도록 아름다운 이름 같았다.

세이디 이모는 크리스마스가 지나자마자 루이자를 위한

✿ 로버트 고어 브라운의 소설 『불완전한 연인』 속 대사, 1932년에 영화로도 제작되었다.

✿✿ 트로이로 납치된 스파르타의 왕비 헬레네를 묘사하는 관용어.

무도회를 열 계획이었다. 우리는 여기에 큰 기대를 걸었다. 물론 황태자 전하나 나의 농부는 여기에 초대받지 못했지만, 린다의 말처럼 시골에서는 무슨 일이 일어날지 모르니, 누군가가 그들을 데려올 수도 있었다. 황태자가 배드민턴✿으로 가는 길에 차가 고장 날 수도 있는 일이었다. 남는 시간 동안 파티에 들르는 것보다 자연스러운 일이 또 어디 있겠는가.

"세상에, 저 아름다운 아가씨는 누구지?"

"제 딸 루이자입니다, 전하."

"아, 그래. 상당히 매력적이군. 그런데 내가 말한 건 저 하얀 태피터✿✿ 드레스를 입은 쪽이네."

"그건 제 막내딸 린다입니다, 전하."

"내게 소개해 주시오."

두 사람이 뛰어난 왈츠 실력을 뽐내며 사방을 누비면, 다른 사람들은 추던 춤을 멈추고 옆으로 물러나 경탄한다. 어느덧 지친 두 사람은 앉아서 휴식을 취하며, 저녁 내내 시간 가는 줄 모르고 재미있는 대화를 나눈다.

✿ 사우스글로스터셔에 있는 마을로, 배드민턴 경기가 이곳에서 처음 시작되었다.

✿✿ 광택이 있는 얇은 평직물.

다음 날, 황태자의 시종이 찾아와 청혼 의사를 전달하면…….

“하지만 그 애는 아직 어리다고요!”

“전하께서는 일 년쯤 기다릴 각오가 되어 있으십니다. 또한 오스트리아 황비 엘리자베스 폐하께서도 열여섯의 나이에 혼인하셨다는 사실을 상기시켜 드리라 하셨습니다. 그러면서 이 보석을 보내셨죠.”

금색 장식함, 흰색과 분홍색 쿠션, 로즈 다이아몬드.

나의 몽상은 그보다는 덜 고귀했지만, 현실성이 없기는 매한가지였다. 그런데도 내게는 자못 현실적으로 느껴졌다. 나는 그 농부가 젊은 로킨바✿처럼 나를 앨콘리에서 데리고 떠나주는 상상을 했다. 그가 나를 뒷안장에 앉혀 가까운 대장간으로 가면, 그곳의 대장장이가 우리 둘이 부부가 되었음을 선언한다. 린다는 너그럽게도 왕실 농장 하나를 떼어주겠다고 했지만, 나는 그러면 너무 시시할 것 같았다. 우리만의 농장을 갖는 편이 훨씬 재미있을 터였다.

한편 무도회 준비가 일사천리로 진행되면서, 앨콘리의 식

✿ 월터 스콧의 서사시 〈마미온〉에 나오는 구혼자.

솔들은 하나같이 분주해졌다. 나와 린다의 의상은 수많은 천 조각이 하늘하늘 흔들리고 자수 허리띠를 구슬로 장식한 하얀 태피터 드레스로, 조시 부인이 만들고 있었다. 그녀의 오두막은 어디까지 완성됐는지 보려는 구경꾼으로 온종일 포위되었다. 레빌✿에서 보내온 루이자의 옷은 자잘한 주름이 들어간 은색 라메✿✿ 드레스로, 각 주름의 둘레에 파란 망사가 덧대어 있었다. 왼쪽 어깨에는 커다랗게 부풀려진 분홍 장미가 매달려 있어서 드레스와 묘한 부조화를 이루었다. 세이디 이모는 예의 무기력에서 벗어나 과몰입 상태에 빠져서는 시시콜콜한 것까지 걱정했다. 이모의 이런 모습은 우리 모두 처음 보는 거였다. 게다가 우리가 기억하기론, 이모가 매튜 이모부에게 반기를 든 것도 이때가 처음이었다. 다음의 문제가 원인이었다. 앨콘리에서 가장 가까이 사는 이웃은 멀린 경이었다. 그의 영지는 이모부의 영지와 나란히 뻗어 있었고, 멀린퍼드에 자리한 그의 저택은 앨콘리에서 5마일 거리였다. 매튜 이모부는 그를 싫어했고, 멀린 경으로 말하자면 전신 주소인 '이웃 조롱꾼'이 딱 어울리는 사

✿ 런던의 고급 의상점.

✿✿ 금실이나 은실로 짠 천.

람이었다. 하지만 두 사람이 노골적으로 반목하는 일은 없었다. 그들이 서로 얼굴을 마주한 적조차 없다는 사실은 그다지 대수로운 게 아니었다. 멀린 경은 사냥, 사격, 낚시에 관심이 없었고, 매튜 이모부는 평생 남의 집에서 식사한 적이 없기 때문이다. "집에서 먹는 음식도 나무랄 데가 없다"는 게 그의 주장이었다. 사람들은 이미 오래전에 그를 초대하기를 관뒀다. 이 두 사람 자체뿐 아니라 그들의 저택과 영지도 실로 완벽한 대조를 이루었다. 앨콘리는 커다랗고 흉측한 조지언 양식의 북향 가옥으로, 날씨가 너무 험해서 외출이 힘들 때 비바람을 막아줄 용도만을 목적으로 건축되었다. 대대로 시골 지주들과 그 아내들, 그들의 대가족, 개와 말, 선대의 미망인, 시집 안 간 여자 형제들이 이곳에서 살아왔다. 장식을 하거나 선을 부드럽게 하려는 시도는 일절 찾아볼 수 없고, 파사드✿ 비슷한 것도 없었다. 언제 봐도 높다란 언덕 위에 버티고 있는 병영처럼 삭막했다. 실내로 들어가면, 그 안에 퍼져 있는 기조와 주제는 죽음이었다. 처녀들의 죽음이나 유골함과 울부짖는 버드나무, 사이프러스와 고

✿ 현관이 있는 전면부로 건물의 인상을 좌우한다.

별시로 치장된 낭만적인 죽음이 아니었다. 그것은 전사들의 죽음, 동물들의 죽음, 냉혹하고 현실적인 죽음이었다. 벽을 따라 도끼창과 긴 창, 오래된 머스킷 총들이 조잡한 무늬를 이루며 배열되어 있고, 여러 나라에서 사냥한 동물들의 머리와 래들릿 선조들의 깃발 및 군복이 그와 함께 늘어서 있었다. 상판이 유리로 된 전시장에는 여인들의 소품이 아닌, 그 부군들의 축소 훈장과 휘장, 호랑이 이빨로 만든 펜대, 애마의 발굽, 전투 사상자를 알리는 전보, 양피지 두루마리로 된 임명장 등이 시대와 관계없이 뒤죽박죽 놓여 있었다.

남서쪽 계곡에 터를 잡은 멀린퍼드 저택은 여러 개의 과수원과 오래되고 정겨운 농가들 사이에 자리하고 있었다. 이 교외 별장은 앨콘리와 거의 같은 시기에 지어졌지만, 건축가의 성격과 시각은 판연히 달랐다. 이곳은 적이나 동물을 죽이러 뛰쳐나가 온종일 비워두는 집이 아니라, 그 안에서 생활하기 위한 집이었다. 독신자 아니면 한두 명의 예쁘고 총명하며 섬세한 자녀를 둔 부부에게 적합했다. 실내는 안젤리카 카우프만✿의 천장화와 치펜데일 양식✿✿의 계단,

---

✿ 18세기 후반에 활동한 신고전주의 화가.

✿✿ 18세기의 고급 가구 제작자 치펜데일을 본뜬 장식적 양식.

셰러턴과 헤플화이트[✿]의 가구로 채워져 있고, 홀에는 바토의 그림이 두 점 걸려 있었다. 야전삽이나 동물의 머리 같은 건 눈을 씻고도 찾아볼 수 없었다.

멀린 경은 거기에 끊임없이 아름다운 것들을 더해갔다. 그는 대단한 수집가여서, 멀린퍼드뿐 아니라 런던과 로마에 있는 집들도 보물로 넘쳐났다. 실제로 세인트 제임스의 한 유명한 골동품상은 아침 산책을 나온 멀린 경을 엄선된 상품들로 유혹하기 위해 작은 마을인 멀린퍼드에 지점을 열었고, 본드 가[✿✿]의 보석상 한 명도 곧바로 그 뒤를 따랐다. 멀린 경은 보석을 좋아했다. 휘핏 종인 그의 검은 개 두 마리는 다이아몬드 목걸이를 하고 다녔다. 하얀 개들을 위해 디자인된 장신구였지만, 가늘고 우아한 그들의 목에도 잘 어울렸다. 이는 오래전부터 이웃들에 대한 조롱으로 여겨졌는데, 젠트리 계급[✿✿✿] 사람들은 그런 행동이 멀린퍼드의 선량한 주민들에게 사치를 조장한다고 생각했다. 세월이 흘러도 그 털북숭이들의 목에서 번쩍이는 보석이 사라질 기미가 안

✿ 두 사람 역시 18세기의 가구 제작자로 섬세한 디자인이 특징이다.

✿✿ 런던 웨스트엔드에 고급 상점들이 모여 있는 거리.

✿✿✿ 귀족은 아니지만 토지 소유 등의 특권을 지닌 상류층.

보이자, 이웃들은 두 배로 조롱당하는 기분이었다.

그의 취향은 결코 골동품에 국한되지 않았다. 그 자신이 화가이자 음악가였고, 모든 젊은이의 후원자였다. 멀린퍼드 저택에서는 수시로 현대 음악이 흘러나왔다. 정원에는 작지만 우아한 소극장을 지어놓고 이따금 장 콕토의 연극이나 오페라 〈마하고니 도시의 흥망〉을 올리거나 파리에서 들여온 최신 다다이즘 작품의 전시 같은 난해한 행사에 이웃들을 초대해 놀라움을 자아냈다. 멀린 경은 워낙에 노련한 익살꾼이어서 어디까지가 농담이고 어디서부터가 교양인지 가늠하기 어려울 때가 많았다. 그 자신도 늘 완벽히 구분 짓지는 않았을 것이다.

저택 인근 언덕의 대리석 탑 꼭대기에는 금으로 된 천사 조각상이 있었는데, 매일 밤 멀린 경의 탄생 시각에 맞춰 트럼펫을 불었다(아홉 시 이십 분으로, 너무 늦은 시간이라 지역 BBC 뉴스에 방송되지 못한 것을 그 지역 사람들은 두고두고 불만스러워했다). 준보석으로 장식된 탑은 낮에는 반짝거렸고, 밤에는 강렬한 푸른 광선 아래 빛을 발했다.

그런 사람이기에 멀린 경은 그가 속한 코츠월드의 허세 강한 지주 사회에서 일종의 전설이 되었다. 먹기 위해서가 아닌 기분 좋은 게임으로써의 살생을 외면하는 사람을 인정해 줄 수는 없었지만, 그의 탐미주의와 조롱에 말로 다할 수 없을 만큼 당황하기도 했지만 그들은 아무런 문제 없이 멀린 경을 자신들의 편으로 받아들였다. 그들의 가문은 언제나 그의 가문과 서로 알고 지냈으며, 멀린 경의 아버지는 예전에 폭스하운드를 능숙하게 다루는 것으로 이름이 높았다. 그는 졸부도 벼락부자도 아니었고, 영국 시골에서 흔히 볼 수 있는 전형적인 신사였다. 사실 탑 자체는 엄청난 흉물로 여겨졌지만, 사냥 후에 귀가하다가 길을 잃은 사람들에게는 반가운 표지물이 되기도 했다.

세이디 이모와 매튜 이모부의 대립은 멀린 경을 무도회에 초대할지 말지가 아니라(이웃들은 누구나 자동적으로 초대되었기에 그런 문제는 애초에 발생할 수가 없었다), 그의 객식구들까지 불러야 할지를 두고 벌어졌다. 세이디 이모는 응당 그래야 한다고 생각했다. 결혼 후 속세와 담을 쌓고 살아온 그녀는 소녀와도 같은 세계관을 갖고 있었으며, 멀린 경이 객식구들을 데려오는 데 동의하기만 하면 굉장한 장식적 효과를 볼 수 있다는 걸 알았다. 그뿐 아니라 어찌 됐건 무도회의 전반적인 분위기가 심히 촌스러울 것도 알고 있었다. 그녀는 내심, 정성껏 매만진 머리에 런던 사람다운 피부색을 하고 파리의 의상을 입은 젊은 여성들을 다시 한번 보고 싶은 갈망을 느꼈다.

매튜 이모부는 반발했다.

"그 막돼먹은 멀린한테 친구들을 데려오라고 하면, 옥스퍼드의 망나니들, 온갖 탐미주의자들로 득시글하게 될 거야. 외국인을 데려오지 않는다는 보장도 없어. 그 인간이 수시로 프랑스 놈들은 물론이고 이탈리아 것들까지 집에 데려와 재운다는 얘기가 있어. 난 내 집이 이탈리아 놈팡이들로 북적거리는 건 용납 못 해."

그러나 결국, 늘 그렇듯 세이디 이모가 자신의 뜻을 관철했고, 책상에 앉아 다음과 같은 편지를 써 내려갔다.

친애하는 멀린 경,

저희 딸 루이자를 위해 소소한 무도회를 열 계획이오니…….

매튜 이모부는 할 말을 마치고는 침울하게 자리를 옮겨 〈소라〉를 틀었다.

멀린 경은 초대를 받아들였다. 그는 열두 명의 손님을 데려올 것이며, 이른 시일 안에 참석자 명단을 보내겠다고 답을 해왔다. 지극히 온당하고 완벽히 정상적인 대응이었다. 그의 답신을 열어본 세이디 이모는 눈살을 찌푸리게 하는 교묘한 농담이 없는 걸 보고 좋은 쪽으로 깜짝 놀랐다. 편지지에는 놀랍게도 그의 저택 그림이 새겨져 있어서, 매튜 이모부에겐 보여주지 않았다. 이모부는 그런 행위를 경멸했기 때문이다.

며칠 후, 또 한 번 놀라운 일이 벌어졌다. 멀린 경이 여전히 농담 하나 없이, 여전히 정중하게 매튜 이모부와 세이디 이모, 그리고 루이자를 멀린퍼드 코티지 병원을 위한 무도회에 초대한다는 편지를 보내온 것이다. 매튜 이모부는 물론 끄떡도 하지 않았지만, 세이디 이모와 루이자는 참석했다.

두 사람은 눈이 휘둥그레져서 집으로 돌아왔다. 그들의 말에 따르면, 그 집은 펄펄 끓는 듯이 더워서 한순간도 추위를 느낄 수 없었다. 홀에서 코트를 벗은 후에도 마찬가지였다. 앨콘리에서는 차를 몰고 나갈 때 바퀴에 구멍이 날 경우를 대비해 으레 십오 분 정도 일찍 출발하는 습관이 있어서 두 사람은 다른 손님들보다 한참 일찍 도착했고, 덕분에 집

안 구석구석을 둘러볼 수 있었다. 멀린퍼드 저택은 사방이 봄꽃으로 그득해서 꽃내음이 분분했다. 앨콘리의 온실에도 봄꽃은 많았지만 어찌 된 영문인지 그 꽃들은 도통 집 안으로 옮겨지는 일이 없었고, 설령 들여왔다 해도 영락없이 추위에 얼어 죽었을 것이다. 이모의 말에 의하면, 휘핏들은 정말로 이모의 것보다 훨씬 호사스러운 다이아몬드 목걸이를 하고 있었으며, 이모도 마지못해 목걸이를 한 개들이 매우 아름답다고 인정했다. 극락조들이 실내를 이리저리 날아다녔는데, 상당히 유순한 새들이었다. 청년 한 명이 루이자에게 말하길, 낮에 오면 알록달록한 비둘기 떼가 색종이 조각을 뿌려놓은 것처럼 하늘에서 재주부리는 광경을 볼 수 있다고 했다.

"멀린이 매년 비둘기에 염료를 칠하고 이불 벽장에서 말리거든."

"그건 너무 잔인하지 않나요?" 루이자가 몸서리를 치며 말했다.

"오, 아니야. 비둘기들은 그걸 즐겨. 자기 남편이나 아내가 등장할 때 엄청 근사해 보이거든."

"눈이 따가우면 어떡해요?"

"오, 바로 알아서 감게 돼 있어."

드디어 침실에서 나와 (그중 몇몇은 놀라울 정도로 느지막이) 모습을 드러낸 객식구들은 꽃보다 싱그러운 향기를 풍겼고, 극락조보다 이국적인 외모를 뽐냈다. 모두가 굉장히 살가웠고, 루이자에게도 매우 친절했다. 저녁 식탁에서 두 아름다운 청년 사이에 앉은 루이자는 평소와 같은 방식으로 선수를 쳤다.

"사냥은 어디서 하세요?"

"우린 안 하는데." 그들이 대답했다.

"오, 그럼 왜 선홍색 상의✿를 입고 있어요?"

"이 색깔이 예뻐 보여서."

그 이야기를 전해 들은 우리는 눈이 핑 돌 만큼 재밌다고 생각했지만, 절대로 매튜 이모부의 귀에 들어가선 안 된다는 데 합의했다. 이모부가 아는 날에는 지금이라도 당장 멀린퍼드 사람들의 무도회 참석을 반대할 게 분명했다.

저녁 식사가 끝나자 여자들은 루이자를 위층으로 데려갔다. 손님 방마다 붙어 있는 공지문을 본 루이자는 처음엔 적

✿ 전통적으로 여우 사냥꾼들이 입는 재킷.

잖이 놀랐다.

물탱크에 신원 미상의 시체가 들어 있으므로, 방문객들은 목욕물을 마시는 걸 삼가십시오.
자정부터 오전 여섯 시 사이에는 총을 쏘거나 나팔을 불거나 비명을 지르거나 경적을 울리지 말아 주십시오.

그리고 한 침실 문에는 이렇게 쓰여 있었다.

난도질 완료.

그러나 이 모든 게 농담이라는 사실이 곧 밝혀졌다.

여자들은 루이자에게 파우더와 립스틱을 빌려주겠다고 했지만, 루이자는 세이디 이모가 알아챌까 봐 감히 받아오지 못했다. 하지만 다른 사람들이 화장한 걸 보니 무척이나 사랑스러웠다고 했다.

앨콘리에서 무도회가 열리는 날이 눈앞으로 다가오자, 세이디 이모는 수심이 깊어 보였다. 모든 준비는 원만하게 진행되는 듯했다.

샴페인이 도착했고, 클리퍼드 에섹스[✿]의 예비 연주단을 예약했으며, 연주자들은 막간에 크레이븐 부인의 오두막에서 휴식을 취할 예정이었다. 크래브 부인이 앨콘리의 농장 사람들과 크레이븐, 그리고 일손이 되어줄 마을 여자 세 명과 함께 타의 추종을 불허할 만한 만찬을 계획하고 있었다. 성화에 못 이긴 매튜 이모부는 멀린퍼드 저택의 온기를 따라잡을 만한 등유 난로를 20대나 사들였고, 정원사는 손이 닿는 데 있는 화분이란 화분을 모조리 집 안으로 옮길 준비를 하고 있었다. (매튜 이모부는 '그다음엔 백색레그혼들을 염색할 차례겠군' 하며 빈정댔다.)

이처럼 행사 준비에는 아무런 차질도 없었건만, 불안으로 찌푸려진 세이디 이모의 미간은 펴질 줄을 몰랐다. 젊은 여성들과 그 모친들은 꽤 많이 확보했지만, 젊은 남성이 한 명도 없었기 때문이다. 이모의 동년배 중에 딸을 둔 사람들은 기꺼이 여식을 데려오겠노라고 약속했다. 하지만 아들들은 또 달랐다. 일 년 중 이맘때면 댄스 파트너인 남자들에게 초대장이 물밀듯 밀려들었다. 그런 상황에서 아직 가보지도

✿ 밴조 연주자이자 악기 제작자.

않은 집을 골라 멀리 글로스터셔까지 내려갈 사람이 어디 있겠는가. 그곳에서 온기와 쾌락, 그리고 자신들이 마땅히 대접받아야 한다고 여기는 고급 와인을 손에 넣을 수 있을지도 확실치 않았다. 마음을 사로잡을 만큼 유명한 미녀도 없고, 말을 빌려준다는 얘기도 없으며, 사격에 대해서는 일언반구도 없었다. 심지어 뇌조 사냥조차 언급되지 않았다.

매튜 이모부는 자신의 말과 꿩들에게 지극정성이라, 누군지도 모르는 애송이들에게 장난감으로 내줄 사람이 아니었다.

그리하여 앨콘리는 최악의 사태를 마주했다. 영국 각지에서 어머니 네 명과 미혼 여성 여섯 명을 합쳐 열 명의 여자가 한집에 방문하는데, 그 집엔 이미 여자가 네 명이나 더 있고 (린다와 나는 여자로 쳐주지 않겠지만, 우리도 일단 바지가 아닌 치마를 입는 데다, 이미 나이도 먹을 만큼 먹어서 무도회 내내 학습실에만 처박아 둘 순 없었다) 남자는 둘밖에 없는데 그중 하나는 연미복조차 입어본 적이 없었다.

이때부터 전화통에 불이 났고, 사방팔방 전보가 날아다녔다. 세이디 이모는 모든 자존심을 내려놓고, 만사가 순탄한 척도 그만두고, 모든 결정은 당사자에게 맡겨야 한다는 생각도 버린 채 절박하게 부탁하기 시작했다. 목사인 윌스 씨는 부인을 집에 두고 앨콘리에 와서 독신자처럼 식사하는 데 동의했다. 윌스 부부는 사십 년 만에 처음으로 서로 떨어지는 거였다. 중개상의 아내인 애스터 부인도 동일한 희생을 치르기로 했고, 아직 열일곱도 안 된 그 집 아들은 서둘러 기성복 정장을 사러 옥스퍼드로 달려갔다.

데이비 워벡도 에밀리 이모를 두고 혼자 건너오라는 부탁을 받았다. 그는 위기의 전모를 들은 후에야 마지못해 그러겠노라 약속했다. 오랜 세월 유령처럼 잊힌 존재였던 나이 많은 사촌과 삼촌들이 망각에서 소환되어 현실에 등장해 줄 것을 촉구당했다. 그중 대다수가, 일부는 심히 무례하게 이를 거절했다. 그들 대부분이 한때 매튜 이모부에게 용서할 수 없을 만큼 크고 지독한 모욕을 당했던 것이다.

급기야 이모부는 자기가 나서야 할 때라는 걸 깨달았다. 그는 무도회 따위에 조금도 개의치 않았고 특별히 참석자들을 즐겁게 해줘야 한다는 의무감도 느끼지 못했다. 그에게 무도회 참석자들이란 함께 여흥을 즐기고 떠들썩하게 놀 유쾌한 친구가 아닌, 거칠게 밀고 들어오는 야만인 무리였다. 그렇지만 마음의 평화를 잃은 세이디 이모가 걱정되고 아내의 근심 어린 모습을 보는 게 괴로워서 직접 행동하기로 결심했다. 그는 런던으로 가서, 회기가 종료되기 전 마지막 상원 회의에 참석했다. 이 발걸음은 크나큰 결실을 보았다.

“스트롬볼리, 패딩턴, 포트 윌리엄, 그리고 커틀리가 오기로 했어.” 이모부가 세이디 이모에게 보고했다. 마술사가 작은 와인잔에서 예쁘고 통통한 토끼 네 마리를 꺼내 보이는 듯한 말투였다.

“그런데 어쩔 수 없이 사격을 하게 해준다고 약속했어. 밥, 크레이븐한테 가서 내가 아침에 보잔다고 전해라.”

이런 복합적인 조치 덕분에 이제 만찬의 인원수가 맞춰지자 세이디 이모는 한숨이 놓이면서도 이모부가 토끼를 꺼내는 시늉이 자꾸 떠올라 키득거렸다. 스트롬볼리 경, 포트 윌리엄 경, 그리고 패딩턴 공작은 그녀의 오랜 댄스 파트너였다. 아치볼드 커틀리 경은 의회의 도서관장으로, 지식인 세계에서 만찬 자리의 단골이었다. 그는 일흔이 넘은 데다 관절염도 심했다. 만찬 후의 춤은 또 다른 난관이었다. 그때쯤이면 윌스 씨는 윌스 부인에게, 애스터 씨는 애스터 부인에게 돌아갈 것이고, 매튜 이모부와 밥은 댄스 파트너로 보기 어려웠다. 상원 의원들은 십중팔구 댄스 플로어보다 브리지 테이블로 향할 게 뻔했다.

"이번 파티는 여자들에게 치열한 생존 싸움이 될 것 같네." 세이디 이모가 몽롱하게 말했다.

그러나 한편으로는 환영할 만한 일이기도 했다. 이 늙은 이들은 매튜 이모부가 친히 부른 그의 지인들이므로 이모부도 그들에게는 예의를 갖출 터였다. 어쨌든 그들은 이모부가 어떤 사람인지 알고 오는 거였다. 낯선 청년들로 집 안을 가득 채우는 일에는 위험 요소가 크다는 걸 그녀도 알고 있었다. 매튜 이모부는 낯선 사람을 싫어했고, 청년들을 싫어했으며, 자기 딸들에게 구혼자가 생기는 건 상상조차 하기 싫어했다. 이렇게 세이디 이모는 암초를 만났지만, 이번에는 무사히 피해 갈 수 있었다.

그리하여 무도회가 열렸다. 이거야말로 우리가 오랫동안 고대했던 삶이었다. 우리가 있는 바로 이 자리에서, 실제로 우리를 둘러싸고 무도회가 벌어지고 있었다. 어찌나 경이로웠는지, 현실이 아닌 꿈만 같았다. 그러나 안타깝게도 우리가 상상하고 기대했던 것과는 달라도 너무 달랐다. 빈말이라도 좋은 꿈이라고는 할 수 없었다. 남자들은 너무 작고 못

생겼으며, 여자들은 너무 칙칙했고, 그들의 의상은 너무 남루했고, 얼굴은 너무 시뻘겠다. 등유 난로는 냄새가 너무 지독했고, 별로 따뜻하지도 않았다. 하지만 무엇보다 남자들이 너무 늙거나 너무 못생겼다. 그들이 춤을 청해도(우리가 생애 첫 파티에서 좋은 시간을 보내길 바란, 친절한 데이비에게 등을 떠밀린 것으로 보였다), 남자다운 팔과 남자다운 가슴에 안겨 구름 위를 떠다니는 기분은 조금도 느껴볼 수 없었다. 비틀비틀 꾹꾹의 연속일 뿐이었다. 그들은 한 발로 홍학의 왕처럼 균형을 잡고, 다른 발로 통나무의 왕처럼 상대의 발가락을 내리찍었다. 재치 있는 대화로 말할 것 같으면, 세상에서 제일 시시하고 바보 같은 이야기라도 좋으니 춤을 한 곡 추고 앉아서 대기하는 시간까지 이어지기만 하면 더 바랄 게 없었다. 그들의 입에서 나오는 말은 거의 다 "오, 죄송해요. 오, 제 실수예요"였다. 그런 와중에 린다는 파트너 한 명을 데리고 가서 병든 돌까지 구경시켜 주었다.

우리는 한 번도 춤을 배운 적이 없었다. 무슨 이유에선지 그런 건 애쓰지 않아도 저절로 되는 줄로만 알았다. 아마도 린다는 그때 그곳에서, 나는 오랜 뒤에나 깨닫게 되는 사실을 터득한 것 같다. 교양인의 행동은 천성과는 아무런 상관이 없으며, 모든 건 인위적이고 작위적으로 갈고닦은 결과라는 걸.

그날 저녁, 환멸의 구렁텅이에서 우리를 구해준 건 멀린퍼드의 손님들이었다.

그들은 어지간히도 늦게 나타나서, 실은 우리 모두 그들을 잊고 있었다. 하지만 그들이 세이디 이모에게 인사하고 플로어에 들어서자, 파티장 안에는 순식간에 새로운 바람이 불었다. 그들의 보석과 멋들어진 의상, 빛나는 머리카락, 눈부신 피부색은 찬란한 광채를 발산했다. 그들이 춤을 출 때는 정말로 둥둥 떠다니는 것 같았다. 찰스턴을 출 때는 또 달랐다. 딱딱한 구석은 있지만 전문 댄서처럼 훌륭해서 우리 모두 입을 딱 벌리고 감탄했다. 그들이 나누는 대화는 얼핏 들어도 대담하면서도 재치가 있어서 흐르는 강물처럼 첨벙이고 질주하며 햇살 아래 반짝거렸다. 린다는 그들에게 매료된 나머지, 자신도 그들처럼 눈부신 존재가 되어 그들의 세상에서 살아가겠다고 그때 그 자리에서 결심했다. 평생이 걸리는 한이 있더라도 말이다. 나는 그런 걸 갈망하지 않았다. 내 눈에도 그들은 경탄스러웠지만, 나와 나의 궤도에서는 한참 먼, 오히려 우리 부모님에 가까운 사람들이었다. 에밀리 이모가 나를 자기 집으로 데려간 날부터 나는 그런 사람들을 등지고 살아왔다. 돌아올 수 없는 강을 건넌 것이다. 돌아가고픈 마음도 없었다. 그럼에도 나는 눈요기를 하듯 흥미롭게 그들을 바라보았다. 더 이상 우리에게 손 내밀어 줄 청년을 찾지 못하게 된 데이비는 틈틈이 우리와 함께 춤을 춰주고 있었다. 린다와 둘이 앉아 있든, 친절한 데이비와 함께 회장 안을 돌아다니든, 내 눈은 그들에게서 떨어질 줄 몰랐다. 데이비는 그들 모두와 적잖이 친분이 있는 듯했고, 멀린 경과는 막역한 사이인 게 분명했다. 그는 나와 린다에게 친절을 베풀 때가 아니면 그들에게 딱 붙어서 매끄러운 대화에 한몫을 거들었다. 심지어 우리까지 그들에게 소개해 주려 했다. 그러나 안타깝게도 조시 부인의 오두막에서는 그토록 개성 있고 예뻐 보였던 태피터 드레스의 장식 천들이 한없이 곱고 부드러운 그들의 날염 시폰 옆에선 이상하게 뻣뻣해 보였다. 하물며 우리는 그들이 오기 전에 겪은 일들로 자괴감에 빠져 있어서 제발 그러지 말라고 애원했다.

그날 밤 침대에 누운 나는 그 어느 때보다 센리에 있는 내 농부의 듬직한 품이 그리웠다. 다음 날 아침, 린다는 황태자

전하를 포기했다고 내게 말해주었다.

“궁정 안은 여간 지루한 게 아닐 것 같다는 결론을 내렸어. 레이디 도로시가 여왕님을 보필하다가 어떻게 됐나 봐.”✿

✿ 보수당 정치인과 오랫동안 불륜을 저질렀다.

6

이 무도회는 추호도 예상치 못한 결과를 불러왔다. 포트 윌리엄 경의 어머니가 세이디 이모와 루이자를 서식스 자택에서 열리는 사냥 클럽 무도회에 초대했고, 얼마 지나지 않아 이번에는 경의 결혼한 누이가 새 사냥 행사와 병원 자선 무도회에 참석해 주기를 청했다. 포트 윌리엄 경은 이때 그곳을 방문한 루이자에게 청혼해서 승낙을 받아냈다. 약혼녀 신분으로 앨콘리에 돌아온 루이자는 린다가 태어난 이후 처음으로 화제의 중심이 되어 동생의 콧대를 완전히 꺾어 놓았다. 실로 흥분되는 소식이었기 때문에 헌즈의 벽장에서는 루이자가 있건 없건 이 이야기가 끊이질 않았다. 루이자는 약지에 작고 아름다운 다이아몬드 반지를 끼고 있었지만, 약혼자(이제 우리는 존이라 불러야 했지만, 그런 이름을 어떻게 기억한단 말인가)가 어떻게 구애했는지에 관해서는 우리가 만족할 만큼 충분한 이야기를 들려주지 않았다. 너무 성스러워서 감히 입에 담을 수 없다는 듯이, 포트 윌리엄 경이 수줍어하며 여러 차례 얼굴을 붉혔다는 말로 얼버무렸다. 머지않아 그가 다시 찾아온 덕분에 우리는 스트롬볼리 경, 패딩턴 공작과 함께 있던 삼위일체의 일부가 아닌, 한 명의 개인으로 그를 관찰할 수 있었다. 린다는 이렇게 총평을 내렸다. "불쌍할 따름이야. 루이자는 마음에 들어 하는 것 같지만, 솔직히 견공이었다면 진즉에 안락사시켰을 몸이잖아."

포트 윌리엄 경은 서른아홉인데도 확실히 나이에 비해 훨씬 늙어 보였다. 머리카락은, 린다의 표현에 의하면 밤에 덮고 자는 깃털 이불처럼 뒤로 흘러내리는 중이었고, 전반적으로 외모에 관심을 소홀히 한 중년의 모습이었다. 그래도 루이자는 그를 사랑했고, 태어나서 처음으로 행복감을 느꼈다. 그녀는 언제나 다른 형제들보다 매튜 이모부를 두려워했는데, 거기에는 그럴 만한 이유가 있었다. 이모부는 루이자를 멍청하다고 여겨서 그녀에게 친절한 법이 없었다. 그러니 앨콘리에서 영구히 벗어날 수 있다는 생각만으로도 루이자는 천국에 온 것만 같았다.

가엾은 노견이나 이불에 비유하긴 했어도, 내 생각에 린다는 정말 무던히도 부러웠던 것 같다. 혼자 나가서 한참 동안 말을 달리는가 하면, 점점 더 기상천외한 몽상에 빠져들었다. 사랑에 대한 갈망은 이제 강박으로 치달았다. 세상에 나가기 전까지 꼬박 이 년이라는 세월을 기다려야 하는데 시간은 느리게만 흘러갔다. 린다는 응접실에 축 늘어져 인내심 게임만 내리 해댔다(시작만 하고 끝내지 못하는 경우도 많았다). 혼자일 때도 있고, 재시와 함께일 때도 있었다. 재시도 이미 린다의 불안에 전염된 상태였다.

"몇 시쯤 됐어?"

"맞춰봐."

"다섯 시 사십오 분?"

"그거보단 더 됐어."

"여섯 시!"

"그렇게까진 아니고."

"다섯 시 오십오 분?"

"맞아."

"만약에 이게 나오면 내가 사랑하는 남자랑 결혼하게 될 거야. 이게 나오면 열여덟 살에 결혼할 거야."

만약에 이게 나오면 — 섞고 — 이게 나오면 — 까고. 퀸이 맨 아래 깔려 있으면 못 이기잖아. 다시 해.

루이자는 봄에 결혼식을 올렸다. 튤✿ 주름이 지고 오렌지 꽃이 점점이 달린 웨딩드레스는 무릎까지밖에 안 올 만큼 깡똥했는데, 뒷자락은 당시의 흉측한 유행에 따라 길게 늘어져 있었다. 재시는 그걸 보고 경악했다.

"부적절함의 극치군."

"이게 어때서, 재시?"

"관에 들어갈 때 부적절하다고. 여자들이 매장될 땐 으레 웨딩드레스를 입히잖아. 언니 시체에서 늙은 다리만 훤히 드러난다고 상상해 봐."

"오, 재시. 그렇게 엽기적인 소리 하지 마. 뒷자락으로 잘 덮을게."

"장의사들은 무슨 죄람."

루이자는 들러리 없이 식을 치르겠다고 했다. 아마 평생

✿ 얇은 망사 형태의 명주 천.

한 번만이라도 자신이 린다보다 주목받아야 마땅하다고 생각한 것 같다.

"들러리가 없으면 하객들이 얼마나 우습게 보겠어. 뭐, 언니 마음대로 해. 우리도 볼썽사납게 파란 시폰 같은 건 입고 싶지 않으니까. 그저 언니가 걱정돼서 하는 소리야."

열성적인 골동품 수집가인 존 포트 윌리엄은 루이자의 생일에 알프레드 대왕의 장신구를 본뜬 복제품을 선물했다. 이 무렵 한도 끝도 없이 불만에 차 있던 린다는 그걸 보고 꼭 닭똥 같다고 내뱉었다. "모양도 크기도 색깔도 똑같잖아. 저런 건 보석도 아니야."

"내가 보기엔 예쁘기만 하구나"라며 세이디 이모가 무마해 보았지만, 린다의 폄훼가 남긴 쓰라림은 오래도록 가시지 않았다.

당시에 세이디 이모는 카나리아를 한 마리 키웠는데, 갈리쿠르치 못지않게 낭랑하고 우렁찬 목소리로 온종일 울어댔다. 지금도 나는 하염없이 지저귀는 카나리아 소리만 들으면 행복했던 그 시기가 떠오른다. 결혼 선물이 속속 도착하면 그걸 풀어보고, 감탄이나 질색을 하며 종류별로 무도실에 늘어놓고, 쉴 새 없이 야단법석을 떨었다. 가끔은 화창한 날씨가 예상외로 오래 이어지듯이, 웬일로 매튜 이모부도 계속해서 기분이 좋았다.

루이자는 집이 두 채나 생길 예정이었다. 하나는 런던의 코노트 스퀘어에, 다른 하나는 스코틀랜드에 있었다. 그뿐 아니라 매년 의복비로 3백 파운드를 받고, 다이아몬드 티아라와 진주 목걸이, 개인 승용차, 모피 망토를 갖게 되었다. 존 포트 윌리엄을 감내하는 대가로 그녀에게 떨어지는 몫은 실로 부러울 정도였다. 그만큼 어마어마하게 지루한 남자였다.

결혼식 날은 맑고 따사로웠다. 아침부터 우리는 윌스 부인과 조시 부인이 꾸며놓은 교회를 구경하러 갔다. 밝고 아담한 교회는 봄꽃 다발들로 가득했다. 그런데 나중에 갔을 때는 평소와 달리 인산인해를 이루고 있어서 익숙한 윤곽이 흐려지고 완전히 다른 곳처럼 보였다. 나는 차라리 텅 비고 꽃으로만 뒤덮인, 성령이 충만한 곳에서 결혼하고 싶다는 생각이 들었다.

린다와 나는 한 번도 결혼식에 가본 적이 없었다. 당시 우리는 대단히 불공평하다고 생각했지만, 에밀리 이모는 데이비의 집이 있는 영국 북부의 한 예배당에서 둘이서만 식을 올렸다. 그래서 이날 우리는 정든 언니 루이자와 어마어마하게 지루한 존이 전통적인 혼례식의 신랑 신부이자 로맨스의 남녀 주인공으로 대뜸 등장하리라곤 생각도 못 하고 있었다.

앨콘리에 루이자와 매튜 이모부를 남겨두고 우리끼리 집을 나서는 순간부터 좋은 의미에서 극적인 분위기가 형성되었다. 두 사람은 정확히 십일 분 후에 다임러 승용차를 타고 따라올 예정이었다. 머리부터 무릎까지 튤로 뒤덮인 루이자는 조심스레 의자 끝에 걸터앉아 있고, 이모부는 시계를 손에 쥔 채로 홀 안을 성큼성큼 걸어 다니고 있었다. 우리는 평소처럼 교회까지 걸어가서 후면에 마련된 가족석에 앉았다. 그 위치에서는 저마다 최선을 다해 차려입고 나온 이웃 사람들의 색다른 모습을 놀란 눈으로 관찰할 수 있었다. 하객 중에 평소와 똑같은 사람은 멀린 경뿐이었다.

홀연 좌중이 동요했다. 존과 신랑 들러리인 스트롬볼리 경이 두 개의 잭인더박스✿ 인형처럼 불쑥 튀어나와 제단의 계단 옆에 서 있었다. 모닝코트✿✿를 입고 머릿기름을 잔뜩

✿ 뚜껑을 열면 용수철 달린 인형이 튀어나오는 장난감 상자.

✿✿ 낮에 입는 신사 예복.

바른 두 사람은 꽤 매력적이었다. 하지만 그 사실을 알아챌 틈도 없이 윌스 부인이 전력을 다해 〈혼례의 합창〉을 연주하기 시작했다. 얼굴에 베일을 드리운 루이자가 매튜 이모부에게 끌려 빠른 속도로 중앙 통로를 걸어 나왔다. 그 순간, 린다라면 기꺼이 루이자와 자리를 맞바꿀 거라는 생각이 들었다. 평생 존 포트 윌리엄과 부부로 살아야 하는 엄청난 대가를 치르더라도 말이다. 눈 깜짝할 사이에 루이자는 이제 베일을 벗은 채 존에게 끌려 통로를 걸었다. 이때 울려 퍼진 윌스 부인의 〈결혼 행진곡〉은 어찌나 우렁차고 위풍당당한지 교회 창문이 다 부서질 뻔했다.

모든 것이 일정대로 순조롭게 진행되었다. 작은 사건 하나만 빼면 말이다. 〈사슴이 시냇물을 찾듯이〉(루이자가 제일 좋아하는 찬송가)가 연주되는 동안 데이비가 거의 아무도 눈치채지 못하게 가족석을 빠져나간 것이다. 그는 결혼식 차량 중 하나를 잡아타고 멀린퍼드역으로 가서 곧장 런던으로 향했다. 그날 저녁, 그는 앨콘리로 전화를 걸어 자초지종을 설명했다. 노래를 부르다 편도선이 삐어서 당장 이비인후과 전문의인 앤드루 맥퍼슨 경을 찾아가야겠다고 판단했다는 거였다. 데이비는 의사의 권고대로 일주일간 입원

했다. 기상천외한 사고는 늘 불쌍한 데이비에게만 일어나는 듯했다.

루이자가 떠나가고 앨콘리를 찾았던 하객들도 전부 사라지자, 이런 경우에 늘 그렇듯 집 안은 적막감에 휩싸였다. 린다는 세이디 이모도 놀랄 만큼 깊은 절망의 구렁텅이에 빠져들었다.

훗날 린다가 내게 말하길, 그땐 머릿속이 자살 생각으로 가득했는데 실행으로 옮기지 않은 건 물리적인 어려움이 너무 컸기 때문이라고 했다.

"토끼를 죽이려고 할 때 어떤 기분인지 너도 알잖아. 그걸 자기 자신한테 한다고 생각해 봐!"

이 년은 영겁의 세월처럼 느껴졌다. 종국에는 복된 사랑이 기다리고 있다고 해도(린다는 신앙인이 천국의 존재를 믿는 것처럼, 이 부분을 절대 의심하지 않았다), 그만한 시간을 투자할 가치는 없어 보였다. 이제는 린다도 나처럼 종일 열심히 일해야 할 시기였다. 그러면 밤에 잠들기 전 잠깐을 빼고는 유치한 꿈이나 꾸고 있을 여유가 없을 터였다. 세이디 이모도 이런 사실을 어렴풋이 깨달았는지, 요리를 배우라, 정원을 손질하라, 견진성사[✿]를 준비하라며 다그쳤다. 린다는 씩씩대며 전부 뿌리쳤다. 마을 일에 참여하는 것도 거부하고, 세이디 이모를 도와 시골 지주의 아내에게 주어진 산더미 같은 가사를 돌보지도 않았다. 매튜 이모부가 푸른 눈을 이글거리며 하루에 몇 번씩 강요하는데도 끈질기게 버텼다.

린다의 구원자로 나선 건 멀린 경이었다. 루이자의 결혼식에서 린다에게 반해버린 그는 종종 그녀를 멀린퍼드에 보내 달라고 세이디 이모에게 부탁했다. 며칠 후, 그가 전화를 걸어왔다. 전화를 받은 매튜 이모부는 수화기에서 입을 떼지도 않은 채 세이디 이모를 향해 소리쳤다.

"그 방정맞은 멀린 자식이 당신을 바꿔 달래."

멀린 경은 이 말을 들었을 텐데도 전혀 기분 나빠하지 않았다. 그는 자기 자신도 괴짜라서 특이한 사람들에게 동료의식을 느꼈다. 그러나 가엾은 세이디 이모는 몹시 당황했고, 그 결과 평소라면 십중팔구 거절했을 초대, 즉 린다를 오찬에 데려와 달라는 초대를 덥석 받아들였다.

✿ 가톨릭에서 성세성사를 받은 신자에게 성령과 그 선물을 주어 신앙을 성숙하게 하는 성사.

멀린 경은 린다의 심경을 단번에 알아차린 것 같았다. 그는 린다가 아무런 교습도 받지 않는다는 사실에 큰 충격을 받고 그녀에게 취미를 만들어 주려고 최선을 다했다. 그림을 보여주며 설명해 주었고, 예술과 문학에 관해 소상히 이야기해 줬으며, 읽을 만한 책들을 안겨주었다. 그의 은근한 제안을 세이디 이모가 받아들여서, 이모와 린다는 옥스퍼드에서 열리는 한 강연회에도 참석했다. 스트랫퍼드온에이번에서 셰익스피어 축제가 진행 중이라고 알려준 사람도 멀린 경이었다.

세이디 이모도 무척 마음에 들어 한 덕분에, 바야흐로 이런 종류의 외출이 앨콘리의 정기적인 활동으로 자리 잡게 되었다. 매튜 이모부는 자못 비웃으면서도, 세이디 이모가 하고 싶어 하는 일은 결코 방해하지 않았다. 그가 두려워한 건 딸들이 교육받는 게 아니라, 기숙학교의 저속함에 물드는 일이었다. 예전에 몇 차례 집에 가정교사를 들여보기도 했지만, 이삼일 이상 버티는 사람이 없었다. 매튜 이모부가 틀니를 뿌드득 가는 소리나 이글대며 쏘아보는 그의 푸른 눈빛, 그리고 침실 창문 밑에서 들려오는 채찍 소리 때문이었다. 그들은 신경쇠약을 핑계로 기차역까지 줄행랑을 쳤다. 그중 몇몇은 그 직업을 가진 사람들이 으레 들고 다니는, 돌덩이를 채운 것처럼 무거운 거대한 가방에서 미처 짐도 다 풀지 못한 상태였다.

한번은 매튜 이모부도 린다 모녀와 함께 셰익스피어의 연극 〈로미오와 줄리엣〉을 보러 갔다. 그리 성공적인 외출은 아니었다. 이모부는 공연 내내 눈물을 흘리다가, 비극으로 결말이 나자 펄펄 뛰었다. "다 그 망할 신부 때문이야." 집으로 가는 길에 이모부는 여전히 눈물을 닦으며 이 말을 반복했다. "그 녀석 이름이 뭐더라, 로미오. 그 녀석은 염병할 가톨릭 나부랭이가 모든 걸 망칠 줄 알았을 거야. 그 늙은 유모도 머저리 같아. 분명 가톨릭일 거야. 등신 같은 할망구."

그리하여 린다는 지루한 광야와도 같던 삶에서 빠져나와 이제는 어느 정도 외부의 흥밋거리를 맛보게 되었다. 그녀는 자신이 속하고 싶은 세상, 멀린 경과 그 친구들의 재기발랄하고 반짝반짝 빛나는 세상에서는 정신적인 것들에 마음을 쏟는다는 걸 감지했다. 자신도 다소간 교양을 익히면 그 안에서 빛을 발하게 될 터였다. 이제 그녀는 인내심 게임처럼 하잘것없는 일을 관두고 온종일 도서실에 웅크리고 앉아 눈알이 빠지도록 책을 읽었다. 그리고 빈번히 말을 타고 멀린퍼드에 갔다. 부모님이 아시면, 사실 그 집이 아니라도 어디든 혼자 가는 건 절대 허락하지 않으실 테니 두 분에게는 비밀로 했다. 마구간 앞마당에 남겨진 조시는 그곳에서 마음이 맞는 친구들을 사귀었고, 린다는 멀린 경과 다양한 주제로 몇 시간씩 이야기를 나누었다. 멀린 경은 린다가 지극히 낭만적인 성격이라 앞으로 많은 고난을 겪을 거라며, 지적인 바탕을 다져놓아야 한다고 끊임없이 강조했다.

7

도대체 린다는 무슨 생각으로 앤서니 크로이시그와 결혼한 걸까? 그들이 부부로 지낸 구 년 동안 사람들은 지긋지긋할 만큼 이 질문을 반복했다. 어떤 자리에서든 두 사람의 이름은 거의 빠짐없이 언급되었다. 린다는 뭘 보고 결혼한 거지? 그와 사랑에 빠졌을 리는 없고, 대관절 무슨 생각이었을까. 어떻게 그런 일이 가능했지? 꽤 부유한 남자이긴 하지만, 돈 많은 사람은 그 밖에도 많은데 린다처럼 매력적인 여자가 당최 왜 그런 선택을 했을까? 답은 아주 간단했다. 사랑에 빠진 거였다. 린다는 사랑 없는 결혼을 하기엔 너무 낭만적인 사람이었다. 두 사람이 처음 만났을 때 그 자리에 있었고 교제 기간의 상당 부분을 지켜본 사람으로서, 나는 그런 일이 발생한 것을 늘 당연하게 여겼다. 당시만 해도 토니[✿]는, 우리가 세상 물정 모르는 시골 사람이어서 더 그랬겠지만, 눈부시고 찬란한 존재로 보였다. 우리가 그를 처음 본 건, 린다와 나의 사교계 데뷔 무도회에서였다. 그는 옥스퍼드대학교 졸업반이면서 벌링던 클럽[✿✿]의 회원이었다. 멋진 롤스로이스를 몰고, 아름다운 말도 여러 마리 키웠다. 언제나 세련된 옷을 입고, 커다랗고 호화로운 집에 살며 성대한 파티를 즐겼다. 그뿐 아니라 키가 크고 잘생긴 데다, 살집은 좀 있어도 균형 잡힌 체형이었다. 그때부터도 약간의 거만함이 엿보였지만, 린다는 그런 유형의 사람을 처음 보는지라 꼴사납게 여기지 않았다. 요컨대 그가 자신만만한 데는 그만한 이유가 있다고 생각한 것이다.

토니가 단번에 린다에게 큰 점수를 딴 데는 멀린 경과 함께 무도회에 왔다는 사실이 크게 작용했다. 정말 운이 나빴다고밖에 할 수 없었다. 그는 막판에 대타로 선택된 손님이었으니까.

린다의 무도회는 루이자 때만큼 엉망은 아니었다. 런던의 귀부인이 된 루이자는 세이디 이모가 마련한 하우스 파티에

✿ 앤서니의 약칭.

✿✿ 옥스퍼드대학교의 최상류층 사교 모임.

젊은이들을 잔뜩 데려왔다. 대다수가 평범하고 수수한 스코틀랜드 청년들로, 예의가 아주 발라서 매튜 이모부에게 트집 잡힐 일이 전혀 없었다. 그들은 세이디 이모가 초대한 제각기 다른 모습의 우중충한 아가씨들과도 상당히 잘 어울렸다. 파티는 나무랄 데 없이 잘 '흘러가는' 듯 보였다. 그러나 영 눈에 차지 않았던 린다는 말도 못 할 만큼 따분한 인간들뿐이라고 툴툴댔다. 매튜 이모부는 벌써 몇 주 전부터, 젊은이들에게 친절을 베풀고 누구에게도 고함을 치면 안 된다고 세이디 이모에게 간청을 들어온 덕분에 상당히 차분한 상태였다. 사람들을 즐겁게 해주려고 머리가 좀 이상한 사람처럼 몸을 낮추고 굽실거리는 모습이 애처로울 정도였다.

데이비와 에밀리 이모는 내가 데뷔하는 걸 보려고 앨콘리에 머물고 있었다. (세이디 이모는 나와 린다를 같이 데뷔시키자며, 이후에 우리 둘 다 런던에서 사교 시즌을 보내게 해주겠다고 제안했고, 에밀리 이모는 크게 고마워하며 이를 받아들였다.) 데이비는 경호원처럼 매튜 이모부를 졸졸 따라다니며, 이모부와 그의 인내를 시험하는 자극 사이를 최대한 중재하려 했다.

"난 모두에게 최고로 상냥하게 굴겠지만, 그 망나니들을 내 업무실 안에 들일 순 없어. 내 요구는 그거 하나야.” 어느 날인가 여느 때와 같이 세이디 이모에게 기나긴 잔소리를 들은 후 그는 이렇게 말했다. 그리고 정말로 주말(무도회는 금요일이었고, 하우스 파티는 월요일까지 이어졌다) 대부분을 업무실에 들어앉아 축음기로 〈1812년 서곡〉과 〈유령이 나오는 무도장〉을 들으며 보냈다. 그해에 이모부의 목소리는 더 이상 인간의 것이라고 할 수 없었다.

“정말 안타까운 일이야.” 무도회 드레스(이번에는 흔들거리는 천 조각 따윈 없는, 온전한 런던풍 드레스)를 입으려 낑낑거리며 린다가 말했다. “우리가 이렇게 차려입고 예쁘게 꾸미는 게 고작 루이자가 데려온 끔찍한 인간들을 위해서라니. 이게 낭비가 아니고 뭐겠어.”

“시골에선 무슨 일이 벌어질지 모르잖아. 누군가 황태자 전하를 데려올 수도 있고.” 내가 받아쳤다.

린다는 속눈썹 아래로 나를 무시무시하게 노려보았다.

“난 사실 멀린 경의 손님들에게 큰 기대를 걸고 있어. 그 분이라면 틀림없이 엄청 흥미로운 사람들을 데려올 거야.”

멀린 경의 무리는 지난번처럼 한참 후에야 시끌벅적하게 들이닥쳤다. 그 순간 린다의 시선은 근사한 선홍색 상의를 입은 금발의 청년에게로 향했다. 그는 멀린퍼드에 자주 놀러 오는 베이비 페어웨더라는 여자와 춤을 추었고, 그녀가 린다에게 이 남자를 소개해 주었다. 그가 린다에게 다음번 춤을 같이 추자고 하자, 린다는 이미 약속된 쿠이자의 스코틀랜드 청년 중 한 명을 내팽개치고, 그와 함께 잰걸음으로 우쭐대며 걸어 나갔다. 린다와 나는 그동안 댄스 교습을 받아서, 딱히 무대 위를 날아다녔다고는 못해도 이전보다는 훨씬 덜 당황스러운 실력을 선보였다.

토니는 멀린 경의 고급 브랜디 덕분에 기분이 아주 좋은 상태였고, 린다는 자신이 멀린퍼드 무리 중 한 명과 이토록 쉽게 친해졌다는 사실에 뿌듯했다. 그는 린다가 하는 말에 번번이 웃어주었다. 두 사람은 이내 플로어 밖으로 나와 휴식을 취했다. 린다는 쉴 새 없이 떠들었고 토니는 폭소를 터뜨렸다. 이는 린다에게 호감을 사는 지름길이었다. 그녀는 뭐니 뭐니 해도 잘 웃는 사람을 제일 좋아했다. 그러다 보니 토니가 조금 취했을지도 모른다는 생각은 꿈에도 하지 않았다. 그들은 다음 곡이 흐르는 동안에도 나란히 앉아 있었다. 그러자 대번에 이를 알아챈 매튜 이모부가 무서운 눈빛으로 그 앞을 서성였다. 이를 위험 신호로 여긴 데이비가 이모부에게 다가가 홀에 있는 등유 난로 하나에서 연기가 난다며 서둘러 그를 데려갔다.

"린다랑 같이 있는 저 망나니는 누구지?"

"크로이시그요. 영국 중앙은행 총재 아시죠? 그 아들이에요."

"맙소사, 이 집에 훈족✿의 종자를 들이게 될 줄이야. 대체 누가 저놈을 초대했지?"

"매튜, 그렇게 흥분하지 마요. 크로이시그 가문은 훈족이 아니에요. 수 세대 전부터 이 나라에 살았고, 대단히 존경받는 은행가 집안이라고요."

"한 번 훈족은 영원한 훈족이지." 매튜 이모부가 말했다. "내가 무슨 은행가한테 목매는 사람도 아니고 말이야. 더욱이 저 자식은 초대도 없이 쳐들어온 게 분명해."

"아니에요. 멀린이 데려왔어요."

"내 그놈의 멀린이 언젠가 외국인들을 끌고 올 줄 알았지. 내가 누누이 말했잖아. 그렇다고는 해도 설마 독일 놈을 데려올 줄이야."

✿ 당시 서구권에선 제1차 세계대전을 일으킨 독일을 비하하는 의미에서 훈족이라고 불렀다.

"슬슬 연주자들한테 샴페인을 좀 가져다줘야 하지 않을까요?" 데이비가 말했다.

매튜 이모부는 들은 체도 않고 쿵쿵거리며 보일러실로 내려가 자기 못지않게 괴상한 팀과 코크스✿에 관해 한참을 떠들며 마음을 달랬다.

한편 토니는 린다가 기막히게 아름답고 상당히 재미있다고 생각했다. 사실이 그랬으니까. 그는 린다에게 그렇게 고백하고는 계속해서 그녀하고만 춤을 추었다. 멀린 경은 이와 같은 전개에 매튜 이모부만큼이나 화가 나서, 일찌감치 자신의 손님들을 불러 모아 단호히 집으로 향했다.

"내일 사냥터에서 봐." 하얀 스카프를 목에 두르며 토니가 말했다.

린다는 남은 저녁 내내 조용히 생각에 잠겨 있었다.

"지금 무슨 사냥을 간다는 거니." 다음 날, 린다가 승마복을 입고 아래층으로 내려오자 세이디 이모가 말했다.

"그게 무슨 예의 없는 짓이야. 집에 남아서 손님들을 대접

✿ 고체로 된 탄소 연료.

해야지. 손님들을 그렇게 방치하면 못써.”

“엄마, 제발요.” 린다가 애원했다. “콕스 반에서 사냥이 열린대요. 내가 그걸 어떻게 그냥 넘겨요. 플로라도 일주일이나 밖에 못 나가서 미친 듯이 좋아할 거예요. 부탁이니 손님들은 로만 빌라 같은 데나 구경시켜 주세요. 일찍 돌아올게요. 여긴 패니와 루이자가 있으니 괜찮을 거예요.”

이 불운한 사냥 모임이 린다의 고민을 해결해 주었다. 모임에 도착한 린다의 눈에 처음 들어온 건 훌륭한 갈색 말을 타고 있는 토니였다. 린다도 우아한 자세로 말 위에 앉아 있었다. 그녀의 승마 실력을 자랑스러워한 매튜 이모부가 예쁘고 활기찬 말 두 마리를 선물해 준 거였다. 두 사람은 곧바로 사냥감을 발견했고, 짧지만 맹렬한 질주가 시작됐다. 양쪽 모두 다소 과시하는 기분으로 돌담을 따라 나란히 말을 달렸다. 얼마 후 그들은 마을 녹지대에서 주변을 수색했다. 머리를 다친 토끼 한 마리가 한두 차례 풀썩이더니 오리 연못으로 뛰어들어 허우적허우적 헤엄치기 시작했다. 린다의 눈에 눈물이 그렁그렁해졌다.

“오, 토끼가 불쌍해!”

그러자 토니가 말에서 내려 연못으로 뛰어들었다. 그는

토끼를 건져내 물살을 헤치며 걸어 나왔다. 그의 고급스러운 흰 바지에 푸르스름한 진흙이 잔뜩 묻었다. 토니는 물에 젖어 헐떡이는 토끼를 린다의 무릎 위에 올려놔 주었다. 그가 살면서 유일하게 해본 낭만적인 행동이었다.

저녁 무렵, 린다는 사냥개들을 뒤로하고 시골을 가로지르는 지름길을 택해 귀가에 나섰다. 토니가 문을 열어주고는 모자를 벗으며 말했다.

"말 타는 모습이 너처럼 예쁜 사람은 처음 봤어. 잘 가. 옥스퍼드에 돌아가면 전화할게."

집에 돌아온 린다는 곧장 나를 헌즈의 벽장으로 데려가 그날 있던 일들을 전부 말해주었다. 그녀는 사랑에 빠져 있었다.

영원과도 같았던 지난 이 년간의 정신 상태를 고려하면, 그녀는 처음 만난 남자와 사랑에 빠질 수밖에 없는 운명이었다. 다른 가능성은 없는 것이나 마찬가지였다. 그렇다고 그와 결혼까지 가는 건 피할 수도 있었건만, 매튜 이모부의 행동이 거기에 불을 지폈다. 설상가상으로, 토니가 그녀의 생각과는 다른 사람이라는 걸 깨닫게 해줄 유일한 사람인 멀린 경마저 무도회 일주일 후에 로마로 건너가 일 년간 국내에 발을 들이지 않았다.

멀린퍼드를 떠난 토니가 옥스퍼드로 돌아간 후, 린다는 그의 전화를 기다리고 또 기다렸다. 인내심 게임이 다시 시작됐다. '이게 나오면 그는 지금 나를 생각하고 있는 거야. 이게 나오면 내일은 전화가 올 거야. 이게 나오면 그가 사냥하러 올 거야.' 그러나 토니는 비스터에서 사냥을 했고, 이쪽 지방으로는 한 번도 넘어오지 않았다. 3주가 지나자 린다는 절망하기 시작했다. 그러던 어느 날, 저녁 식사 후 전화벨이 울렸다. 운 좋게도 매튜 이모부는 복통을 앓는 말 때문에 마구간으로 조시를 찾으러 가 있었다. 업무실이 빈 덕분에 린다가 직접 전화를 받았다. 토니였다. 린다는 가슴이 조여와서 말도 제대로 안 나왔다.

"여보세요, 린다? 나 토니 크로이시그야. 다음 주 목요일 점심때 놀러 오지 않을래?"

"오! 그런데 부모님이 허락을 안 해주실 거야."

"당찮은 소리. 런던에서 다른 여자애들도 올 거야. 네 사촌을 데려와도 돼." 토니가 조바심을 치며 말했다.

"좋아, 그렇게 할게."

"그럼 그때 봐. 한 시쯤. 킹 에드워드 가 7번지. 아마 어딘지 알 거야. 알트링캠이 한창때 여기 살았거든."

수화기를 내려놓은 린다는 떨리는 몸으로 나를 찾아와서는 어서 헌즈 벽장으로 가자고 속삭였다. 보호자 없이 젊은 남자를 만나는 건 낮이든 밤이든 무조건 금지돼 있었고, 같은 또래의 여자는 보호자로 쳐주지 않았다. 앨콘리에서 이처럼 이례적인 사건이 발생한 적은 없지만, 세이디 이모 외에 다른 보호자를 동반해 젊은 남자의 숙소에서 점심을 먹는 게 허락될 리 없었다. 앨콘리의 보호자 기준은 중세 시대에 머물러 있었다. 매튜 이모부의 여자 형제나 세이디 이모가 어렸을 때 적용되던 기준에서 눈곱만큼도 달라지지 않았다. 이 원칙에 따르면 약혼하기 전에는 어떤 경우에도 젊은 남자와 단둘이 있어서는 안 됐다. 이 일에 관여하는 사람은 어머니나 이모뿐이므로, 절대로 그들의 감시 범위를 벗어나서는 안 됐다. 잘 알지도 못하는 여자에게 청혼할 남자가 어디 있겠느냐는 린다의 주장은 터무니없는 소리라며 번번이 묵살되었다. 매튜 이모부도 그렇게 청혼했다는 거였다. 화이트시티의 박람회에서 머리가 두 개인 나이팅게일 옆에 선 세이디 이모를 처음 보고 말이다. "그러면 부인을 더욱 존중하게 된단다."

요즘 청년들이 희구하는 건 존중 같은 태도가 아니며, 그들은 딱히 존경할 만한 신붓감을 찾지 않는다는 걸 이모 내외는 도통 깨닫지 못하는 듯했다. 에밀리 이모는 데이비의 영향으로 눈이 뜨여서 훨씬 더 합리적이었지만, 래들릿 가에서 지낼 때는 나도 응당 이곳의 규칙을 따라야 했다.

우리는 헌즈 벽장에서 한참 동안 머리를 짜냈다. 반드시 가야 한다는 데는 의심의 여지가 없었다. 그렇지 않으면 린다는 죽은 거나 다름없어질 테고, 영원히 그것을 극복하지 못할 게 분명했다. 하지만 어떻게 빠져나가야 할까? 우리가 생각해 낸 방법은 하나뿐이었고, 위험하기 짝이 없었다. 앨콘리에서 약 5마일 거리에 라벤더 데이비스라는 엄청나게 따분한 우리 또래의 여자애가 엄청나게 따분한 부모님과 함께 살고 있었다. 어쩌다 한 번씩 린다는 투덜대면서 반강제로 그 집에 가서 점심을 함께했는데, 그럴 때면 세이디 이모의 작은 승용차를 빌려 타고 다녀왔다. 우리는 그런 약속이 생긴 척 연기하면서, 세이디 이모가 부인회의 주축인 데이비스 부인과 오래오래 마주치지 않기를, 그리고 운전기사인 퍼킨스가 우릴 태우고 10마일이 아닌 60마일을 운전했다고 발설하지 않기를 빌 수밖에 없었다.

위층 침실로 올라가는 길에 린다가 세이디 이모에게 말했다. 아무렇지 않은 척해도 내 귀에는 죄책감으로 떠는 것처럼 들렸다.

"방금 전화 온 건 라벤더였어요. 목요일에 패니랑 같이 점심 먹으러 오라고요."

"오, 이런. 내 차는 못 빌려줄 것 같은데." 세이디 이모가 말했다.

린다는 얼굴에서 핏기가 가시더니 벽에 몸을 기댔다.

"오, 엄마 제발요. 제발 빌려주세요. 너무너무 가고 싶단 말이에요."

"데이비스 댁에?" 이모가 놀라서 물었다. "너 지난번에 살아 있는 한 다시는 안 가겠다고 했잖아. 거시기에 난 혹 덩어리들 같다고, 기억 안 나? 아무튼 다른 날 불러 달라고 하면 되지."

"오, 엄마. 그런 게 아니에요. 새끼 오소리를 키우는 남자가 온대요. 꼭 만나보고 싶단 말이에요."

새끼 오소리를 키우는 게 린다의 평생소원 중 하나라는 건 모두가 알고 있었다.

"그렇구나. 그럼 말을 타고 다녀오지?"

"미치고 펄쩍 뛰겠네." 린다의 커다랗고 푸른 눈에 서서히 눈물이 차오르기 시작했다.

"방금 뭐라고, 아가?"

"그 집 마구간에요. 말들이 미쳐서 펄쩍펄쩍 뛴대요. 설마 그런 곳에 플로라를 두길 원하시는 건 아니죠?"

"정말이니? 그 집 말들은 항상 더없이 건강해 보이던데."

"조시한테 물어보세요."

"음, 알았다. 내가 아빠한테 모리스를 빌려 타든지, 아니면 퍼킨스한테 다임러로 태워다 달라고 해야겠구나. 절대 빠지면 안 되는 회의거든."

"오, 역시 엄마는 친절하다니까. 부디 그렇게 해주세요. 전 오소리가 너무너무 보고 싶어요."

"런던에서 사교 시즌을 보내게 되면 너무 바빠서 오소리 같은 건 생각도 안 날 거다. 그럼 둘 다 잘 자거라."

"어디서 가루분을 좀 구해와야겠어."

"루주도."

매튜 이모부는 이런 물품을 엄격히 금지했다. 그는 여자들의 자연스러운 민얼굴을 좋아하는 데다, 화장은 창녀들이

나 하는 거지 내 딸들은 어림도 없다고 입버릇처럼 말했다.

"전에 어떤 책에서 제라늄즙을 루주로 쓸 수 있다고 하던데."

"바보, 제라늄은 이맘때 안 피어."

"재시의 물감으로 눈두덩을 파랗게 칠하면 될 것 같아."

"그리고 헤어롤을 말고 자는 거야."

"내가 엄마 욕실에서 버베나 비누를 슬쩍 해올게. 목욕물에 풀어놓고 몇 시간쯤 들어가 있으면 향이 몸에 밸 거야."

"라벤더 데이비스 싫어하는 거 아니었어?"

"오, 시끄러워, 재시."

"지난번에 다녀와서는 끔찍한 반-헌즈라고, 우리 헌즈의 망치로 그 미련한 면상을 후려치고 싶다고 했잖아."

"난 그런 말 한 적 없어. 거짓말 지어내지 마."

"라벤더 데이비스 집에 가면서 왜 런던에서 입을 옷을 꺼내 입었어?"

"저리 꺼져, 맷."

"왜 벌써 나가려고? 너무 일찍 도착할 텐데?"

"점심 먹기 전에 오소리를 보기로 했어."

"지금 언니 얼굴 엄청나게 빨개졌어. 오, 오, 진짜 웃기다!"

"입 다물고 저리 꺼지지 않으면 네 도롱뇽을 연못에 도로 처넣을 테니 알아서 해, 재시."

그러나 우리가 차에 올라타 차고 앞마당을 벗어날 때까지 이러한 박해는 계속되었다.

"이따 라벤더를 데리고 와서 알콩달콩 사이좋게 놀지 그래?"가 재시의 작별 인사였다.

"헌즈답지 않게 왜들 저래. 혹시 눈치채고 저러는 걸까?" 린다가 물었다.

우리는 클래런던 야드에서 내렸다. 펑크가 두 번 날 경우를 대비해 삼십 분이나 여유를 뒀기에 약속 시간까지는 한참 남아 있었다. 엘리스턴 앤 캐벌✿의 여자 화장실에 들어가 거울을 본 우리는 일말의 불안감을 느꼈다. 둘 다 뺨에 주홍색 동그라미가 붙어 있고, 입술도 원래는 같은 색이었지만 이미 거의 지워져 가장자리만 남았으며, 눈두덩은 파랬다.

✿ 당시 옥스퍼드를 대표하던 백화점.

전부 재시의 물감을 사용한 거였다. 코는 수년 전에 유모가 로빈의 엉덩이에 발라주던 가루를 발라서 새하얬다. 간단히 말해, 우리는 마치 한 쌍의 네덜란드 인형 같았다.

"고개를 꼿꼿이 들고 있어야 해." 린다가 자신감 없는 목소리로 말했다.

"맙소사. 나는 고개를 숙이고 있는 게 훨씬 좋은데."

우리는 거듭해서 거울을 들여다보며 어떻게 하면 기적적으로 덜 이상해 보일지 궁리했다. 잠시 후 손수건을 물에 적셔 얼굴을 살짝 매만지며 색조를 덜어냈다. 그리고 결연히 거리로 나가서는, 상점을 지날 때마다 창문으로 자기 모습을 확인했다. (여자들이 자꾸만 어딘가에 비친 자기 모습을 쳐다보거나 손거울을 훔쳐보는 건 사회적 통념처럼 허영심에서 비롯된 게 아니라, 오히려 모든 게 마음에 들지 않아서 그러는 경우가 더 많다는 걸 나는 그 후로도 빈번히 발견하곤 했다.)

당초의 목표를 달성한 우리는 이제 끔찍한 불안감에 시달렸다. 수치심과 죄책감, 두려움에다가 대인 공포증까지 우리를 짓눌렀다. 둘 중 누군가가 다시 차를 타고 집에 돌아가자고 했다면 기꺼이 그리했을 것이다.

시계 종이 한 시를 치자마자 우리는 토니의 집에 도착했다. 그는 혼자였지만 초대한 손님이 많은지 올 굵은 흰색 리넨 천이 깔린 네모난 테이블에 의자가 여러 개 놓여 있었다. 셰리주와 담배를 거절하고 나자 어색한 침묵이 깔렸다.

"그동안 사냥은 좀 다녔어?" 그가 린다에게 물었다.

"오, 그럼. 어제도 다녀왔는걸."

"일진은 좋았어?"

"응, 아주. 단번에 찾았거든. 그리고 5마일 지점에서……." 순간 린다는 멀린 경이 해준 말을 떠올렸다. "사냥은 하고 싶은 만큼 하되, 사냥 이야기를 하지는 마. 세상에 그보다 더 지루한 주제는 또 없으니까."

"5마일이면 훌륭하네. 나도 조만간 헤이스롭에 한 번 더 가야겠어. 그쪽이 이번 시즌에 무지하게 잘나간대. 우리도 어제 성과가 꽤 좋았어."

토니는 그렇게 분 단위로 상세히 설명하기 시작했다. 어디서 찾았고, 어떻게 추격했고, 첫 번째 말이 어떻게 다리를 절었고, 그러다가 어떻게 운 좋게 두 번째 말을 만났는지 등등 끝날 줄을 몰랐다. 나는 멀린 경의 말이 무슨 뜻인지 완벽하게 이해했다. 그러나 린다는 숨도 쉬지 않고 그의 이야기에 열중했다.

이윽고 길에서 떠들썩한 소리가 들려오자 토니가 창가로 갔다.

"좋아. 다른 애들도 도착했다." 그가 말했다.

커다란 다임러 승용차를 타고 런던에서 온 손님들이 재잘거리며 집 안으로 쏟아져 들어왔다. 예쁜 여자 넷이랑 젊은 남자 하나였다. 곧이어 학부생 몇 명이 더 나타나 자리를 채웠다. 다른 사람들은 자기들끼리 굉장히 친해서, 우리로서는 그다지 즐겁다곤 할 수 없었다. 그들은 쑥덕공론을 펼치거나 사적인 농담에 폭소를 터뜨리는가 하면 앞다퉈 자랑을 쏟아냈다. 이제는 거의 소화불량처럼 우리를 괴롭히는 지독한 죄책감만 아니면, 우리도 이런 게 진짜 삶이구나, 하며 구경하는 것만으로도 상당히 만족했을 것이다. 린다는 문이 열릴 때마다 얼굴이 창백해졌다. 언제든 매튜 이모부가 나타나 채찍을 휘두를지 모른다고 생각하는 것 같았다. 무례하지 않을 만큼 머무른 후에, 톰이 4점을 딸 때까지 아무도 테이블을 벗어나지 않았기 때문에 그래도 상당히 시간이 흐른 후에, 우리는 작별 인사를 하고 집으로 줄행랑을 쳤다.

심술궂은 맷과 재시는 차고 문에 매달려 우리를 기다리고 있었다.

"라벤더는 어땠어? 언니 눈두덩을 보고 깔깔대지는 않았어? 아빠가 보기 전에 씻어내는 게 좋을걸. 한참을 놀다 왔네. 거시기 같진 않았어? 오소리는 봤고?"

린다는 울음을 터뜨렸다.

"날 그냥 내버려둬, 이 끔찍한 반-헌즈들아."

그녀는 훌쩍이며 위층 자기 방으로 뛰어 올라갔다.

사랑은 단 하루 만에 세 배로 자라났다.

토요일에 일이 터지고 말았다.

"린다 언니, 패니 언니. 아빠가 업무실로 오래. 아빠 표정으로 봐선 뭔가 사달이 난 것 같던데."

사냥을 마치고 돌아오는 길에 재시가 진입로에서 우리를 맞으며 알려주었다. 심장이 튀어나올 것만 같았다. 우리는 걱정스럽게 서로 마주 보았다.

"빨리 해치우는 게 낫겠지." 린다가 말했다. 부리나케 업무실로 달려간 우리는 최악의 상황이 발생했다는 걸 즉시 알아챘다.

세이디 이모는 못마땅한 표정이었고, 매튜 이모부는 이를 악물고 우리의 위법 행위를 들이댔다. 그의 눈에서 번쩍이는 푸른 번개가 방 안을 가득 채웠다. 유피테르✿의 천둥도 이모부의 고함보다 무섭진 않을 터였다.

"너희가 결혼한 여자들이면 이 일로 남편들에게 이혼당할 수 있다는 건 알아?" 이모부가 물었다.

린다가 그건 사실이 아니라며 반박했다. 손님용 침실에 불을 지피는 데 사용된 신문에서 러셀 사건✿✿의 경과를 꼼꼼히 읽어온 덕에 이혼법에 빠삭했던 것이다.

"아버지가 말씀하시는데 끼어들지 마."

세이디 이모가 무섭게 쏘아보며 말했다.

그러나 이모부는 그런 건 신경도 쓰지 않았다. 그는 자신이 일으킨 거대한 홍수와 강력한 폭풍에 휩싸여 있었다.

"이제 너희끼리 하는 행동은 신뢰할 수 없으니, 몇 가지 조처를 해야겠다. 패니는 내일 당장 집에 돌아가서 다시는 여기에 얼씬도 하지 말거라, 알겠니? 앞으론 에밀리가 알아서 널 관리하겠지만, 아마 소용없을 테지. 넌 네 엄마랑 같은 길을 걷게 될 거야. 그 어미에 그 딸이니까. 그리고 너, 린

✿ 고대 로마 신화의 하늘과 천둥의 신으로, 그리스 신화의 제우스에 해당한다.

✿✿ 1922~24년에 영국 전역을 떠들썩하게 했던 두 번의 이혼 재판.

던에서의 사교 시즌은 물 건너간 줄 알아. 이제 우리가 매일 시시각각 널 감시할 거야. 자식을 믿지 못한다는 게 그리 기분 좋은 일은 아니지만 말이다. 런던에서는 빠져나갈 기회가 더 많을 테니, 죽이 되든 밥이 되든 여기서 지내. 그리고 올해는 더 이상 사냥 금지야. 몽둥이질 안 당하는 걸 다행으로 알아. 다른 아빠들 같으면 실컷 두드려 팼을걸. 내 말 알아들어? 이제 그만 침실로 올라가고, 패니가 떠날 때까지 둘이 아무런 대화도 하지 마라. 쟤는 내일 바로 차에 태워 보낼 거니까."

어떻게 탄로가 난 건지는 몇 개월 후에야 알 수 있었다. 뭔가에 홀린 기분이었지만, 사실은 단순한 일이었다. 누군가 토니 크로이시그의 집에 스카프를 두고 가서, 토니가 그게 우리 물건인지 물어보러 전화를 했던 것이다.

8

언제나처럼 매튜 이모부는 말만 요란했지 금세 마음을 누그러뜨렸다. 하지만 그렇게 되기까지 우리는 내가 기억하는 한 앨콘리에서 겪은 중에 가장 비참한 처벌을 받았다. 나는 바로 다음 날 에밀리 이모의 집으로 돌려보내졌다. 린다는 자기 방 창문에서 손을 흔들며 울부짖었다. "오, 넌 정말 좋겠다. 내가 아니라서." ('난 어쩜 이리 사랑스러울까. 정말 자랑스러워'가 평소 말버릇이었으므로, 참으로 그녀답지 않은 발언이었다.) 그 후로 린다는 한두 번 사냥에 참여하지 못했다. 그러다가 해빙기가 찾아와 쐐기의 날이 효과를 발휘했고, 모든 것이 점차 원래 상태로 돌아왔다. 그러나 이번 일로 매튜 이모부의 틀니 교체 주기에 신기록이 세워졌다는 것이 가족들 사이에 정설로 받아들여졌다.

런던에서의 사교 시즌도 다시 계획되기 시작했고, 거기에 나까지 포함되었다. 나중에 전해 듣기론, 데이비와 존 포트윌리엄이 총대를 메고, 현대적인 상식으로 볼 때 우리가 한 행위는 지극히 정상이라며 세이디 이모와 매튜 이모부(특히 매튜 이모부)를 설득했다고 한다. 물론 그렇다곤 해도, 그토록 뻔뻔스러운 거짓말을 수없이 지어낸 것은 중대한 잘못이라고 인정해야 했다.

우리는 대단히 죄송하다고 사과하며 다시는 그런 비겁한 짓을 하지 않을 것이며, 특별히 하고 싶은 일이 생기면 반드시 세이디 이모에게 허락을 구하겠다고 굳게 맹세했다.

“그러면 당연히 안 된다는 대답만 돌아오겠지.” 린다가 절망적인 표정으로 나를 바라보며 말했다.

세이디 이모는 벨그레이브 광장 근처에 우리가 여름 동안 지낼, 가구가 완비된 집을 빌렸다. 개성이라곤 찾아볼 수 없는 집이어서 이제 와선 아무런 인상도 남아 있지 않지만, 내 방 창문 너머로 굴뚝 통풍구가 여러 개 솟아 있었다는 것만은 기억난다. 무더운 여름날 저녁이면 나는 그 창가에서 짝지어 노는 제비들을 구경하며 나도 짝이 있으면 좋겠다는 감상에 빠져들었다.

우리는 정말로 즐겁게 지냈다. 춤을 추는 것보단, 우리도 이제 성인이고 런던에 와 있다는 사실에 더 흥분했던 것 같다. 무도회에서 우리의 기쁨을 방해하는 가장 큰 장애물은 린다가 화상이라고 부른 존재들이었다. 그들은 하나같이 루이자가 앨콘리에 데려왔던 청년들처럼 어마어마하게 따분했다. 여전히 토니와의 사랑을 꿈꾸고 있던 린다는 누가 누군지도 구별하지 못했고 그들의 이름조차 알려고 하지 않았다. 나는 부푼 마음으로 평생의 반려자를 찾아보려 했지만, 아무리 장점만 보려고 노력해도 나의 희망 사항에 근접한 사람은 나타나지 않았다.

옥스퍼드에서 마지막 학기를 보내고 있던 토니는 사교 시즌이 끝나갈 때까지 런던에 모습을 드러내지 않았다.

우리는 예상했던 바와 같이 빅토리아 시대의 엄격한 기준에 맞춰 보호자의 감시를 받았다. 세이디 이모나 매튜 이모부 둘 중 한 명이 반드시 동반하여 단 한 순간도 시야에서 벗어나는 걸 허락하지 않았다. 오후가 되면 세이디 이모는 쉬고 싶어 했기 때문에, 매튜 이모부가 숙연하게 우리를 상원 의회에 데려갔다. 거기서 이모부는 우리를 여성 귀족석에 앉혀놓고 자신은 건너편의 일반 의원석에서 낮잠을 즐겼다. 자주 있는 일은 아니지만 의회에서 깨어 있을 때면, 이모부는 원내총무들에게 눈엣가시 같은 존재였다. 그는 같은 당에 두 번 연속으로 표를 던지는 법이 없었고, 그의 뇌가 어떻게 작동하는지 이해하기란 불가능에 가까웠다. 가령 강철 덫, 유혈 스포츠, 장애물 경마에는 찬성하고, 생체 해부와 늙은 말들을 벨기에로 수출하는 데는 반대하는 식이었다. 우리가 이런 모순을 언급하자 세이디 이모는 그에겐 그 나름의 이유가 있다며 이 의문을 종결시켰다. 나는 그 어두침침한 고딕 양식의 방에서 나른한 오후를 보내는 게 꽤 마음에 들었다. 의회를 가득 채운 중얼거림과 농지거리에 매료되었고, 가끔가다 듣게 되는 연설도 대체로 상당히 흥미로웠다. 린다도 그곳을 좋아했지만, 그녀는 자기만의 생각에 빠져 멀리 가 있었다. 차 마시는 시간이 되면 매튜 이모부는 잠에서 깨어 우리를 귀족원 식당에 데려가 차와 버터 바른 빵을 먹게 했다. 그러고 나면 우리는 이모부와 함께 집으로 돌아와 무도회 전에 옷을 갈아입었다.

래들릿 가족은 토요일에서 월요일까지 앨콘리에서 보냈다. 그들은 멀미 나는 거대한 다임러를 타고 귀성길에 올랐다. 나는 에밀리 이모와 데이비를 보러 셴리로 갔다. 두 사람은 내가 한 주를 어떻게 보냈는지 속속들이 알고 싶어 했다.

당시 우리의 가장 큰 관심사는 의상이었을 것이다. 린다는 드레스 쇼에 몇 번 찾아가 마음에 드는 옷들을 점찍어 놓고 조시 부인에게 만들어 달라고 했는데, 그렇게 제작된 옷들은 하나같이 독창적이고 아름다웠다. 어찌 된 일인지 고급 상점에서 다섯 배는 더 비싸게 주고 산 내 옷들은 그 발꿈치도 따라가지 못했다. 런던에 들를 때마다 우리를 보러 오던 데이비는 옷을 사려면 파리에서 사야지, 아니면 도박에 가깝다고 말했다. 린다의 의상 중에 특히나 눈이 부셨던 건, 발치까지 내려오는 연회색의 풍성한 튤 드레스였다. 그해 여름엔 여전히 짧은 드레스가 유행이어서, 린다의 기다란 튤 드레스는 가는 곳마다 화제가 되었다. 다만 매튜 이모부는 예전에 튤 드레스를 입고 불타 죽은 여자만 세 명을 안다며 이 옷을 끔찍하게 싫어했다.

토니에게 프러포즈를 받을 때도 린다는 이 드레스를 입고 있었다. 7월의 어느 화창한 날 아침 여섯 시에 버클리 스퀘어의 여름 별장에서 벌어진 일이었다. 당시 토니는 옥스퍼드에서 2주 정도 내려와 있었다. 그가 오직 린다 한 사람만 바라보고 있다는 건 금세 확연해졌다. 그는 계속 같은 무도회에 참석했고, 몇몇 여자들과 간단히 춤을 추고는 린다를 데리고 나가 저녁 식사를 했으며, 그 후에도 저녁 내내 린다 옆에 꼭 붙어 있었다. 세이디 이모는 아무것도 눈치채지 못했지만, 사교계의 다른 모든 이들은 이미 결과를 훤히 내다보고 있었다. 유일한 의문은 토니가 언제, 어디서 청혼하느냐 하는 거였다.

두 사람이 모습을 드러낸 무도회(버클리 스퀘어의 동편에 있는 아름다운 고택으로, 현재는 철거되었다)는 겨우겨우 시간을 끄는 중이었다. 텅 비다시피 한 공간에서 악단이 맥없이 뚱땅거리고 있었다. 침대 생각이 간절했던 가엾은 세이디 이모는 작은 금색 의자에 앉아, 자꾸만 감기는 눈을 필사적으로 뜨려 했다. 그 옆에 앉은 나는 파트너들이 모두 집으로 돌아간 후에 기진맥진한 상태로 추위에 떨고 있었다. 날은 아직 훤했다. 린다는 몇 시간째 보이지 않았다. 저녁 식사 후로 아무도 그녀를 감시하지 않은 듯했다. 수마와 싸우는 중에도 세이디 이모는 안절부절못했고, 화도 나 있었다. 린다가 용서받을 수 없는 죄를 지은 건 아닌지 슬슬 걱정이 된 것이다. 혹여 나이트클럽에 간 건 아닌가 하고.

그때, 돌연 악단이 활기를 되찾더니 〈하느님, 국왕(여왕) 폐하를 지켜주소서〉✿의 서곡으로 〈존 필〉✿✿을 연주하기 시작했다. 잿빛 구름 속에서 린다가 토니와 함께 회장 구석구석을 활보하고 있었다. 그녀의 얼굴만 봐도 모든 걸 알 수 있었다. 우리는 세이디 이모를 따라 택시에 올라탔다(이모는 운전기사를 밤까지 붙들어 두는 법이 없었다). 택시는 거리를 씻어내는 커다란 호스들 사이로 물을 튀기며 달렸다. 계단을 통해 침실로 올라가는 동안 우리 중 아무도 입을 열지 않았다. 내 방 창문을 열자, 엷은 햇살이 굴뚝 통풍구들을 비스듬히 비추고 있었다. 너무 피곤해서 아무 생각도 할 수 없던 나는 쓰러지듯 침대에 누웠다.

무도회 다음 날은 늦게 일어나는 게 허락됐지만, 세이디 이모는 늘 일찍 일어나 아홉 시까지 집안일을 돌봤다. 아침에 린다가 졸린 눈을 비비며 아래층으로 내려오자, 홀에 있던 매튜 이모부가 노발대발하며 소리쳤다.

"좀 전에 그 빌어먹을 훈족 크로이시그한테 전화가 왔다.

✿ God save the King(Queen). 영국의 국가.

✿✿ 영국의 유명한 여우 사냥꾼 존 필을 기리는 곡.

녈 바꿔 달라더구나. 썩 꺼져버리라고 했지. 그놈이 아니라도 독일 놈들하고 상종하는 건 용서 못 해, 알겠니?"

"글쎄요, 이미 상종하고 있는데요." 린다가 태평스러움을 가장하며 무뚝뚝하게 말했다. "공교롭게도 전 그 사람이랑 약혼했거든요."

바로 그 순간, 세이디 이모가 1층에 있는 작은 아침용 거실에서 뛰쳐나와 매튜 이모부의 팔뚝을 붙잡고 저 멀리 끌고 갔다. 린다는 자기 방에 틀어박혀 한 시간 동안 울었고, 재시와 맷, 로빈과 나는 놀이방에 모여 앞으로 사태가 어떻게 전개될지 예측해 보았다.

두 사람의 약혼은 엄청난 반대에 부딪혔다. 린다의 선택에 대한 실망과 혐오로 제정신이 아니었던 매튜 이모부는 물론이고, 레스터 크로이시그 경도 같은 의견이었다. 그는 토니가 런던에서 안정된 경력을 쌓기 전에 결혼하는 걸 원치 않았고, 언젠가 혼인하더라도 다른 은행계 명문가와 맺어지길 바랐다. 또한 그는 지주 계층을 업신여겼다. 현대 사회에서 이미 무가치하며, 설 자리를 잃은 종족이라는 거였다. 그런 가문들이 너나없이 지금까지 소유하고 있는, 그리고 어리석게도 거의 활용하지 않는 부럽도록 막대한 자금은 언제나 장남에게만 상속되고, 혹여 딸들에게 지참금을 지원해 준다 해도 아주 소소한 금액일 뿐이라는 것도 잘 알고 있었다. 레스터 경과 매튜 이모부는 만나자마자 서로에게 거부감을 느꼈고, 이 결혼을 막기 위해 의기투합했다. 토니는 미국으로 보내져 뉴욕의 어느 은행에서 일하게 되었고, 가엾은 린다는 이제 사교 시즌도 끝났기에 앨콘리로 돌아와 홀로 가슴을 태워야 했다.

"오, 재시, 착한 재시. 내가 뉴욕에 갈 수 있게 네 가출 자금을 빌려주지 않으련?"

"안 돼. 일곱 살 때부터 무려 오 년간 절약하며 모은 거야. 그걸 처음부터 다시 시작할 순 없어. 게다가 이건 내가 집을 나갈 때 써야 한다고."

"그러지 말고. 내가 나중에 돌려줄게. 토니가 돌려줄 거야. 우리가 결혼하면 말이야."

"내가 남자를 모르는 줄 알아?" 재시가 의뭉스럽게 말했다.

그녀는 고집을 꺾지 않았다.

"멀린 경만 계셨어도." 린다가 흐느끼며 말했다. "그분이라면 날 도와주셨을 거야."

그러나 멀린 경은 여전히 로마에 있었다.

전 재산이 15실링 6펜스밖에 안 됐던 린다는 매일 토니에게 장문의 편지를 쓰는 것으로 만족하는 수밖에 없었다. 그녀의 주머니에는 짧고 지루하며 글씨도 엉망인 뉴욕 소인의 편지들이 잔뜩 들어 있었다.

몇 개월 후에 돌아온 토니는 결혼 날짜가 정해지기 전에는 사업이나 은행 일에 투신할 수 없으며, 앞으로의 진로도 생각하지 않겠다고 자기 아버지에게 엄포를 놓았다. 이것은 레스터 경을 상대하는 데 아주 효과적인 전략이었다. 돈벌이에 방해가 되는 일은 뭐든 즉시 처리해야 했다. 분별 있는 청년이며 평생 아버지의 속을 썩인 적이 없는 토니가 결혼만 하면 은행업에 전념하겠다니, 이 결혼은 반드시 성사시켜야 했다. 그것도 빠를수록 좋았다. 레스터 경은 자신이 생각하는 이 결합의 단점을 상세히 설명했다. 토니는 원칙적으로 동의했지만, 린다가 어리고 총명하며 열정적이라서 함께 있으면 자신이 좋은 영향을 받으며, 그녀라면 필시 장래에 굉장한 자산이 되리라 확신한다고 말했다. 레스터 경도 마침내 찬성했다.

"그래도 이만하길 다행이지. 어쨌든 숙녀잖아." 그는 이렇게 자신을 위로했다.

레이디 크로이시그가 세이디 이모와 혼사를 조율했다. 당시 린다는 스스로 무너져 가고 있던 데다, 지극히 불쾌한 태도로 주변 사람들의 삶에도 악영향을 주고 있었으므로 세이디 이모는 상황이 이렇게 전환된 데 은밀히 안도했다. 그리고 결코 이상적인 결혼은 아니지만 어차피 피할 수 없는 일이라고 매튜 이모부를 설득했다. 제일 사랑하는 자식과 이대로 멀어지고 싶지 않으면, 싫은 티는 그만 내라는 조언도 덧붙였다.

"그래도 이만하길 다행이지. 어쨌든 그 자식은 로마 가톨릭교는 아니니까." 매튜 이모부가 반신반의하며 말했다.

9

두 사람의 약혼은 《타임스》 지면을 통해 정식으로 발표되었다. 크로이시그 부부는 토요일부터 월요일까지 길드퍼드 인근에 있는 자신들의 집에 머물러 달라며 이모 내외를 초대했다. 레이디 크로이시그가 세이디 이모에게 보내온 편지에는 이날들을 주말이라 칭하며, 서로 더 친해지면 좋겠다고 쓰여 있었다. 매튜 이모부는 성이 나서 펄펄 뛰었다. 그의 기벽 중 하나는 절대로 남의 집에 묵지 않을뿐더러(대단히 드물게 친척 집에 묵는 일은 있었다), 그런 초대를 받는 일조차 모욕으로 여기는 거였다. 그는 '주말'이라는 표현을 싫어했고, 크로이시그 부부와 친해지면 좋겠다는 말에 빈정대듯 콧방귀를 뀌었다. 세이디 이모는 이모부를 조금 진정시킨 다음, 그렇다면 대신 크로이시그 가족, 그러니까 양친과 장녀 마저리, 그리고 토니를 앨콘리로 불러 토요일에서 월요일까지 함께 지내자고 제안했다.

가엾은 매튜 이모부는 린다의 약혼이라는 커다란 불행을 감내하는 것도 모자라, 자신의 한계를 시험하는 셈 치고 최대한 밝은 표정을 지어보기로 결심했다. 딸내미가 미래의 시댁에 밉보이게 할 순 없었다. 게다가 그는 내심 친척 관계를 중요히 여기는 사람이었다. 한번은 밥과 재시가 이모부 자신을 포함해 온 가족이 몹시 싫어하는 어느 사촌을 욕하자, 그는 휙 돌아서 두 사람의 머리를 세게 부딪히게 한 다음 이렇게 말했다.

"첫째로, 그 사람은 우리 친척이야. 그리고 둘째로, 성직자이기도 하니까 그딴 소리 집어치워."

이 말은 래들릿 가에서 하나의 표본이 되었다.

그리하여 크로이시그 가족에게 정식으로 초대장이 보내졌다. 상대편이 수락했고, 날짜가 정해졌다. 세이디 이모는 공황 상태에 빠져 에밀리 이모와 데이비를 불러들였다. (나는 이미 몇 주 전부터 사냥을 위해 앨콘리에 머물고 있었다.) 루이자는 스코틀랜드에서 둘째 아이에게 젖을 물리고 있었지만, 나중에 결혼식 때는 꼭 내려오고 싶어 했다.

크로이시그 가족 네 명이 앨콘리에 도착할 때까지 불길한 일들이 계속되었다. 기차역에서 그들을 맞이한 승용차는 운전 내내 털털거렸고, 온 집 안의 전등에서 퓨즈가 나갔다. 데이비가 새로 장만해 들고 온 자외선램프가 원인이었다. 손님들은 칠흑 같은 어둠 속에서 홀까지 안내되었다. 그러는 동안 로건이 촛불을 찾으려고 식품 저장실 안을 더듬거렸고, 매튜 이모부는 급히 두꺼비집으로 달려갔다. 레이디 크로이시그와 세이디 이모가 정중하게 이런저런 잡담을 나누는 동안, 린다와 토니는 한쪽 구석에서 킥킥거렸다. 레스터 경은 기다란 테이블 모서리에 통풍 걸린 발을 찧었으며, 모습이 보이지 않는 데이비가 계단 위에서 장탄식을 늘어놓으며 모두에게 사과했다. 너무나 곤혹스러운 순간이었다.

이윽고 불이 들어오자 크로이시그 가족의 모습이 드러났다. 레스터 경은 키가 큰 은발 신사였는데, 약간 꺼벙한 표정이 더없이 잘생긴 얼굴을 망쳐놓고 있었다. 그의 아내와 딸은 똑같이 펑퍼짐하고 두리뭉실했다. 토니는 말할 것도 없이 아버지를 닮았고, 마저리는 어머니를 빼닮았다. 어둠 속에서 목소리로만 존재했던 이들이 순식간에 피와 살을 지닌 실체가 되어 나타나자 세이디 이모는 갈피를 못 잡고 허둥댔다. 더는 대화 주제를 만들어 낼 수 없다고 판단한 그녀는 서둘러 그들을 위층으로 안내했다. 휴식을 취하며 저녁 식사용 옷으로 갈아입을 시간을 주려는 거였다. 앨콘리 사람들은 런던에서부터 오는 걸 엄청나게 고단한 여정으로 여겨서 집에 도착하면 마땅히 쉬어야 한다고 생각했다.

"그 램프는 어디다 쓰는 건데?" 매튜 이모부가 그때까지도 사과를 이어가고 있던 데이비에게 물었다. 그는 아직도 일광욕을 하려고 입었던 얇은 드레싱 가운 차림이었다.

"그게, 아시다시피 제가 겨울에는 뭘 먹어도 소화가 안 되잖아요."

"난 잘만 돼, 젠장." 매튜 이모부가 말했다. 이런 표현은 데이비에 대한 애정으로 해석될 수 있었다.

"잘된다고 생각하셔도 사실은 그렇지 않다니까요. 하지만 이 램프로 소화계통에 광선을 쬐면 외분비샘이 활발해져서 영양소를 온전히 섭취할 수 있어요."

"됐으니까, 이 집의 전압을 바꾸기 전엔 두 번 다시 광선 같은 건 쬐지 마. 집 안에 빌어먹을 훈족들이 어슬렁거리는데, 놈들이 무슨 짓을 꾸미는지 지켜봐야 할 거 아니야."

저녁 식사 때, 린다는 치마가 엄청나게 풍성한 하얀 친츠✿ 드레스에 검은색 레이스 스카프를 걸치고 나왔다. 더없이 황홀한 모습이었다. 레스터 경도 린다의 미모에 크게 매료된 게 틀림없었다. 레이스 장식이 달린 조젯✿✿ 드레스를 입은 레이디 크로이시그와 미스 마저리는 그런 건 알아채지 못하는 눈치였다. 마저리는 우울하기 짝이 없는 여자였다. 토니보다 몇 살 위인 그녀는 지금까지 결혼을 못 했고, 생물학적인 존재 이유가 없는 사람으로 보였다.

“『형제』를 읽어보셨나요?” 수프를 먹을 때, 레이디 크로이시그가 매튜 이모부에게 대화를 걸듯이 물었다.

“그게 뭐죠?”

“우르술라 랭독의 최신작이요. 두 형제에 관한 내용이에요. 이건 꼭 읽어보셔야 해요.”

“친애하는 레이디 크로이시그, 제가 살면서 읽은 책은 딱 한 권뿐이랍니다. 바로 『하얀 송곳니』✿✿✿죠. 기가 막히게 훌륭해서 그 후로 다른 책은 읽을 필요가 없었어요. 하지만 여

✿ 인도에서 수입된 꽃무늬 면직물.

✿✿ 얇고 까슬까슬한 평직물.

✿✿✿ 잭 런던이 1906년에 발표한 늑대개에 관한 소설.

기 데이비는 책을 많이 읽죠. 자네는 분명 『형제』를 읽어봤겠지, 데이비?"

"솔직히 못 읽었습니다." 데이비가 뾰로통하게 대꾸했다.

"제가 빌려드리죠." 레이디 크로이시그가 말했다. "지금 갖고 있어요. 기차 안에서 다 읽었거든요."

"그러시면 안 됩니다." 데이비가 외쳤다. "기차에선 절대로 책을 읽으시면 안 돼요. 시신경 중추에 엄청난 부담을 줘서 심각한 손상을 가져오죠. 저도 오늘 메뉴를 좀 볼까요? 제가 새로운 식이 요법을 시작했어요. 한 끼는 흰색, 그다음엔 붉은색을 먹는 거죠. 효과가 아주 좋아요. 오, 저런. 안 되겠군. 세이디. 오, 못 들으시네요. 로건, 달걀 하나만 부탁할게요. 살짝 익혀서요, 아시죠? 저는 이번에 흰 음식을 먹어야 하는데, 양고기 등심이 나오는군요."

"흠, 데이비. 이번에 붉은 음식을 먹고 내일 아침에 흰 음식을 먹으면 되잖아." 매튜 이모부가 말했다. "내가 무통 로칠드✿도 따놨어. 자네가 진짜 좋아하는 거잖아. 특별히 자네를 위해 딴 거라고."

✿ 세계적으로 유명한 프랑스산 레드 와인.

"오, 정말 안타깝군요." 데이비가 외쳤다. "내일 아침에 훈제 청어가 나온다고 들었거든요. 제가 무지무지 좋아하는 음식이죠. 결정하기가 너무 힘드네요. 안 되겠어요! 오늘은 달걀이랑 도가니만 조금 먹는 거로 할래요. 훈제 청어는 절대 포기할 수 없어요. 정말 맛있고, 소화도 아주 잘되고, 무엇보다 단백질의 보고니까요."

"훈제 청어는 갈색이잖아요." 밥이 말했다.

"갈색도 붉은 음식에 들어가. 그건 아주 명백한 일이지."

그러나 초콜릿 크림이 넉넉하게(물론 남자애들이 집에 있을 때는 늘 모자라긴 하지만) 나오자, 이는 흰색으로 간주되었다. 래들릿 가에서는 아무리 해로운 음식이라도 무진장 맛있는 거라면 데이비가 무조건 거절하리라 단정 지어선 안 된다는 사실이 곧잘 확인되곤 했다.

한편 세이디 이모는 레스터 경을 상대하는 데 난항을 겪고 있었다. 레스터 경은 초본식물을 열정적으로 사랑하는 따분한 사람인 데다, 상대편도 당연히 그러하리라 생각했다.

"런던 분들은 정원 일에 정말 해박하신 것 같아요." 세이디 이모가 말했다. "데이비랑 말이 통하시겠어요. 정원을 아주 정성껏 가꾸거든요."

"저는 딱히 런던 사람은 아닙니다." 레스터 경이 꾸짖듯이 말했다. "일은 런던에서 하지만, 집이 서리에 있으니까요."

"저한테는 그게 그거 같은데요." 세이디 이모가 부드럽지만 단호하게 말했다.

그날 저녁은 도무지 끝날 기미가 안 보였다. 크로이시그가 사람들은 브리지 게임을 하고 싶어 하는 기색이 역력했고, 대신 레이싱 데몬✿이 어떻겠느냐는 제안에는 그다지 흥미를 보이지 않았다. 레스터 경은 이번 주는 정말 피곤했다며, 오늘은 그만 잠자리에 들겠다고 했다.

"당신네는 그런 일을 어떻게 견디는지 모르겠어요." 매튜 이모부가 측은하다는 듯이 말했다. "바로 어제 내가 멀린퍼드의 은행장한테 그랬죠. 온종일 실내에서 남의 돈을 갖고 안달복달하는 인생은 보나 마나 지옥일 거라고요."

린다는 해외에서 막 돌아온 멀린 경에게 전화를 걸러 갔다. 토니도 따라가더니, 두 사람은 한참 후에야 상기된 얼굴로 남의 눈을 의식하며 돌아왔다.

✿ 브리지와는 다른 방식의 카드 게임.

다음 날 아침, 우리가 홀을 어슬렁거리며 이미 천상의 냄새로 존재감을 발산하고 있는 훈제 청어 요리를 기다리고 있을 때, 식사 쟁반 두 개가 위층으로 운반되는 게 보였다. 레스터 경과 레이디 크로이시그의 아침이었다.

"나 참, 어처구니가 없군. 젠장." 매튜 이모부가 구시렁거렸다. "사내가 침실에서 아침을 먹는다는 말은 내 평생 처음 들어보네." 그는 자신의 야전삽으로 아련한 눈길을 던졌다.

그래도 두 사람이 교회에 갈 준비를 마치고 열한 시 직전에 아래층으로 내려오자 이모부의 마음은 조금 누그러졌다. 매튜 이모부는 교회의 대들보 같은 사람으로, 매주 성경 말씀을 낭독하고, 찬송가를 고르고, 헌금 바구니를 돌렸으며, 가족들과 함께 예배에 참석하는 걸 좋아했다. 그런데 애석하게도 크로이시그 일가는 알고 보니 염병할 이교도였다. 사도신경을 읊을 때 고개를 급히 동쪽으로 돌린 것이다.✿ 요컨대 그들은 애초에 글러 먹은 무리와 한통속이었다. 그들이 저녁 기차로 런던에 돌아가겠다고 하자, 온 집 안에 안도의 한숨이 울려 퍼졌다.

✿ 전통을 중시하는 일부 그리스도교 종파의 관습. 동쪽은 태양이 떠오르는 방향으로, 그리스도를 상징한다.

"토니는 최악의 선택이에요. 그렇지 않나요?"

내가 울적한 목소리로 물었다.

다음 날, 데이비와 나는 헨스 그로브를 걷고 있었다. 데이비는 언제나처럼 내 말뜻을 금방 알아들었는데, 이것도 그의 장점 중 하나였다.

"최악이지." 그가 울적하게 말했다. 그도 린다를 무척이나 아꼈다.

"무슨 짓을 해도 린다의 콩깍지는 안 벗겨지겠죠?"

"나중에 후회하면서 깨닫는 수밖에 없을 것 같구나. 가엾은 린다. 그 애는 너무 낭만적인 성향이 강해. 그건 여자한테 치명적이지. 두 사람에게, 그리고 우리 모두에게 다행인 건, 여자들은 대부분 지극히 현실적이라는 거야. 아니면 이 세상이 제대로 돌아가질 않겠지."

멀린 경은 우리보다 훨씬 용감해서 자신의 의견을 숨김없이 털어놓았다. 멀린퍼드에 놀러 간 린다가 그에게 물었다.

"제가 약혼했다니 기쁘세요?"

그러자 멀린 경은 대답했다.

"그럴 리가. 왜 그런 짓을 한 거니?"

"사랑에 빠졌으니까요." 린다가 자랑스럽게 말했다.

"무슨 근거로 그렇게 생각하지?"

"그런 건 생각하는 게 아니라, 그냥 아는 거예요." 린다가 말했다.

"당치도 않은 소리."

"오, 사랑이 뭔지도 모르시는 분과 제가 무슨 얘기를 더 하겠어요."

멀린 경은 화가 머리끝까지 나서, 철없는 여자애들도 사랑을 이해 못 하는 건 마찬가지라고 소리쳤다.

"사랑은 어른들이 하는 거야. 너도 언젠가는 알게 되겠지만 말이야. 그리고 사랑과 결혼은 아무 상관 없다는 것도 알게 될 거다. 나는 네가 일찍, 일이 년 안에 결혼하는 데는 두 손 들어 찬성하지만, 제발, 부디, 모쪼록 토니 크로이시그 같은 따분한 인간과는 결혼하지 말거라."

"그가 그렇게 따분한 사람이면, 왜 댁에 묵게 하셨어요?"

"내가 초대한 게 아니야. 베이비가 데려왔지. 그것도 세실이 독감에 걸려 못 오게 돼서 말이야. 하물며 내 집에 대타로 온 인간과 네가 결혼까지 하게 될 줄 누가 상상이나 했겠니?"

"좀 더 신중하셨어야죠. 아무튼 토니가 왜 따분하다고 하시는지 모르겠어요. 그가 얼마나 박식한데요."

"그래, 바로 그거야. 그게 문제라고. 레스터 경은 또 어떻고. 레이디 크로이시그는 만나 봤니?"

그러나 토니를 감싸고 있는 완벽한 광채 때문에 린다에게는 그 식구들까지 빛나 보였다. 그들에 대한 험담은 조금도 귀에 들어오지 않았다. 린다는 다소 쌀쌀맞게 멀린 경과 헤어졌고, 집에 돌아와서는 마구잡이로 욕설을 퍼부었다. 한편 멀린 경은 레스터 경이 린다에게 결혼 선물로 무엇을 줄지 가만히 지켜보았다. 돈피로 된 몸통에 갈색 거북딱지를 붙이고 금으로 린다의 머리글자를 새긴 화장품 보관함이었다. 그러자 멀린 경은 그보다 두 배로 큰 모로코가죽에 금빛 거북딱지를 두른 화장품 보관함을 제작해 다이아몬드로 머리글자가 아닌 린다라는 이름을 박아 넣었다.

이때부터 그의 크로이시그 일가 조롱 작전의 막이 올랐다. 이것이 그 신호탄이었다.

결혼식 준비는 순조롭지 않았다. 지참금을 두고 끊임없는 갈등이 벌어졌다. 매튜 이모부는 스스로의 판단에 따라 본인의 재산에서 어린 자녀들의 양육에 필요한 돈을 일정 부분 떼어놓고 있었다. 린다가 백만장자의 아들과 결혼한다는 사실을 고려하면, 다른 자녀들에게 돌아갈 금액을 그녀의 지참금으로 내주길 꺼리는 것도 무리가 아니었다. 그러나 레스터 경은 매튜 이모부가 지참금을 내놓지 않는 한, 자기 역시 한 푼도 대줄 수 없다고 맞섰다. 그렇지 않아도 자금을 묶어두는 건 집안의 방침에 어긋난다며 되도록 혼수 마련을 피하려는 사람이었다. 결국 매튜 이모부는 끝까지 고집을 부리며 린다에게 쥐꼬리만 한 금액을 내주었다. 이 모든 과정을 겪으며 그는 심히 우려스럽고 언짢아졌을 뿐 아니라, 게르만 민족을 향한 증오심이 한층 더 확고해졌다.

토니와 그의 부모님은 결혼식을 런던에서 하길 원했고, 매튜 이모부는 그렇게 비천하고 저속한 소리는 평생 처음 들어본다고 맞섰다. 여자는 마땅히 자기 집에서 혼례를 올려야 했다. 그는 유행을 따르는 결혼식을 타락의 극치로 보았고, 세인트 마거릿 교회에서 입을 쩍 벌리고 앉은 이방인들 사이로 딸의 손을 잡고 걸어 나갈 순 없다고 했다. 크로이시그 부부는 시골에서 식을 올리면 결혼 선물을 절반밖에 받지 못할 것이며, 훗날 토니에게 도움이 될 중요하고 영향력 있는 사람들은 한겨울에 글로스터셔까지 오지 않을 거라며 린다를 설득했다. 하지만 린다의 귀에는 아무 소리도 들리지 않았다. 황태자와의 결혼을 계획하던 시절부터 그녀는 자신의 결혼식이 어떤 모습이어야 하는지 머릿속에 그려 놓았다. 그것은 최대한 동화 연극 속의 결혼식처럼 보여야 했다. 커다란 교회의 안팎으로 하객이 북적거리고, 사진사들, 칼라꽃, 튤 장식, 들러리들이 반드시 있어야 하며, 대규모 합창단이 그녀가 가장 좋아하는 찬송가인 〈잃어버린 화현〉을 불러야 했다. 그리하여 그녀는 가엾은 매튜 이모부가 아닌 크로이시그 부부의 편을 들었고, 운명도 앨콘리의 난방 시설을 고장 내며 상대편에게 무게를 실어주었다. 결국 세이디 이모가 런던에 집을 하나 빌렸고, 결혼식은 기어이 세인트 마거릿 교회의 대중적이고 저속한 환경 속에서 거행되었다.

린다가 결혼할 무렵에 그녀의 부모와 시부모는 이런저런 일들로 더 이상 서로 말을 나누지 않게 되었다. 매튜 이모부는 결혼식 내내 흐르는 눈물을 주체하지 못했고, 레스터 경은 눈물 한 방울 흘리지 않았다.

10

린다의 결혼 생활은 거의 초기부터 어그러졌던 것 같다. 하지만 나도 그 실상에 대해서는 무엇 하나 알지 못했다. 모두가 마찬가지였다. 린다는 수많은 반대를 무릅쓰고 결혼했는데, 반대자들의 근거가 전적으로 옳다고 판명된 것이다. 그러니 그 성격이 어디 가겠는가. 그녀는 최대한 오래오래 완벽한 쇼윈도를 연기했다.

두 사람은 2월에 결혼했고, 신혼여행으로 멜턴에 집을 빌려 사냥을 했으며, 부활절 이후에는 브라이언스턴 스퀘어에 정착했다. 그때부터 토니는 부친이 재직하던 은행에서 일했고, 보수당 소속으로 하원 의석을 차지하기 위한 준비에 들어갔다. 그의 야망은 눈 깜짝할 사이에 실현되었다.

사돈이 되어 교제가 늘어났지만, 래들릿 집안과 크로이시그 집안의 서로에 관한 판단은 변하지 않았다. 크로이시그 부부는 린다가 유별나고 비현실적이며 사치스럽다고 생각했다. 그리고 무엇보다 토니의 경력에 하등 도움이 되지 않는다고 보았다. 래들릿 집안에서는 토니를 세상에서 제일 지루한 사람으로 여겼다. 그는 목표물 주위를 빙빙 도는 폭격기처럼 하나의 주제를 놓고 설명을 거듭하지만, 핵심을 찌르지 못하는 습관이 있었다. 그는 끔찍하게 지루한 정보들을 어마어마하게 많이 알고 있었으며, 주변 사람들이 흥미를 보이든 말든 자신이 아는 내용을 세세하고 장황하게 들려주는 데 망설임이 없었다. 또한 근엄하기로도 토니를 따라올 사람은 없었다. 그는 더 이상 린다의 농담에 웃지 않았다. 린다와 처음 만났을 때 쾌활해 보였던 건 분명 술과 젊음, 그리고 건강 덕분이었을 것이다. 이제 성숙한 어른이 되어 가정을 이룬 그는 이 세 가지에서 결연히 등을 돌렸다. 낮에는 은행, 밤에는 웨스트민스터✿에서 일했고, 유흥을 즐기거나 바람을 쐴 여유조차 갖지 않았다. 그의 본모습이 이제야 발현되었다. 알고 보니 그는 거만하고 돈만 밝히는 막

✿ 영국 정치의 중심지.

돼먹은 인간이었다. 그리고 날이 갈수록 자기 아버지와 똑같아졌다.

그는 린다를 유용한 자산으로 만드는 데 성공하지 못했다. 가여운 린다는 크로이시그 가의 사고방식을 좀처럼 이해할 수 없었다. 아무리 애를 써도(처음에는 그녀도 사람들을 만족시키기 위해 힘껏 노력했다) 여전히 오리무중이었다. 요컨대 그녀는 난생처음 부르주아적 세계관을 마주한 거였다. 매튜 이모부가 중산층 교육 때문에 내가 처하게 되리라 예상했던 운명이 오히려 린다에게 닥친 것이다. 그가 그토록 손가락질하던 표면적인 징후가 모두 거기에 있었다. 크로이시그 부부는 편선지, 향수, 거울, 벽난로 선반이라는 말을 입에 담았고, 린다에게 자신들을 아버지, 어머니라고 부르게 했다. 사랑에 눈이 멀었던 초창기에는 린다도 그대로 따랐다. 하지만 그 후로는 결혼 생활 내내 그들의 면전에 대고 '그쪽you'이라 부르며 거기서 벗어나려 했으며, 연락할 일이 있으면 엽서나 전보를 이용했다. 내적인 면을 보자면, 그들은 돈벌이에만 신경을 쓰며 모든 걸 돈을 중심으로 생각했다. 돈이 그들의 방벽이자 요새였고, 미래의 희망이자 현재의 버팀목이었다. 돈이 있기에 다른 인간들보다 우월했고, 돈으로 재앙을 물리쳤다. 그들이 유일하게 높이 사는 지적 능력은 떼돈을 버는 재주였다. 오직 돈만이 성공의 기준이었고, 돈이 곧 권력이자 명예였다. 가난한 사람들을 보면 건달이고, 일을 못 하고, 게으르고, 무책임하고, 부도덕하다고 낙인찍었다. 이러한 암적인 면에도 불구하고 누군가가 정말로 마음에 들면, 그 사람은 불운했다고 예외 조항을 붙였다. 그들은 여러 가지 방법으로 그와 같은 지독한 불행에 대비했다. 전쟁이나 혁명같이 자신들의 힘으로 통제할 수 없는 격변이 일어나도 몰락하지 않도록 십여 개 국가에 상당한 자금을 분산해 놓았다. 그런 지역에서 여러 개의 목장과 방목장을 거느렸고, 남아프리카에는 다스의 농장이, 스위스에는 호텔이, 말레이시아에는 플랜테이션이 있었다. 또한 린다의 아름다운 목에서 반짝이는 것 말고도 값비싼 다이아몬드를 여러 개 보유하고 있었는데, 전부 언제든 들고 나올 수 있도록 여러 은행에 나누어 보관했다.

그러나 다른 환경에서 성장한 린다는 이 모든 걸 도통 이해할 수 없었다. 앨콘리에선 돈이라는 주제가 언급된 적이 단 한 번도 없었기 때문이다. 매튜 이모부는 확실히 상당한 수입을 올리고 있었지만, 그건 토지에서 나오고, 토지에 묶여 있었으며, 대부분이 다시 토지로 돌아갔다. 그에게 토지는 신성한 것이었고, 그보다 더 신성한 건 영국이었다. 조국에 재앙이 닥친다면 이곳에 남아 어려움을 함께하거나 목숨을 내놓아야 마땅하다고 여겼다. 일신의 안녕을 도모하거나 곤경에 처한 영국을 두고 떠난다는 건 상상조차 해본 적이 없었다. 이모부와 그의 가족, 그의 사유지는 언제까지나 린다의 일부였고, 린다는 영원히 그의 일부였다. 훗날 전쟁이 일어날 조짐이 보이자, 토니는 미국에 자금을 지원하라고 이모부를 설득하려 했다.

"뭐하러?" 매튜 이모부가 물었다.

"장인어른이 그쪽으로 넘어가시거나, 애들을 보낼 수 있으니까요. 미리 대비해서 나쁠 게……."

"내가 나이는 먹었어도, 아직 총은 쏠 수 있어." 이모부는 격분하며 말했다. "그리고 우리 집에 어린애는 없어. 전쟁이 터지면 누구나 그 순간 성인이 되는 거야."

"빅토리아는……."

"빅토리아는 열셋이야. 그 애도 자기 의무를 다해야지. 염병할 외국 놈들이 여기까지 쳐들어오면, 사내든 여자든 어린애든 모조리 나가서 어느 한쪽이 전멸할 때까지 싸울 거야. 아무튼 난 해외는 싫어. 무슨 일이 있어도 나가 살진 않을 거야. 헨즈 그로브의 사냥터지기 오두막에 사는 한이 있더라도 말이야. 게다가 외국 것들은 죄다 그놈이 그놈이야. 보기만 해도 구역질이 나." 이모부는 토니를 노려보며 매섭게 쏘아붙였다. 그런데도 토니는 분위기 파악을 못 하고 자신은 지혜롭게도 이런저런 자금을 여러 대피처로 옮겨 놓았다며 구구절절 설명했다. 그는 매튜 이모부가 자신을 싫어한다는 걸 끝내 알아채지 못했다. 사실 이모부는 워낙 특이하게 행동해서, 토니처럼 둔감한 사람이 이모부가 좋아하는 사람과 그렇지 않은 사람을 대하는 법을 구분하기란 쉽지 않았다.

결혼 후 처음 맞는 린다의 생일에 레스터 경은 천 파운드짜리 수표를 건네주었다. 린다는 기뻐하며 그날 바로 커다란 반진주에 루비가 둘러 있는 목걸이를 샀다. 한동안 본드가의 매장 앞을 지나며 눈여겨보던 거였다. 크로이시그 부부는 그녀의 생일 파티로 조촐한 가족 만찬을 제안했고, 토니는 일이 끝나는 대로 사무실에서 바로 그쪽으로 오겠다고 했다. 린다는 목걸이에 어울리게 아주 단순한 디자인에 목이 깊게 파인 하얀 새틴 드레스를 입고 가서는, 곧장 레스터 경에게 다가가 인사했다. "오, 이런 멋진 선물을 주시다니 정말 친절하세요. 이것 보세요."

레스터 경은 얼굴이 하얗게 질렸다.

"내가 준 돈을 전부 털어서 산 거니?" 그가 물었다.

"네. 갖고 싶은 물건을 하나 사라고 하시는 것 같아서요. 선물해 주신 분을 늘 기억할 수 있게요."

"아니다, 아가. 나는 결코 그런 뜻이 아니었어. 천 파운드는 이를테면 자본금이야. 그걸로 더 큰 수익을 낼 수 있지. 그런 돈을 일 년에 겨우 서너 번 착용할, 그것도 가치가 올라갈 가능성이 거의 없는 장신구에 써버리다니. (그리고 보석을 산다면 무조건 다이아몬드지. 루비나 진주는 모조품이 많아서 제값을 못 해.) 어쨌든 앞서 말했듯이, 사람은 늘 수익을 염두에 둬야 해. 그 돈은 토니한테 부탁해서 투자를 하든지, 아니면 내가 진짜 의도했던 대로 토니의 경력에 도움이 될 저명인사들을 접대하는 데 썼어야지."

이 저명인사들은 린다에게 줄곧 골칫거리였다. 크로이시그 부부는 린다가 정치적으로도 사업적으로도 토니에게 커다란 걸림돌이라고 여겼다. 린다는 자기 눈에 그런 사람들이 얼마나 지루해 보이는지 아무리 노력해도 숨길 수가 없었다. 그녀 역시 세이디 이모처럼 사소한 자극에도 두루뭉술한 권태 속으로 빠져들었다. 그럴 때면 두 눈이 몽롱해지고 정신은 멍해졌다. 저명인사들은 이런 걸 좋아하지 않았다. 그들은 그런 대우에 익숙하지 않았다. 기껏 선심을 써서 젊은이들에게 시간을 내줬으면, 존경하는 마음으로 경청하고 자신에게 집중하길 바랐다. 그런데 린다는 연신 하품을 하고 토니는 영국 제도의 항만 관리소장이 몇 명인지 가르치려 드는 통에 저명인사들은 젊은 크로이시그 부부를 피하게 되었다. 토니의 부모는 이러한 사태를 개탄하며 린다의 탓으로 돌렸다. 그들은 린다가 토니의 일에 조금도 관심이 없다는 걸 간파했다. 처음에는 린다도 관심을 가지려 했지만 도저히 무리였다. 돈이라면 이미 넘치도록 있으면서 그걸 더 벌겠다고 신이 주신 신선한 공기와 푸른 하늘을 뒤로하고, 봄과 여름, 가을과 겨울이 어떻게 지나가는지도 모른 채 실내에만 틀어박혀 있다니. 그녀로서는 당최 이해할 수가 없었다. 게다가 린다는 정치에 관심을 쏟기엔 너무 어린 나이였다. 히틀러가 등장해 모두를 각성시키기 전까지 정치는 지극히 난해한 오락거리에 불과했다.

“당신 아버지 화나셨어.” 저녁 식사 후 집으로 걸어가며 린다가 토니에게 말했다. 레스터 경은 하이드파크 가든에 살았고, 아름다운 밤이라 그들은 걸어가기로 했다.

"그러실 만도 하지." 토니가 퉁명스럽게 말했다.

"하지만 자기야, 얼마나 예쁜지 봐봐. 내가 이런 걸 어떻게 거부할 수 있겠어?"

"넌 너무 현실 감각이 없어. 제발 어른처럼 행동하려고 노력을 좀 해봐."

린다의 결혼식이 있던 그해 가을, 에밀리 이모가 세인트 레너즈 테라스에 작은 집을 구해서 이모와 데이비 그리고 나는 그곳에 머무르게 되었다. 예전부터 이모의 몸이 계속 좋지 않아서, 데이비는 이모가 시골 생활의 의무에서 벗어나 휴식을 취하는 게 낫겠다고 판단했다. 집에서는 어떤 여자도 마음껏 쉴 수 없기 때문이었다. 바로 얼마 전에 그의 소설 『마모되는 관』이 출간되어 지성계에 큰 반향을 일으키고 있었다. 어느 남극 탐험가의 심리 및 생리를 다룬 책으로, 주인공은 눈 때문에 오두막에 갇혀 결국 죽게 될 걸 알지만 몇 개월쯤 연명할 수 있는 식량을 갖고 있다. 그리고 마지막엔 그가 죽는 것으로 끝이 난다. 데이비는 극지방 탐험에 푹 빠져서, 인간의 신체가 비타민이 부족하고 소화가 안 되는 음식만으로 얼마나 버틸 수 있는지 멀찍이 떨어져 관찰하는 걸 즐겼다.

"페미컨✿은 탐험가들의 몸에 분명 안 좋았을 거야." 그는 유쾌하게 이런 말을 하며 에밀리 이모의 요리사가 자랑하는 특별식에 달려들었다.

센리에서의 일상을 벗어던진 에밀리 이모는 다시 옛동무들과 어울리며 우리를 즐겁게 해주었고, 이곳에서의 생활이 꽤 마음에 들었는지 앞으로 일 년의 반은 런던에서 보내기로 작정했다. 나로 말하자면, 그전에도 그 후로도 내 인생에서 이때만큼 행복했던 적은 또 없었다. 런던에서 린다와 함께 보냈던 사교 시즌도 물론 즐거웠다. 그걸 부정한다면 거짓말이고, 세이디 이모에게 배은망덕한 짓이었다. 어두침침한 여성 귀족석에서 보낸 긴긴 시간도 사뭇 재미있었다. 그러나 그 모든 것은 이상하게 현실감이 없고 삶과 동떨어진 느낌이었다. 하지만 이제는 지면에 두 발을 단단히 딛고 서 있었다. 내가 하고 싶은 일을 하고, 내가 만나고 싶은 사람

✿ 고기를 말려서 만든 보존 식량.

들과 아무 때나 자유롭게 마음 편히 만날 수 있었다. 규칙 같은 건 아무것도 없었다. 친구들을 집에 데려오면 데이비가 친절하지만 다소 거리를 두며 반겨주는 것도 만족스러웠다. 홀에서 수선을 떠는 게 거추장스러워 몰래 뒷계단으로 데려가지 않아도 됐으니까.

행복했던 이 시기에 나는 당시 옥스퍼드대학교 세인트 피터스 칼리지의 젊은 교수였고, 현재는 그곳의 학장이 된 앨프레드 윈첨과 행복하게도 약혼을 하게 되었다. 이 학구적이고 자상한 남자와 함께한 이후로 나는 완벽하게 행복한 삶을 살아왔고, 늘 갈구했던 대로 옥스퍼드에 있는 우리 집에서 인생의 폭풍과 난제로부터 나를 지켜줄 피난처를 찾았다. 남편에 대한 설명은 이쯤에서 마치겠다. 이건 내가 아닌 린다의 이야기니까.

그때 우리는 린다를 굉장히 자주 만났다. 린다가 찾아오면 몇 시간씩 함께 이야기를 나누곤 했다. 그녀는 불행해 보이진 않았지만, 티타니아✿의 최면 상태에서 깨어난 것만은 확실했다. 남편이 밤낮 직장 일과 의정 활동으로 바빴으므

✿ 셰익스피어의 〈한여름 밤의 꿈〉에 나오는 요정 나라의 왕비로, 마법에 걸려 당나귀 머리를 한 직공을 사랑하게 된다.

로 분명 외로웠을 것이다. 멀린 경은 해외에 있었고, 린다에게는 아직 별다른 친구가 없었다. 그녀는 손님맞이로 바쁘고, 북적북적 활기가 넘치고, 오래도록 쓸데없는 잡담을 나누던 앨콘리에서의 생활을 그리워했다. 막상 그곳에 살 때는 얼마나 벗어나고 싶어 했는지 기억하느냐고 묻자, 린다는 독립하게 됐을 때는 정말로 신났다고 애매모호하게 인정했다. 그녀는 내 약혼 소식에 무척 기뻐했고, 앨프레드를 마음에 들어 했다.

"그는 정말 진지하고 영리해 보여." 린다가 말했다. "두 사람한테선 까맣고 예쁜 아기들이 태어날 거야. 둘 다 피부가 까무잡잡하니까."

앨프레드는 린다에게 조금 호감을 품은 정도였다. 그는 린다의 성격이 만만치 않을 것 같다고 했다. 나로서는 다행스럽게도, 린다는 데이비나 멀린 경을 사로잡았던 그 주문을 앨프레드에게는 걸지 않았다.

어느 날 에밀리 이모와 데이비와 함께 결혼식 초대장을 준비하고 있을 때, 린다가 찾아와 새로운 소식을 알렸다.

"나 새끼를 뱄어요. 이 일을 어떻게 생각하세요?"

"그렇게 끔찍한 표현은 처음 듣는다, 린다." 에밀리 이모가 말했다. “하지만 당연히 축하할 일이지.”

“그렇겠죠.” 린다는 커다랗게 한숨을 내쉬며 의자에 주저앉았다.

“장기적으로 보면 너한테 큰 도움이 될 거야.” 데이비가 부러운 투로 말했다. “큰일을 해치우는 거니까.”

“무슨 말씀이신지 알겠어요.” 린다가 말했다. “아, 우리는 오늘 징글징글한 저녁 약속이 있어요. 무슨 중요한 미국인들이래요. 토니가 그 사람들이랑 거랜지 뭔지를 하려는 것 같은데, 내가 그 사람들한테 잘 보여야 거래가 성사될 거예요. 그러니 어쩌면 좋겠어요? 난 분명 그 사람들을 보면 역겨워질 테고, 그럼 시아버지가 엄청나게 화를 내겠죠. 아, 저 명인사들이란 얼마나 끔찍한지. 그런 사람들을 모르시는 게 다행이에요.”

린다의 아기는 5월에 태어났다. 딸이었다. 린다는 임신 중에 줄곧 몸이 안 좋았고, 분만할 때도 난산으로 고생했다. 의사들은 그녀에게 다시는 아이를 가져선 안 된다고 했다. 또다시 아이를 낳다가는 산모가 죽을 거라면서. 은행가 가문도 황실처럼 아들이 많이 필요한 모양인지 크로이시그 집

안은 이 소식에 큰 충격을 받았지만, 린다는 조금도 개의치 않았다. 그녀는 자기가 낳은 아기에게도 아무런 관심이 없었다. 나는 허가가 떨어지자마자 린다를 보러 갔다. 화환과 분홍 장미에 둘러싸여 누워 있는 린다는 꼭 시체 같았다. 당시는 나도 임신 중이라 자연스레 린다의 아기가 너무나 궁금했다.

"이름은 뭐로 정할 거야? 그런데 아기는 대체 어디 있어?"

"수녀님 방에. 시끄럽게 빽빽거려. 이름은 아마 모이라 같아."

"설마. 모이라는 안 돼. 그렇게 끔찍한 이름은 처음 들어 봐."✿

"토니는 좋대. 모이라라는 여동생이 있었는데 일찍 죽었나 봐. 내가 뭘 알아냈는지 말해줄까? (토니한테 들은 건 아니고, 그 집 늙은 유모한테 들었어.) 그 여동생이 생후 사 개월 때 마저리한테 망치로 머리를 맞아서 죽었대. 이게 웃고 넘어갈 일이니? 그러면서 우리 집을 난폭하다고 욕해? 우리 아빠는 실제로 사람을 죽인 적은 없어. 아니, 그 삽도 쳐야

✿ Moira. 영국 상류층이 사용하는 귀족적인 이름이 아니라는 뜻으로, 두 집안의 문화가 얼마나 다른지를 보여주는 극명한 예이다.

하나?"

"어쨌거나 가엾은 아기한테 모이라 같은 이름을 떠안겨선 안 돼. 그건 너무 가혹한 일이야."

"생각해 보면 꼭 그렇지도 않아. 걔가 크로이시그 집안에서 귀염을 받으려면 모이라로 커야 할 거야(내가 보니까 사람은 다 자기 이름대로 크더라고). 그럼 그 사람들이 애정을 쏟아주겠지. 솔직히 난 정이 안 가니까."

"린다, 그런 망측한 소리 하지 마. 네가 그 애를 좋아하게 될지 어떨지 아직 모르잖아."

"아니, 알아. 난 누구든 처음 만나면 바로 감이 오거든. 그런데 모이라는 딱 싫어. 걔는 소름 끼치는 반-헌즈야. 이따가 보면 너도 알게 될 거야."

그때 수녀님이 들어오자 린다가 우리를 인사시켰다.

"아, 당신이 그 사촌이군요. 얘기 많이 들었어요. 아기를 보고 싶겠네요." 그녀가 말했다.

그러고는 잠시 나갔다가 울부짖는 모세 아기 바구니를 들고 돌아왔다.

"불쌍한 것. 차라리 보지 않는 게 친절을 베푸는 거야." 린다가 심드렁하게 말했다.

"린다가 하는 말에는 신경 쓰지 마세요." 수녀님이 말했다. "괜히 나쁜 여자인 척하는 거예요. 다 연기라니까요."

나는 바구니 안을 들여다보았다. 신생아들이 다 그렇긴 하지만, 얇은 검은색 가발을 뒤집어쓴 오렌지가 주름 장식과 레이스 속에 파묻혀 악을 쓰고 있는 흉측한 모습이 눈에 들어왔다.

"정말 사랑스럽죠. 저 조그만 손 좀 보세요." 수녀님이 말했다.

나는 몸을 부르르 떨며 말했다.

"글쎄요. 이런 말은 좀 그렇지만. 전 이렇게 작은 아기는 별로 안 좋아해서요. 하지만 일이 년 후에는 아주 귀여워지겠죠."

이즈음 아기의 울음이 절정에 달해서, 살벌한 소음이 방 안을 가득 채웠다.

"불쌍한 것. 거울에 비친 자기 모습을 본 게 분명해. 데려가세요, 수녀님."

잠시 후, 데이비가 방에 들어왔다. 내가 그날 밤 셴리에서 묵을 예정이라 나를 태워주러 온 거였다. 수녀님이 다시 들어와서 린다는 오늘 면회 시간을 다 썼으니 그만 나가라고 우리를 내쫓았다. 런던에서 가장 크고 비싼 요양원에 있는 그녀의 방을 나와서, 나는 승강기를 찾아 잠시 두리번거렸다.

데이비가 "이쪽이야" 하더니, 약간 연극조로 낄낄거리며 프랑스어로 말했다. "전 하렘에서 자라 이곳 지리에 빠삭하죠.[✿] 오, 세시저 수녀님, 안녕하세요. 이렇게 뵙게 돼서 반갑습니다."

"워벡 대령님. 대령님이 오셨다고 원장 수녀님께 말씀드려야겠군요."

그렇게 데이비를 그가 집처럼 생각하는 곳에서 끌고 나가는 데만 거의 한 시간이 걸렸다. 혹시 내가 데이비를 오로지 건강 문제에만 골몰하는 사람처럼 묘사했는지도 모르겠다. 평소에 그는 연구와 저술 활동, 문학 평론지의 편집에 전념했고, 건강은 취미에 불과했다. 나와 만나는 건 주로 한가한 시간이었기 때문에 후자가 두드러져 보였던 것뿐이다. 게다가 그는 그 일을 무척이나 즐겼다. 데이비는 농부가 돼지에게 쏟는 애정 어린 집착으로 자신의 몸을 대했다. 그것도 한 배에서 난 새끼 중에 팔팔한 녀석이 아닌 비실거리는 녀석

✿ 볼테르의 희곡 〈자이르〉에 나오는 대사.

을, 농장의 자존심을 걸고 잘 키워보겠다는 집착이었다. 저울에 재고, 햇볕을 쬐이고, 바람을 쐬이고, 운동을 시키고, 특별한 식단을 제공하고, 새로 특허받은 음식과 약품을 먹여보았지만, 전부 헛수고였다. 몸무게는 단 1온스도 늘지 않았고, 농장의 자랑이 되지도 못했다. 그래도 돼지는 어떻게든 살아남아 좋은 것들을 누리고, 자기 삶을 즐겼다. 육체가 물려받은 질병과 다른 상상의 질병들에 시달리면서도 착한 농부와 그 아내에게 끊임없는 보살핌과 집중적인 관심을 받은 덕택이었다.

내가 린다와 가엾은 모이라에 대해 이야기하자 에밀리 이모는 지체 없이 이렇게 말했다.

"그 애는 너무 어려. 너무 어린 엄마들은 자기 아이에게 몰두하기가 쉽지 않을 거야. 나이가 좀 들어야 자기 아이도 사랑스러워 보이는 법이거든. 어쩌면 젊고 무관심한 엄마 밑에서 초연하게 자라는 편이 아이들한테는 더 좋을지도 몰라."

"하지만 린다는 딸을 증오하는 것 같았어요."

"그것참 린다답구나. 그 애는 뭐든 극단적이니까." 데이비가 말했다.

“하지만 너무 우울해 보였어요. 그건 전혀 린다답지 않잖아요.”

“린다는 심하게 아팠어.” 에밀리 이모가 말했다. “세이디는 절망에 빠졌었지. 딸이 두 번이나 죽을 뻔했으니까.”

“그런 말은 하지 말자고. 난 린다가 없는 세상은 상상도 하기 싫어.” 데이비가 말했다.

11

그 후로 몇 년간, 나는 옥스퍼드에서 남편과 아이에게 집중하느라 내 인생에서 그 어느 때보다 오랫동안 린다와 떨어져 지냈다. 그래도 우리의 관계는 변함없이 끈끈하게 유지되었다. 어쩌다 만나도 매일 보는 사람들 같았다. 나는 이따금 런던에 가서 린다의 집에 묵었고, 그녀도 옥스퍼드에 와서 우리 집에 머물렀으며, 정기적으로 편지도 주고받았다. 그러나 린다는 한 번도 결혼 생활이 무너져 가고 있다고 내게 상담하지 않았다는 사실을 여기에 언급해 두고 싶다. 어차피 무의미한 일이었을지도 모르겠다. 어느 부부에게나 일어날 수 있는 평범한 이야기였으니까. 토니는 상대방을 지루하게 하고 개성이 없다는 단점 때문에 처음부터 연인으로도 한참 부족한 사람이었다. 린다도 아기가 태어날 즈음에는 이미 그를 사랑하지 않았고, 그때부터 남편이나 딸에게는 털끝만큼도 신경을 쓰지 않았다. 그녀가 사랑에 빠졌던 잘생기고 명랑하고 지적이고 거만한 청년은 가까이 다가가자 사라져 버렸고, 린다의 상상 속에만 존재하는 가공의 인물이었다는 게 밝혀졌다. 린다는 전적으로 자기 잘못인데도 토니를 탓하는 흔한 실수를 저지르지 않는 대신, 철저히 등을 돌려 그에게 무관심해졌다. 남편을 보는 일이 거의 없었기 때문에 그리 어렵지 않은 일이었다.

멀린 경은 이제 크로이시그 집안을 대대적으로 조롱하기 시작했다. 크로이시그 부부는 린다가 바깥출입을 안 하고, 옆에서 강요하지 않는 한 손님 접대도 하지 않으며, 사교 생활에 관심이 없다고 틈만 나면 투덜거렸다. 또한 그녀가 시골 출신이라 사냥밖에 모르며, 자기 집 응접실에선 소파 쿠션 뒤에 죽은 토끼를 숨겨놓고 리트리버를 훈련시키고 있을 거라고 지인들에게 험담하고 다녔다. 린다가 천방지축에 얼빠진 시골 미인이라 남편을 내조할 줄 모르니 불쌍한 토니 혼자서 모든 걸 헤쳐 나가야 한다고 한탄하기도 했다. 이 모든 말 안에는 한 조각의 진실이 숨겨져 있었다. 크로이시그

가의 지인들이 형언할 수 없을 만큼 고리타분하다는 사실이었다. 가련하게도 그 그룹 안에서 어떠한 발전도 보이지 못한 린다는 더 이상의 노력을 포기하고, 마음이 맞는 리트리버와 겨울잠쥐에만 애정을 쏟았다.

린다가 결혼한 후 처음으로 런던에 온 멀린 경은 그 즉시 린다를 자신의 세계로 인도했다. 그녀가 늘 동경하던 세련된 보헤미안들의 세계였다. 그 안에서 자신감을 되찾은 린다는 대단히 행복해했고, 금세 유명 인사가 되었다. 그녀는 더할 나위 없이 생기발랄해졌으며, 어떤 자리에도 빠지는 법이 없었다. 남편 없이 만찬에 초대할 수 있는 젊고 아름다우며 평판이 좋은 여성은 런던 사교계에서 가장 인기 있는 부류였다. 얼마 안 가 린다는 완전히 다른 사람이 되었다. 사진사와 가십 전문 기자들이 끈질기게 그녀를 따라다녔다. 당시에 린다를 만나면 삼십 분도 안 되어 그녀가 점점 진부한 사람이 되어가고 있다는 생각을 떨쳐버릴 수 없었다. 그녀의 집은 아침부터 밤까지 사람들로 북적이며 수다가 끊이질 않았다. 수다를 좋아하는 린다는 자신과 비슷한 사람들을 여럿 사귀었다. 당시 런던은 상류층과 하류층을 가리지 않고 실업이 만연한 탓에, 될 대로 되라며 쾌락을 추구하는 분위기였다. 젊은 청년들이 연금을 받고 퇴직하면 친척들은 일자리를 찾아보라고 이따금 형식적인 조언은 해도 전력을 다해 구직을 도와주지는 않았다(어차피 그들이 일할 만한 직장이 없기도 했다). 이런 청년들이 꿀을 찾는 벌떼처럼 린다의 주위에 모여들어 쉴 새 없이 재잘거렸다. 린다의 침실에서, 침대에서, 그녀가 샤워하는 동안 바깥 계단에 앉아서, 그녀가 식사를 주문하는 동안 부엌에서, 쇼핑을 하며, 공원을 걸으며, 극장, 오페라, 발레, 만찬, 야식, 나이트클럽, 파티, 무도회, 밤낮을 가리지 않고 끊임없이, 끊임없이 노닥거렸다.

"그 사람들은 도대체 무슨 이야기를 할까?" 세이디 이모는 못마땅해하며 내게 묻곤 했다. 과연 무슨 이야기를 하는 걸까?

토니는 아침 일찍 한 손에 서류 가방을 들고 겨드랑이엔 신문을 낀 채, 막중한 임무라도 맡은 사람처럼 서둘러 은행으로 출근했다. 그가 집을 나서면, 때를 기다렸다는 듯이 길모퉁이에서 수다쟁이 무리가 몰려나왔고, 집 안은 그들의 차지가 되었다. 그들은 정말 다정했고, 아주 잘생겼으며, 무척이나 재미있었다. 매너도 완벽했다. 나는 잠깐씩 머물렀을 뿐이라 그들 한 명 한 명을 구별할 정도는 아니었지만,

그들의 매력은 확실히 느낄 수 있었다. 그 매력이란 끊임없이 뿜어져 나오는 활기와 흥취였다. 그러나 아무리 봐도 '저명한' 사람들은 아니었기에, 선대 크로이시그 부부는 이렇게 돌아가는 상황에 격분했다.

반면에 토니는 눈 하나 깜짝하지 않았다. 그는 린다가 자신의 경력에 도움이 되리라는 희망을 진작에 버렸으므로, 부인의 미모가 널리 알려지자 오히려 기쁘고 자랑스러워했다. '젊고 유능한 국회의원의 아름다운 아내'라는 거였다. 더욱이 대규모 파티와 무도회에 자주 부부 동반으로 초대되었는데, 의회가 끝난 늦은 시각에 들르기 딱 좋았다. 그런 장소에는 린다의 저명하지 않은 친구들뿐 아니라 자신과 같은 부류인, 결코 저명하지 않다고는 할 수 없는 사람들이 있었다. 린다가 친구들과 흥에 취해 있을 때, 토니는 자신과 동류인 사람들을 바에 앉혀놓고 지루한 이야기를 늘어놓았다. 그러나 선대 크로이시그 부부는 춤추고 유흥을 즐기는 사교계가 실질적인 이득은 없이 사치만 조장한다며 그런 세련된 사회를 뿌리 깊이 불신했다. 린다에게는 다행스럽게도, 당시 토니는 은행 정책을 두고 아버지와 의견이 갈려서 부자간의 관계가 틀어져 있었다. 덕분에 두 사람은 신혼 때

만큼 하이드파크 가든을 자주 찾아가지 않았고, 크로이시그 가문이 서리에 보유한 플레인즈 저택에 가는 일도 잠정적으로 중단돼 있었다. 그러나 어쩌다 만날 때면, 선대 크로이시그 부부는 린다가 며느리로서 부족하다는 점을 분명히 했다. 토니와의 갈등마저 그녀의 탓으로 돌렸다. 레이디 크로이시그는 지인들 앞에서 애처롭게 고개를 흔들며 린다가 토니의 장점을 끌어내 주지 못한다고 우는소리를 했다.

그들에게 보여줄 것이 하나도 없는 린다는 이제 젊음을 낭비하기 시작했다. 지적인 환경에서 자랐다면, 그런 무의미한 수다와 농담, 파티 대신 예술이나 독서에 심취했을지도 모른다. 결혼 생활이 행복했다면, 동반자를 갈구하는 그녀의 본성이 안전한 울타리 속에서 충족되었을 수도 있다. 하지만 상황이 그렇지 않았기에 탕진과 어리석은 행동이 반복되었다.

앨프레드와 나는 린다 문제를 놓고 한바탕 데이비와 논쟁을 벌였다. 이건 전부 그때 우리가 한 말이었다. 데이비는 우리가 교만하다고 비난했지만, 내심 우리가 옳다는 걸 알았을 것이다.

“하지만 린다는 우리에게 엄청난 기쁨을 주잖아. 꽃다발 같이 말이야. 그런 사람한테 진지하게 책에만 파묻혀 있으라는 거야? 그래서 무슨 이득이 있다고.” 데이비는 이러한 주장을 굽히지 않았다.

그러나 가엾은 모이라에 대한 태도가 잘못됐다는 것만은 그도 마지못해 인정했다. (그 아이는 뚱뚱하고, 창백하고, 얌전하고, 굼뜨고, 성장이 느려서 린다는 여전히 자기 딸을 좋아하지 않았다. 그러나 크로이시그 집안에서는 아이를 예뻐해서, 모이라는 유모와 함께 플레인즈 저택에 머무는 시간이 더 많았다. 그들은 손녀가 그곳에 있는 걸 좋아했지만, 그렇다고 린다의 태도를 비난하는 걸 멈추지는 않았다. 그들은 이제 린다가 멍청한 사교계의 꽃이며 자식을 방치하는 냉혈한이라 떠벌리고 다녔다.)

앨프레드는 격앙되어 말했다.

“그러면서 외도를 하지 않는 게 더 이상해요. 도대체 그런 삶에서 뭘 얻을 수 있죠? 분명 끔찍하게 공허할 거예요.”

앨프레드는 모든 사람을 자신이 이해할 수 있는 항목으로 깔끔하게 분류하기를 좋아했다. 출세주의자, 자수성가형, 정숙한 아내이자 어머니, 간통한 여자 등등.

린다의 사교 생활에는 아무런 목적이 없었다. 그저 편한 사람들을 불러 모아 온종일 수다를 떠는 거였다. 백만장자든 가난뱅이든, 왕자든 루마니아 난민이든 그녀에게는 아무런 상관이 없었다. 나와 친자매들을 빼면 그녀의 친구들은 거의 다 남자였지만, 그런데도 정숙하다는 평판 때문에 남편과 사이가 좋다는 소문이 돌았다.

"린다는 사랑을 믿는 부류야. 열정적인 낭만주의자지. 지금은 자기도 모르게 거부할 수 없는 유혹을 기다리고 있는 거야. 가벼운 외도 같은 데는 눈곱만큼도 관심이 없어. 그것이 찾아왔을 때 또다시 최악의 인간이 아니기를 바랄 수밖에." 데이비가 말했다.

"이제 보니 린다는 정말로 우리 어머니 같아요. 어머니는 늘 최악의 연애만 했죠." 내가 말했다.

"불쌍한 야생마!" 데이비가 외쳤다. "하지만 지금은 행복하잖아. 그 백인 사냥꾼이랑."

머지않아 토니는 예정된 수순처럼 거만함의 대명사가 되어, 하루가 다르게 자신의 아버지와 닮아 갔다. 그의 머릿속은 자본가 계급의 위신을 높이기 위한 명확하고 광범위한 계획으로 가득했고, 노동자들에 대한 증오와 불신을 주저 없이 드러냈다.

“난 하층민들은 딱 질색이야.” 어느 날 린다와 하원 의사당 테라스에서 차를 마시던 중에 그가 이렇게 말했다. “먹이를 찾는 짐승처럼 호시탐탐 내 돈을 노리잖아. 어디 한번 해보시라지.”

“헛소리 마, 토니.” 린다가 주머니에서 겨울잠쥐를 꺼내 빵 부스러기를 먹이며 말했다. “난 그런 사람들을 사랑해. 어쨌든 그들과 더불어 자랐으니까. 네 문제는 하류 계급에 대해 모르고, 그렇다고 상류 계급에 속하지도 않는다는 거야. 넌 그냥 어쩌다 여기 살게 된 돈 많은 외국인일 뿐이야. 이 나라에서 살지 않은 사람이 의회에 들어가선 안 돼. 해외에서 산 기간이 조금이라도 있다면 말이지. 의회에 관해서라면 늙은 우리 아빠 쪽이 자기가 무슨 말을 하는지 너보다 더 잘 알고 있거든.”

“나도 이 나라에서 살았어.” 토니가 반박했다. “겨울잠쥐 좀 저리 치워. 사람들이 쳐다보잖아.”

그는 절대 화를 내는 법이 없었다. 그러기엔 너무 거만했다.

“서리에서 말이지.” 린다가 경멸이 가득한 말투로 말했다.

“아무튼 지난번 당신 아빠가 귀족 부인들의 권리에 대해 연설할 때 부인들을 의회에 받아들이면 안 된다며 내세운 유일한 이유는, 그들이 들어와서 남자 화장실을 쓸 수도 있다는 거였어.”

“정말 사랑스럽지 않아?” 린다가 말했다. “다들 똑같이 생각하지만, 당당히 입 밖에 낸 건 우리 아빠밖에 없어.”

“그게 하원의 가장 큰 약점이야.” 토니가 말했다. “시골 의원들은 자기가 원할 때만 한 번씩 나타나 얼토당토않은 발언으로 의회 전체의 평판을 떨어뜨리지. 언론에서 그런 발언들을 대대적으로 보도하니까 사람들은 마치 의회가 미치광이 집단의 손에 좌우되는 듯한 인상을 받는 거야. 그런 늙다리 귀족들은 조용히 집에 있어 주는 게 자기 계급에 대한 의무라는 걸 깨달아야 해. 하원에서 얼마나 훌륭하고 알차고 중요한 일들을 하고 있는지 대다수 일반인들은 알지도 못한다고.”

레스터 경이 조만간 상원으로 임명될 것이 예상됐기에, 이건 토니에게 매우 절박한 문제였다. 자신이 일반인이라 부르는 사람들에 대비해 24시간 기관총으로 무장해야 한다는 것이 그의 기본적인 입장이었다. 하지만 휘그당의 우유부단함 때문에 그것은 이미 오래전에 불가능해졌다. 그래서 이제 그는 보수당이 추진하는 대대적인 개혁이 실현되기 직전이라는 환상에 사로잡혀 있었다. 전쟁이 없는 한, 그는 언제까지나 이렇게 조용히 살아갈 수 있었다. 전쟁은 사람들을 하나로 모으고 그들을 눈뜨게 하므로 무슨 수를 써서라도 피해야 했다. 크로이시그 가문과 재정적으로 연결된 데다 여러 이해관계가 얽혀 있는 독일과의 전쟁이라면 더더욱 그러했다. (그들은 원래 독일의 지주 귀족인 융커✿로서 프로이센과의 연관성을 부인했고, 반대로 프로이센들은 무역업에 종사하는 그들을 멸시했다.)

레스터 경과 그 아들은 둘 다 히틀러의 열렬한 추종자였다. 심지어 레스터 경은 독일을 방문했을 때 히틀러를 만나 샤흐트✿✿가 운전하는 차를 타기도 했다.

린다는 정치에 관심은 없어도 타고 나길 맹목적인 영국인이었다. 영국인 한 명이 외국인 백 명보다 낫다는 게 린다의

✿ 근대 독일, 특히 동프로이센의 보수적인 지주 귀족층을 이르던 말. 본디 귀족의 젊은 아들, 특히 차남 이하를 뜻하였으나, 지주 귀족층을 통틀어 이르는 말이 되었다.

✿✿ 히틀러 정권에서 경제 장관을 지낸 인물.

시각이었다. 반면 토니는 자본가 한 명이 노동자 백 명보다 낫다고 여겼다. 대다수의 주제와 마찬가지로, 여기서도 두 사람은 근본적으로 다른 견해를 갖고 있었다.

12

운명의 장난처럼 린다가 크리스천 탤벗을 처음 만난 건 서리에 있는 시댁에서였다. 여섯 살이 된 모이라는 이제 플레인즈 저택에 눌러살았다. 집안일을 싫어하는 린다는 두 집 살림을 관장할 필요가 없고, 모이라는 시골의 공기와 음식을 만끽할 수 있으니 일거양득이라 할 수 있었다. 린다와 토니는 매주 이삼일을 그곳에서 보내기로 했고, 토니는 대체로 약속을 지켰다. 하지만 린다는 일요일 하루만, 그것도 한 달에 한 번 정도만 내려갔다.

플레인즈 저택은 끔찍하기 그지없었다. 그곳은 비대한 오두막이라 할 수 있었다. 다시 말하면 방들은 거대했고, 오두막의 단점만 모아놓은 듯 천장은 낮고, 마름모꼴 창문은 조그맣고, 마루는 울퉁불퉁하고, 옹이 진 목재들이 여기저기 그대로 드러나 있었다. 가구 취향은 좋지도 나쁘지도 않았으며, 취향을 담아보려는 시도조차 느껴지지 않는 데다가, 그렇다고 아주 편하지도 않았다. 저택 주위에 펼쳐진 정원은 수채화를 그리는 귀부인들에겐 천국일 터였다. 초본식물이 심긴 테두리 화단과 암석들, 연못 정원 등은 천박함의 극치를 이루었고, 흉측하고 커다란 꽃들이 난무했는데, 이 꽃들은 본연의 모습보다 두 배는 더 크고, 세 배는 더 진한 데다, 자연의 의도와는 최대한 다른 색상을 띠고 있었다. 봄, 여름, 가을 중 어느 계절에 총천연색이 가장 섬뜩하게 빛을 발하는지 우열을 가리기 힘들었다. 한겨울에 자비로운 눈이 내려 풍경에 녹아들면 그나마 봐줄 만해졌다.

1937년 4월의 어느 토요일 아침, 린다와 함께 런던에 머물고 있던 나는 가끔 그랬듯이 그녀에게 붙들려 서리까지 내려가 하룻밤을 지내게 되었다. 아마도 린다는 자신과 크로이시그 가족 사이에, 특히 자신과 모이라 사이에 완충 장치를 두고 싶었던 것이리라. 린다의 시부모님은 나를 무척 좋아했다. 레스터 경은 종종 나를 데리고 산책하면서 토니가 결혼한 사람이 나였으면 좋겠다고 넌지시 말하곤 했다. 내가 진지하고 교육 수준이 높은, 좋은 아내이자 엄마라면서.

린다와 나는 차를 몰고 꽃이 만발한 평야를 몇 에이커쯤 달렸다.

"서리와 제대로 된 진짜 시골의 가장 큰 차이점은 서리의 꽃들을 보면 열매를 맺지 못할 게 훤히 보인다는 거야. 이브셤 골짜기를 떠올려 봐. 그리고 이 모든 무의미한 분홍꽃들을 봐봐. 얼마나 느낌이 다른지. 플레인즈의 정원은 온통 불모의 땅이 될 테니 두고 봐."

실제로 그러했다. 나무들은 봄날의 연하고 산뜻하고 아름다운 연둣빛이 아니라, 온통 분홍색과 보라색 습자지 뭉치로 뒤덮여 있는 것 같았다. 땅에도 수선화가 너무 빽빽이 들어차서 푸른 기운이라곤 찾아볼 수 없었다. 이 수선화는 무시무시하게 큰 신품종으로, 살지고 두툼한 꽃잎이 새하얗거나 진노랑빛을 띠고 있어서, 어린 시절에 보던 연약한 수선화와는 생판 다른 모습이었다. 전반적으로 뮤지컬 코미디의 한 장면 같은 이곳의 풍경은 시골에서 옛 영국의 대지주를 놀랍도록 흡사하게 연기하고 있는 레스터 경과 완벽하게 어우러졌다. 모든 게 그림 같고 발랄했다.

우리 차가 진입로에 들어섰을 때, 그는 정원을 서성거리고 있었다. 그가 입고 있는 낡은 코듀로이 바지는 워낙에 구식 디자인이라 한 번도 새것이었던 적이 없을 것만 같았다. 상의도 같은 종류의 낡은 트위드 재킷이었다. 손에는 전지가위가 들려 있었고, 발치에는 우울한 코기 한 마리가 있었으며, 얼굴에는 온화한 미소가 걸려 있었다.

"어서 오거라." 레스터 경이 호쾌하게 말했다. (만화로 된 광고처럼 그의 머리 위에 말풍선이 걸려 있는 게 보이는 듯했다. 거기엔 이렇게 쓰여 있다. "너는 세상에서 제일 마땅찮은 며느리지만 그게 우리 탓은 아니야. 우린 언제나 따뜻한 미소로 너를 맞아주니까.") "자동차 여행은 순조로웠니? 토니와 모이라는 승마하러 나갔단다. 서로 스쳐 지난 모양이구나. 이맘때의 정원은 정말 화려하지. 이런 아름다운 광경을 버려두고 런던으로 떠나야 한다니 가슴이 아프구나. 점심 전에 산책이나 함께하자꾸나. 포스터가 필요한 것들을 챙겨줄 거다. 너희 차가 오는 소리를 못 들었을 수도 있으니 현관 벨을 울리면 된단다, 패니."

그는 앞장서서 우리를 나비 부인의 세계로 데리고 들어갔다.

"미리 알려줄 게 있는데, 점심때 다듬어지지 않은 원석 같은 녀석이 한 명 올 거다. 이 마을에 사는 탤벗 씨를 혹시 아는지 모르겠구나. 늙은 교수 말이다. 그 아들인 크리스천이란다. 이른바 공산주의자에 가깝다고 할 수 있지. 똑똑한 녀석이 잘못된 길로 들어선 거야. 무슨 일간지의 기자로 일한다더구나. 토니는 어릴 때부터 그 녀석이라면 질색을 했지. 오늘도 녀석을 초대했다고 화가 단단히 났단다. 하지만 나는 이런 좌익들을 만나는 게 도움이 된다고 생각하거든. 우리 같은 사람들이 친절히 대해주면, 그들도 얼마든지 온순해질 수 있어."

마치 전쟁터에서 공산주의자의 목숨을 구해서 이에 감격한 상대방을 진정한 보수 토리당원으로 전향시키기라도 한 듯한 말투였다. 하지만 제1차 세계대전 때 레스터 경은 자신의 뛰어난 두뇌가 총알받이로 낭비되는 게 싫어서 카이로 지점에 눌러앉아 있었다. 누군가의 생명을 구하지도, 자기 목숨을 걸지도 않았지만 사업적으로 귀중한 인맥을 쌓은 덕분에 소령이 되었고 대영제국훈장까지 받았다. 상황을 최대한으로 이용한 것이다.

아무튼 그리하여 오찬에 참석한 크리스천은 다른 사람의 말에 휘둘릴 사람이 아니었다. 그는 대단히 잘생긴 청년으로, 토니와는 다른 방식으로 큰 키와 흰 피부를 자랑했으며 호리호리한 데다 매우 영국적으로 생겼다. 옷차림은 엉망이었다. 낡을 대로 낡은 회색 플란넬 바지는 민망한 부위에 좀먹은 구멍이 수없이 뚫려 있고, 재킷 없이 걸친 플란넬 셔츠는 한쪽 소매가 다 해져서 손목에서 팔꿈치까지 훤히 드러나 있었다.

"아버지는 요즘도 뭔가 글을 쓰고 계시니?" 모두가 오찬 자리에 앉았을 때 레이디 크로이시그가 물었다.

"아마도요." 크리스천이 말했다. "그게 직업이니까요. 직접 여쭤보진 않았지만 쓰고 계시리라 추정할 수 있죠. 토니가 요즘 은행 일을 하고 있으리라 추정되는 것처럼요."

말을 마친 그는 찢어진 소매 틈으로 튀어나온 팔꿈치를 옆자리의 레이디 크로이시그 방향으로 식탁에 받힌 채, 반대편 옆자리의 린다에게로 몸을 틀고는 최근에 모스크바에서 본 햄릿 연극에 관해 한참을 구구절절 이야기했다. 교양 있는 크로이시그 부부는 주의 깊게 귀를 기울이면서, 자신들도 햄릿을 잘 안다는 걸 보여주기 위해 중간중간 계산된 발언을 내뱉었다. "그건 내가 아는 오필리아 역과는 좀 다른 것 같구나"라든지, "하지만 폴로니우스는 나이가 아주 많았잖아" 하는 식이었다. 크리스천은 그런 말들이 조금도 귀에 안 들어오는지, 팔꿈치를 식탁에 괸 채 한 손으로 음식을 집어 먹으며 린다에게서 눈을 떼지 않았다.

식사를 마친 후, 그는 린다에게 이렇게 권했다.

"같이 가서 우리 아버지와 차를 함께하시죠. 당신도 우리 아버지를 마음에 들어 할 거예요." 그렇게 두 사람이 함께 떠나자, 크로이시그 부부는 남은 오후 내내 여우를 발견한 암탉들처럼 행동했다.

레스터 경은 거대한 분홍색 물망초와 진갈색 붓꽃이 흐드러지게 핀 연못 정원으로 나를 데려가 하소연했다.

"린다는 정말 너무하는구나. 어린 모이라가 엄마한테 조랑말을 보여준다고 그렇게 기다렸는데. 그 애는 자기 엄마를 숭배하잖니."

실제로는 전혀 그렇지 않았다. 모이라는 토니만 좋아하고 린다에게는 아무런 관심이 없었다. 차분하고 둔감해서 누군가를 숭배하는 버릇도 없었다. 하지만 아이들은 엄마를 숭배한다는 것이 크로이시그 부부의 신념 중 하나였다.

"혹시 픽시 타운센드를 아니?" 레스터 경이 느닷없이 물었다.

"아니요." 그건 사실이었다. 당시 나는 그녀에 대해 아무것도 몰랐다. “그게 누군데요?”

“아주 사랑스러운 여인이지.” 그러더니 그는 주제를 바꾸었다.

저녁 식사 전에 옷 갈아입을 시간만 남기고 빠듯하게 돌아온 린다는 눈부시게 빛나고 있었다. 그녀는 자신이 목욕하는 동안 옆에 앉아 이야기를 들어 달라고 했다. 위층 야간 놀이방에선 토니가 모이라에게 책을 읽어주고 있었다. 린다는 오늘 다녀온 곳에 완전히 매료되어 있었다. 그녀의 말에 의하면 크리스천의 아버지는 상상도 못 할 만큼 작은 집에 살았는데, 그곳은 크리스천이 크로이시그호프✿라고 부르는 이곳과 천지 차이였다. 무지무지 작기는 해도 그 집은 기품이 넘치고 책이 가득해서 오두막 같은 느낌이 전혀 없었다. 벽이란 벽은 장서로 뒤덮여 있었고, 탁자와 의자에도 책이 쌓여 있으며, 바닥까지 높다란 책더미가 늘어서 있었다. 탤벗 씨는 레스터 경과 정반대였다. 그림처럼 꾸며놓은 구석도 없고, 학식을 드러내는 법도 없으며 활기차고 소탈했다. 게다가 데이비와 잘 아는 사이라, 그에 관해 아주 재미있는

✿ 끝에 붙인 호프는 독일어로 저택이라는 뜻이다.

농담도 여러 개 해주었다.

"그는 완벽한 천국이야." 린다는 두 눈을 반짝이며 이 말을 반복했다. 여기서 말하는 완벽한 천국이 크리스천이라는 걸 나는 알 수 있었다. 린다는 그에게 푹 빠져버린 것이다. 크리스천은 쉴 새 없이 이런저런 말을 해준 듯했다. 그의 이야기는 여러 가지로 변주되었지만, 결국엔 한 가지 주제로 모아졌다. 정치적 변화를 통해 세상을 더 나은 곳으로 만들어야 한다는 거였다. 린다는 결혼한 이후로 토니와 그 지인들에게 정치 이야기를 무수히 들어왔지만, 그들이 말하는 정치는 오로지 인맥과 지위에 관한 거였다. 린다의 눈에 그들은 하나같이 재미없는 늙은이들이었고, 그들이 지위를 얻든 말든 그녀로서는 아무런 상관이 없었다. 그래서 지금껏 정치를 지루한 주제로 분류해 놓고 그런 이야기가 나오면 자기만의 공상에 빠져들곤 했다. 하지만 크리스천의 정치는 조금도 지루하지 않았다. 그날 저녁 자기 아버지 집에서 돌아오는 길에 그는 린다를 데리고 세계 여행을 했다. 이탈리아의 파시즘, 독일의 나치즘, 스페인의 내전, 프랑스의 무능한 사회주의, 아프리카의 폭정, 아시아의 기근, 미국의 반응, 영국 우익 세력의 폐해까지. 약간이라도 칭찬을 받은 나라는 소련과 노르웨이, 멕시코밖에 없었다.

린다는 조금만 건드려도 떨어질 만큼 무르익은 자두였다. 나무를 흔들자 그녀는 곧바로 떨어졌다. 총명하고 정력적이지만 에너지를 발산할 곳이 없고, 결혼 생활은 만족스럽지 않았으며, 자식에게도 관심이 없어서 내심 공허함에 짓눌려 있던 그녀였다. 대의에 헌신하거나 연애라도 시작하고 싶은 기분이었다. 그럴 때 마침 매력적인 청년이 대의를 제시해 주니, 사상도 사람도 거부할 수 없었다.

13

가엾은 세이디 이모 내외는 자식 세 명이 거의 동시에 사고를 치는 불운에 처했다. 린다는 토니 곁을 떠났고, 재시는 집을 나갔으며, 맷은 이튼에서 도망쳤다. 두 사람은 자식이란 언젠가 부모의 통제에서 벗어나 각자 자기 삶을 살게 된다는 현실에 직면했다. 아무 일도 손에 안 잡히고, 화가 치밀고, 죽을 만큼 걱정이 돼도 그들이 할 수 있는 일은 아무것도 없었다. 조금도 유쾌하지 않은 구경거리를 그저 지켜볼 수밖에 없는 구경꾼이 된 것이다. 이때부터 우리 세대의 부모들은 자식들이 기대를 저버릴 때마다 이런 말로 스스로를 위로했다. "괜찮아. 불쌍한 앨콘리 부부를 생각해 봐!"

린다는 분별력을 내던지고, 런던 사교계에서 보낸 세월 동안 터득했을 세상 사는 지혜도 모조리 내팽개쳤다. 철저한 공산주의자가 된 그녀는 새로 알게 된 이론을 끊임없이 설파하며 모든 이들을 지루하고 당황스럽게 만들었다. 만찬 자리는 물론이고, 하이드파크의 가두 연단이나 그에 못지않게 누추한 단상들도 꺼리지 않았다. 그러다가 마침내 크리스천과 함께 살기 위해 집을 나감으로써 크로이시그 가족에게 영원한 안식을 선사했다. 토니는 이혼 절차를 진행했다. 이모와 이모부에게는 결정적인 일격이었다. 한 번도 토니를 마음에 들어 한 적은 없지만, 둘 다 고루하기 짝이 없는 사람들인지라, 아무리 그래도 결혼은 결혼이며 간통은 옳지 못하다고 생각한 것이다. 세이디 이모는 린다가 어린 모이라를 흔쾌히 포기했다는 데 특히나 커다란 충격을 받았다. 내 생각에 이모는 이 일로 우리 어머니를 강하게 떠올리고, 이제부터 린다도 고삐 풀린 망아지처럼 사랑의 도피를 반복하게 되리라 예견했던 것 같다.

린다는 나를 보러 옥스퍼드로 왔다. 앨콘리에 찾아가 소식을 전하고 런던으로 돌아가는 길이었다. 부모님을 만나 직접 털어놓다니 대단히 용감한 행동이라고 나는 생각했다. 실제로 린다가 우리 집에 들어와 제일 처음 부탁한 것은 (전혀 그녀답지 않게) 술이었다. 그녀는 매우 불안정한 상태였다.

"맙소사. 우리 아빠가 얼마나 무섭게 돌변할 수 있는지 까맣게 잊고 있었어. 이제 아빠가 간섭할 수 없을 만큼 내가 이렇게 컸는데도 말이야. 예전에 우리가 토니 집에서 점심을 먹고 왔을 때와 똑같았어. 업무실 안인 것도 똑같았고. 고래고래 고함만 질러대셨어. 불쌍한 우리 엄마는 침울해 보였지만 화가 머리끝까지 난 상태였어. 엄마가 가끔 엄청나게 빈정대는 거 너도 알잖아. 뭐, 그래도 다 끝났어. 패니, 널 다시 보니 천국에 온 것만 같아."

나는 플레인즈에서 린다와 크리스천이 첫 대면을 한 그 일요일 이후로 린다를 처음 보는 거라서 그간의 사정을 전부 듣고 싶었다.

"음, 크리스천의 아파트에서 같이 살고 있어. 말이 나와서 말이지만 정말 조그만 집이야. 하지만 오히려 잘된 건지도 몰라. 내가 집안일을 돌보고 있으니까. 나는 아무래도 그런 일에 소질이 없는 것 같지만, 다행히 크리스천은 잘해."

"그 사람이라도 잘해야지." 내가 말했다.

린다는 식구 중에서도 유독 손재주가 없었다. 스톡 타이✿

✿ 목에 감아 여미는 장식용 타이.

를 매는 것조차 스스로 못해서 사냥 가는 날이면 매튜 이모부나 조시가 대신 매주었다. 린다가 홀에 있는 거울 앞에 서면 매튜 이모부가 뒤에서 끈을 묶어주며 둘 다 정신을 집중하던 모습이 기억에 생생하다. 그러고 나면 린다는 "아, 이제 알겠네. 다음부터는 내가 할 수 있겠어"라고 말했다. 평생 자기 침대조차 손수 정리한 적이 없는 린다가 집안일을 맡고 있다면, 크리스천의 아파트가 그다지 깔끔하거나 안락하리라고는 기대할 수 없었다.

"못된 계집애. 하지만 정말 끔찍하긴 해. 요리 말이야. 특히 오븐. 크리스천은 거기에 이것저것 넣고는 '이제 삼십 분 있다가 꺼내면 돼'라고 하거든. 난 차마 무섭다는 말도 못하고, 삼십 분 후에 온갖 용기를 끌어모아서 오븐을 열어. 그러면 지옥 불처럼 뜨거운 공기가 얼굴을 훅 덮쳐오지. 절망에 빠진 사람들이 오븐에 머리를 집어넣는 이유를 알겠더라고. 오, 그리고 진공청소기가 나를 끌고 줄행랑치는 걸 너도 봤어야 하는데. 갑자기 사납게 날뛰더니 승강기 통로로 뛰어드는 거야. 내가 얼마나 비명을 질렀는지 몰라. 크리스천이 간신히 나를 제때 구해냈지. 내 생각엔 집안일이 사냥보다 훨씬 힘들고 무서운 것 같아. 비교도 안 되게 말이야.

사냥을 마치면 달걀과 차를 곁들여 먹고 몇 시간씩 쉬지만, 집안일은 아무리 해도 티가 안 나는데 쉴 새 없이 해야 하잖아.” 린다는 한숨을 내쉬었다.

“크리스천은 아주 강한 사람이야.” 그녀가 말했다. “그리고 용감해. 내가 비명 지르는 걸 싫어하지.”

린다가 지쳐 보이는 게 자못 걱정이 된 나는, 넘치는 행복이나 애정의 증거를 찾아보려 했지만 허사였다.

“토니는 좀 어때? 이 일을 어떻게 받아들였어?”

“아, 그 사람이야 이게 웬 떡이냐 하지. 스캔들 없이 애인과 결혼할 수 있게 됐으니까. 이혼한다고 보수 협회의 눈 밖에 날 일도 없고 말이야.”

토니에게 애인이 있다는 사실을 나한테까지 완벽하게 감춰왔다니, 정말 린다다웠다.

“애인이 누군데?” 내가 물었다.

“픽시 타운센드라는 여자야. 왜 그런 사람들 있잖아. 동안에 흰머리를 파랗게 물들이고 다니는. 모이라를 예뻐하고 플레인즈 인근에 살아서 매일 둘이서 승마를 한대. 지독한 반-헌즈이지만, 지금은 그 여자가 있어서 얼마나 다행인지 몰라. 내가 죄책감을 느낄 필요가 전혀 없으니까. 그 사람들은 내가 없으면 훨씬 더 잘 지낼 거야."

"결혼했었어?"

"응, 그랬다가 몇 년 전에 남편이랑 이혼했대. 골프며 사업이며 보수주의 같은 토니가 좋아하는 것들에 놀랍도록 머리가 밝은 여자야. 나와는 정반대지. 레스터 경은 그 여자가 완벽하다고 생각해. 맙소사, 자기들끼리 정말 행복할 거야."

"그럼 이제 크리스천에 대해서 더 얘기해 줘."

"음, 그이는 천국이야. 놀랍도록 진지한 사람이지. 알다시피 공산주의자고, 이제 나도 마찬가지야. 우린 종일 동지들에게 둘러싸여서 지내. 다들 훌륭한 헌즈고, 무정부주의자도 한 명 있어. 그런데 동지들은 무정부주의자를 싫어해. 이상하지 않니? 난 항상 그 두 가지를 같은 거로 생각했거든. 크리스천은 그 사람이 스페인 국왕에게 폭탄을 던졌다며 좋게 생각해. 정말 낭만적이지 않니? 그 사람 이름은 라몽인데, 종일 앉아서 오비에도의 광부들을 걱정해. 그 사람 형도 거기에 있거든."

"응. 그런데 린다, 크리스천 얘기도 좀 해줘."

"아, 그 사람은 완벽한 천국이야. 너도 언제 놀러 와서 자고 가. 아니, 지내기 불편하겠구나. 그냥 놀러 와. 그이가 얼마나 비범한 사람인지 상상도 못 할 거야. 다른 인간 존재에는 아무런 관심이 없어서 주변에 사람이 있는지 없는지도 몰라. 오로지 사상에만 신경 쓰거든."

"너한테도 신경을 썼으면 좋겠는데."

"음, 아마 그럴 거야. 다만 워낙 특이하고 정신없는 사람이라. 이 얘기는 꼭 들어야 해. 내가 그이랑 도망치기 전날 저녁에(택시를 타고 핌리코로 간 것뿐이지만, 도망쳤다는 말이 더 낭만적이니까), 그이는 자기 형이랑 식사를 했거든. 그래서 나는 당연히 나에 관해 이야기하고 이 사태를 논의할 줄 알았어. 너무 궁금해서 자정 무렵에 전화를 걸어 물어봤지. '안녕, 자기야. 저녁 식사 잘했어? 그래서 무슨 얘기를 나눴어?' 그랬더니 '기억이 안 나는데. 아, 게릴라전에 관해 얘기한 것 같네.' 이러는 거야."

"형도 공산주의자야?"

"아, 아니야. 외무부에서 일해. 무서울 정도로 위풍당당하고, 꼭 심해 괴물처럼 생겼어. 무슨 말인지 알지?"

"아, 그 탤벗. 응, 알겠다. 둘이 가족인 줄은 몰랐네. 그래서 이제 어떻게 할 계획이야?"

"음, 그이는 내가 이혼하고 나면 결혼하자고 하는데. 난 그건 바보 같은 짓이라고 생각해. 엄마 말마따나 결혼은 한 번이면 족하지. 그런데 엄마는 내가 일단 같이 살면 결혼까지 해버릴 사람이래. 사실 크로이시그라는 성을 떼버리면 행복하긴 할 거야. 아무튼 두고 봐야지."

"그럼 요즘은 뭐 하고 지내? 이제 파티 같은 데는 안 다니겠지?"

"패니, 그런 호화찬란한 파티는 꿈도 못 꿔. 크리스천은 평범한 파티조차 같이 안 가주니까. 지난주에 그랜디가 만찬 겸 댄스파티를 열었거든. 그가 나한테 직접 전화를 걸어서 크리스천을 데리고 오라는 거야. 정말 말도 못 하게 친절한 행동이잖아. 그는 언제나 나한테 친절했지. 그런데 크리스천이 발끈하면서 정 가야겠으면 혼자서 가라고, 자기는 절대로 안 따라간다지 뭐야. 그래서 결국엔 둘 다 안 갔는데, 나중에 들어보니까 근래에 제일 재미있는 파티였대. 그뿐 아니라 립스나 다른 집에도 못 가고……."

그렇게 린다는 손님에게 극진한 동시에 우파적 신념으로 유명한 몇몇 가족의 이름을 댔다.

"공산주의자가 돼서 제일 안 좋은 점은, 그나마 갈 수 있는 파티들은 물론 끝내주게 재미있고 감동적이긴 하지만 조금도 화려하지 않다는 거야. 게다가 죄다 우울한 장소에서 해. 예를 들면 다음 주에는 세 개가 있는데, 골더스 그린의 사코 앤 반제티 기념관에서 열리는 체코 사람들 파티랑, 패딩턴 공중목욕탕에서 열리는 에티오피아 파티, 그리고 또 어디 허름하고 우중충한 데서 스코츠보로✿ 소년들을 위한 자리가 있어. 뭔지 알지?"

"스코츠보로 소년 사건? 그게 아직도 안 끝났어? 다들 나이도 꽤 먹었겠네."

"맞아. 게다가 사회적 관심도 갈수록 떨어지고 있지." 그러더니 린다는 낄낄거리며 말을 이었다. "브라이언이 그들을 위해 열었던 기막히게 멋진 파티가 기억나네. 멀린이 나를 데려간 첫 번째 파티여서 생생하게 기억해. 오, 세상에. 정말 재미있었는데. 하지만 다음 주 목요일은 그렇지 않을 거야. (의리 없는 소리인 건 알지만, 몇 개월 만에 이렇게 수다를 떠니까 정말 날아갈 것 같다. 동지들은 다정하긴 해도 수다를 안 떨어. 일방적으로 연설을 하지.) 난 크리스천한테 항상 얘기해. 당신 친구들은 파티 분위기를 밝게 바꿀 게 아

✿ 1931년에 십 대 흑인 소년 아홉 명이 억울하게 사형을 선고받은 후 오랜 세월에 걸쳐 항소가 진행되었는데, 이들의 구명에 미국 공산당이 도움을 주었다.

니면 아예 파티를 열지 말아야 한다고. 대체 처량한 파티를 열어서 뭘 어쩌자는 거야. 안 그래? 그런데 좌파 사람들은 항상 처량해. 자나 깨나 대의만 신경 쓰는데, 그 대의가 항상 잘 안 풀리거든. 스코츠보로 소년들도 결국 전기의자에 앉게 될 테니 두고 봐. 물론 그 전에 늙어 죽지 않는다면 말이지. 우리가 그들을 안타까워해 봤자 소용없는 일이야. 언제나 레스터 경 같은 사람들이 자기 뜻을 이루니까. 그러니 뭘 어쩔 수 있겠어. 하지만 동지들은 그걸 깨닫지 못하는 것 같아. 그들은 다행히 레스터 경을 모르니까. 그래서 처량한 파티를 계속 열어야만 한다고 생각하는 거야."

"그런 파티에는 어떤 옷을 입고 가?" 나는 호기심이 발동해 물어보았다. 비싼 드레스를 입고 그런 목욕탕이나 회관에 나타나면 위화감을 일으킬 게 분명했다.

"처음엔 그것 때문에 얼마나 놀림을 받았는지 몰라. 속도 꽤 태웠어. 그런데 가만히 보니까, 양모나 면으로 된 걸 입으면 아무 문제 없더라고. 실크나 새틴을 입는 건 큰 실수야. 나는 원래 양모와 면으로 된 옷만 입으니까 아주 유리하지. 보석은 당연히 안 돼. 그때는 브라이언스턴 스퀘어에 두고 나오기도 했고. 내가 자라온 방식이 그런데도 양심의 가

책이 든다니까. 크리스천은 보석에 대해 아무것도 몰라. 내가 말했거든. 그걸 전부 포기했다고 하면 좋아할 줄 알고. 그런데 겨우 한다는 말이 '음, 여차하면 버마 보석 회사가 있으니까.' 이러는 거야. 세상에, 진짜 웃기는 남자라니까. 조만간 꼭 와서 만나봐. 난 이제 가야겠다. 널 보고 나니 힘이 솟는다."

왠지 모르게, 린다가 또다시 자신의 감정을 숨긴 것 같은 기분이 들었다. 이 탐험가는 모래벌판에서 또 다른 신기루를 보았던 것이다. 호수가 있고, 나무가 무성하고, 목마른 낙타들이 저녁노을 아래 목을 축이는. 하지만 슬프게도 몇 걸음 만에 모든 게 사라지고 이전처럼 모래와 사막만이 남아 있었다.

린다가 크리스천과 동지들이 있는 런던으로 돌아간다며 우리 집을 나선 지 얼마 안 되어 또 다른 방문객이 찾아왔다. 이번에는 멀린 경이었다. 나는 멀린 경을 무척 좋아했고, 그를 존경했으며, 그의 호의에 약했지만, 결코 린다처럼 그와 친밀한 관계는 아니었다. 솔직히 말하면 나는 그가 두려웠다. 내가 곁에 있으면 그가 코앞에서 지루함을 느낄 것만 같았다. 어차피 그의 눈에 나는 린다에게 딸린 인간일 뿐, 따분한 교수의 아내라는 점 말고는 별다를 게 없었다. 나는 그저 하얀 리넨 옷을 입은 친구에 불과했다.

"아주 곤란하게 됐군." 그가 느닷없이 말했다. 몇 년 만에 만나는 건데 아무런 서론도 없었다. "방금 로마에서 돌아왔더니 무슨 소식이 들이닥쳤게? 린다와 크리스천 탤벗이라니. 어떻게 린다는 내가 영국을 떠나기만 하면 싹수가 노란 놈들과 놀아나는지 기가 막힐 노릇이야. 이건 재앙이라고. 어디까지 진행됐지? 이미 손을 못 쓸 정도인가?"

나는 린다가 좀 전에 떠났다며, 토니와의 결혼 생활이 불행했다는 이야기를 꺼냈다. 멀린 경은 들을 것도 없다는 듯이 손을 내저었다. 정말이지 당혹스러운 몸짓이었고, 나는 바보가 된 기분이었다.

"토니와 헤어진 건 당연한 일이야. 누구든 예측할 수 있던 일이지. 문제는 프라이팬에서 뛰쳐나와 빈 그릴로 떨어졌다는 거야. 언제부터 그런 사이가 된 거지?"

나는 공산주의에 매력을 느낀 부분도 있는 것 같다고 말했다.

"린다는 언제나 대의에 몸을 던지고 싶어 했으니까요."

"대의라고?" 멀린 경이 비꼬듯이 말했다.

"저런, 패니. 넌 원인과 결과를 헛갈리고 있는 것 같구나. 아니, 크리스천은 매력적인 친구야. 토니에 대한 반작용으로 그에게 끌린다는 것도 알겠어. 하지만 이건 재앙이야. 린다가 진짜로 사랑에 빠졌다면 크리스천 때문에 비참해질 거고, 그게 아니라면 네 어머니와 같은 길에 들어섰다는 뜻이니 린다에겐 참으로 불행한 일이지. 둘 중 어느 경우든 조금도 위안이 되지 않는구나. 당연히 돈도 없을 테고. 린다에겐 돈이 필요해. 돈은 무조건 있어야지."

그는 창가로 다가가, 저녁노을에 금빛으로 물든 건너편의 크라이스트 처치✿를 바라보았다.

"난 크리스천이 어릴 때부터 봐왔어. 그 애 아버지와 절친한 친구거든. 크리스천은 누구에게도 얽매이지 않고 세상을 헤쳐 나가는 녀석이야. 타인은 그의 삶에서 아무런 의미도 없지. 그 애를 사랑한 여자들은 모두 쓰라린 고통을 겪었어. 크리스천은 그들이 옆에 있다는 것조차 알아채지 못했거든. 아마 린다가 자기 삶에 들어왔다는 것도 제대로 의식하지

✿ 옥스퍼드대학교에 속한 칼리지 중 하나.

못하고 있을 거야. 늘 자기만의 공상에 잠겨 새로운 사상을 좇느라 바쁘니까."

"좀 전에 린다도 바로 그런 얘기를 했어요."

"오, 벌써 눈치를 챘나? 멍청한 애는 아니니까. 물론 처음에는 그런 점 때문에 더 끌리기도 하겠지. 공상에서 빠져나왔을 때의 크리스천은 거역할 수 없을 만큼 매력적이니까. 그건 나도 이해가 가. 그런데 둘이 어디서 사는 거지? 크리스천은 집을 가진 적이 없고, 그럴 필요성도 못 느끼는 아인데. 집이 있어도 뭘 어떻게 해야 할지 모를 거야. 오히려 성가시게 생각할걸. 가만히 앉아서 린다와 잡담을 나누지도 않고, 어떤 식으로든 그 애한테 관심을 쏟지 않을 거야. 린다는 무엇보다도 지대한 관심을 갈망하는 여자인데 말이야. 하필 내가 외국에 나가 있을 때 이런 일이 벌어지다니 정말 짜증이 나는군. 나라면 분명히 막을 수 있었을 텐데. 이제는 누구도 막을 수 없게 돼버렸어."

그는 창문에서 돌아서더니 분노로 이글거리는 눈으로 나를 쏘아보았다. 그러니까 꼭 모든 게 내 잘못인 것만 같았다. 아니, 사실 그는 나의 존재조차 의식하지 못하는 것 같았다.

“둘이 먹고살 돈은 있나?” 그가 물었다.

“많이 부족할 거예요. 린다는 매튜 이모부한테 용돈을 조금 받는 것 같고, 크리스천이 기자 일로 어느 정도 벌어 오겠죠. 듣자 하니 크로이시그 부부는 린다가 틀림없이 굶어 죽을 거라며 고소해한대요.”

“오호, 그런단 말이지?” 멀린 경이 수첩을 꺼내 들며 말했다. “린다의 주소를 가르쳐 줄래? 내가 지금 런던에 가는 길이거든.”

앨프레드가 평소처럼 외부에서 벌어지는 일을 의식하지 못하는 상태로, 현재 작성 중인 논문에 코를 박은 채 집에 들어왔다.

“혹시 바티칸 시국의 일일 우유 소비량이 얼마나 되는지 모르지?” 그가 멀린 경에게 대고 물었다.

“당연히 모르지.” 멀린 경이 성난 목소리로 말했다. “토니 크로이시그한테 물어봐. 틀림없이 알고 있을 거야. 그럼 잘 있거라, 패니. 내가 어떤 도움을 줄 수 있을지 한번 알아보마.”

그가 찾아낸 도움은 체이니워크 끝자락에 있는 작은 집을 린다에게 내어준 거였다. 한때 휘슬러가 살았던 강의 만곡부에 자리한 이 건물은 세상에서 가장 예쁜 인형의 집 같았다. 각 방에 강물이 반사되었고, 서쪽과 남쪽에서 햇빛이 쏟아져 들어왔으며, 포도나무 한 그루와 트래펄가식 발코니가 있었다. 린다는 굉장히 마음에 들어 했다. 브라이언스턴 스퀘어의 집은 동향이라서 원래 춥고 어두운 데다 과장스러웠다. 린다가 실내 장식을 하는 지인을 통해 손본 후로는 춥고 하얀 무덤처럼 변했다. 그 집에서 린다가 갖고 있던 유일하게 아름다운 물건은 토마토 같은 피부색의 뚱뚱한 여자가 목욕하는 그림이었다. 멀린 경이 크로이시그 가족을 약 올리려고 린다에게 선물한 거였다. 실제로 그들은 엄청나게 약이 올랐다. 그걸 체이니워크의 집에 걸어놓자 환상적이었다. 어디까지가 진짜 물이 반사된 것이고 어디서부터가 르누아르의 그림인지 구분이 안 될 정도였다. 새로운 환경에서 솟구치는 기쁨과 크로이시그 가문을 완전히 지워버렸다는 안도감을 린다는 전부 크리스천 덕분으로 여겼던 것 같다. 그런 연유로 진정한 사랑과 행복이 또다시 손가락 사이로 빠져나갔다는 자각은 한참 뒤로 미뤄지게 되었다.

14

앨콘리의 이모 내외는 린다 사건으로 경악하고 몸서리를 쳤지만, 그들에겐 아직 신경 써야 할 다른 아이들이 있었다. 안 그래도 복숭아처럼 어여쁜 재시의 사교계 데뷔 계획을 세우던 참이었다. 두 사람은 린다에게 받은 실망을 재시를 통해 보상받으리라 기대하고 있었다. 전적으로 부모의 바람에 따라 결혼해서 성실한 아내이자 다산을 한 어머니로 벌써 다섯 명의 아이를 둔 루이자는 그들에게 더 이상 중요하지 않은 듯했다. 너무 불공평하긴 하지만, 정말이지 이모 내외다웠다. 말하자면 두 사람은 큰딸에게 싫증이 나 있었다.

재시는 사교 시즌이 끝나갈 무렵 세이디 이모의 보호 아래 런던의 댄스파티에 몇 차례 참석했다. 린다가 토니를 떠난 직후였다. 재시가 다소 유약한 편이라고 생각한 세이디 이모는 조금 덜 치열한 가을 시즌에 정식으로 등장하는 게 낫겠다고 판단했다. 그래서 10월에 런던에 있는 작은 집을 빌려 하인 몇 명만 데리고 상경하려고 준비 중이었다. 매튜 이모부는 혼자 시골에서 새와 짐승이나 잡고 있게 할 작정이었다. 지금까지 만난 청년들이 하나같이 아둔하고 흉측하다고 재시가 볼멘소리를 해도 세이디 이모는 눈 하나 깜짝하지 않았다. 어떤 아가씨든 사랑에 빠지기 전에는 다 그렇다면서.

런던으로 옮겨갈 날을 며칠 앞두고 재시는 가출을 감행했다. 원래 스코틀랜드로 가서 루이자와 2주를 보내기로 되어 있었는데, 세이디 이모가 모르게 이 약속을 취소하고는 모든 예금을 현찰로 바꿔, 자신이 사라졌다는 걸 아무도 알아채지 못하는 사이 미국에 도착한 것이다. 가엾은 세이디 이모에게는 난데없이 이런 전보가 날아들었다.

할리우드에 가는 중. 걱정 마세요. 재시.

처음에 이모 내외는 어안이 벙벙했다. 재시는 여태껏 한 번도 연극이나 영화에 관심을 표한 적이 없었다. 영화배우가 되려는 건 아니리라 확신했지만, 그렇다면 왜 할리우드지? 그러다가 맷이라면 뭔가 알고 있겠다는 생각이 들었다. 이 집에서 맷과 재시는 떼려야 뗄 수 없는 사이였다. 세이디 이모는 다임러에 올라타 이튼으로 향했다. 맷은 저간의 사정을 빠짐없이 고했다. 재시가 개리 쿤(아니면 개리 군인데 정확히는 기억이 안 났다)이라는 영화배우에게 반해서 할리우드로 편지를 보내 그에게 결혼했는지 물었고, 만약 그가 미혼이라면 자신이 그쪽으로 건너가 그와 결혼하겠다고 했다는 거였다. 변성기가 온 맷은 어른도 아이도 아닌 떨리는 목소리로 이러한 자초지종을 털어놓았다. 너무나 평범해서 특이할 게 하나도 없는 사연을 전하는 말투였다.

"그 남자한테서 결혼 안 했다는 편지를 받고 바로 달려갔나 봐요. 도주 자금이 있어서 다행이었네요. 차 좀 드실래요, 엄마?"

정신은 딴 데 가 있어도 반드시 지켜야 할 행동 원칙과 자신에게 기대되는 바를 잘 아는 세이디 이모는 맷의 곁에 남아서 그가 소시지와 랍스터, 달걀, 베이컨, 서대 튀김, 바나나 파르페, 초콜릿 선디를 먹는 동안 기다려 주었다.

위기 상황에서 언제나 그랬듯이 이모 내외는 데이비를 호출했고, 데이비는 언제나 그랬듯이 완벽한 대처 능력을 보여주었다. 그는 즉각 캐리 군이 이류 영화배우라는 걸 알아냈고, 재시가 지난여름 파티 참석차 런던에 갔을 때 그를 본 것이 틀림없다는 결론을 내렸다. 당시 상영했던 〈어느 멋진 시간〉이라는 영화에 캐리 군이 출연했던 것이다. 데이비가 그 영화를 구해왔고, 멀린 경이 자신의 개인 영화관을 앨콘리 가족에게 빌려주었다. 영화는 해적 이야기였는데, 캐리 군은 주인공도 아닌 일개 해적이었고, 특별히 눈에 띄는 점도 없었다. 외모도 재능도 흡입력도 없었지만, 밧줄을 타는 모습이 날렵하긴 했다. 야전삽과 비슷한 무기로 사람을 죽이기도 했는데, 우리는 어쩌면 그 장면이 재시의 마음속에서 어떤 유전적인 감정을 끌어낸 게 아닐까 추측했다. 영화 자체도 영화 애호가가 아닌 보통의 영국인으로선 뭐가 뭔지 도무지 이해가 안 되는 난해한 작품이었다. 조그마한 부분도 놓치지 않겠다고 작정한 매튜 이모부를 위해 우리는 캐리 군이 등장하는 장면을 번번이 다시 돌려봐야 했다. 이모부는 배우와 역할을 완전히 동일시하며 계속해서 투덜거렸다.

“저 녀석은 왜 저러는 거야? 멍청한 놈, 매복이 있는 걸 알면서. 저 녀석이 하는 말은 하나도 못 알아듣겠어. 거기 다시 돌려봐요, 멀린."

마지막에 가서는 저렇게 규율이 하나도 안 잡혀 있고 지휘관에게 무례한 작자는 당최 높이 평가할 수 없다는 결론을 내렸다. "머리 꼴은 저게 뭐람! 저 자식은 딱 봐도 술고래야."

매튜 이모부는 멀린 경에게 지극히 정중한 안부 인사와 작별 인사를 건넸다. 연륜과 불행이 그의 성격을 유하게 만들어 준 듯했다.

기나긴 상의 끝에 세이디 이모나 매튜 이모부가 아닌 다른 가족이 할리우드로 가서 재시를 데려오기로 했다. 그렇다면 누가? 물론 가장 적합한 사람은 린다였지만 그녀는 이미 눈 밖에 난 상태였고, 지금은 자기 삶에 완전히 몰두해 있었다. 그게 아니더라도 야생마를 보내서 또 다른 야생마를 데려오게 하는 건 부질없는 짓이니 다른 사람이 나서야 했다. 결국에는 다소간의 설득 끝에('저는 지금 주사 요법을 받고 있어서 정말로 시간이 여의찮아요') 데이비가 루이자와 함께 떠나는 데 동의했다. 착하고 분별 있는 루이자 말이다.

이런 일이 결정될 무렵, 할리우드에 도착한 재시는 만나는 모든 사람에게 자신의 결혼 의사를 알렸고, 그러자 이 일의 전말이 신문에 보도되었다. 신문사에서는 여러 면을 할애하여 (그 밖에는 독자들을 사로잡을 만한 다른 사건이 없는 무료한 시기였으므로) 재시의 이야기를 연속 기사로 전했다. 앨콘리는 포위 상태에 빠졌다. 기자들은 매튜 이모부의 채찍과 사냥개, 그리고 무시무시한 푸른 눈빛에 용감하게 맞섰고, 마을을 어슬렁거렸으며, 심지어 지역색을 취재하겠다며 집 안으로 뚫고 들어갔다. 이러한 신문 기사는 매일의 즐거움이었다. 그들의 묘사에 의하면 매튜 이모부는 히스클리프와 드라큘라, 도린코트 백작을 합쳐놓은 사람이었고, 앨콘리는 나이트메어 애비✿나 어셔 가✿✿에 비견되었으며, 세이디 이모는 데이비드 코퍼필드의 어머니처럼 그려졌다. 이와 같은 특파원들의 용기와 독창성, 강인함을 목격했기에, 훗날 그들이 전쟁에서 맹활약했을 때 우리는 조금도 놀라지 않았다. "전쟁 현장에서 모모 기자가……."

그러면 매튜 이모부는 이렇게 말하곤 했다.

"저거 내 침대 밑에 숨어 있던 그 빌어먹을 망나니 아니야?"

✿ 토머스 러브 피콕이 1818년에 발표한 소설의 제목이자 그 무대.

✿✿ 에드거 앨런 포가 1839년에 발표한 소설 『어셔 가의 몰락』의 무대.

이모부는 이 모든 상황을 몹시 즐겼다. 안절부절못하는 하녀들이나 마음이 상했다고 훌쩍거리는 가정교사들과 달리, 수단과 방법을 가리지 않고 그의 집에 잠입해 기사를 만들어 내는 강인한 청년들은 이모부에게 걸맞은 적수였다.

그뿐 아니라 매튜 이모부는 신문에서 자신에 관한 기사를 읽는 걸 몹시 즐거워하는 것처럼 보여서, 우리는 그가 유명해지고 싶은 열망을 숨기고 있던 건 아닌지 의심하기 시작했다. 반면에 세이디 이모는 이 모든 상황을 매우 불쾌하게 여겼다.

데이비와 루이자의 구조 여행은 반드시 언론이 모르게 떠나야 했다. 재시가 그들을 보고 깜짝 놀라야 마음이 움직여 집에 돌아올 가능성이 있었다. 안타깝게도 데이비는 특수 설계된 약상자가 없이는 장기간의 고된 여행을 떠날 수 없었다. 상자가 제작되는 동안 그들은 배편 하나를 놓쳤고, 겨우 완성됐을 때는 이미 탐정들에게 추적당한 후였다. 이 불운한 약상자가 바렌 도주 당시 마리 앙투아네트의 생필품 상자와 같은 역할을 한 것이다. 여러 기자가 두 사람과 함께 승선했지만, 루이자는 뱃멀미로 몸을 가누지 못했고 데이비는 선내 의무실에만 틀어박혀 있었기에 별다른 수확을 얻지는 못했다. 선상 의사는 데이비의 증상이 창자가 좁아져서 생긴 거라며, 그런 경우 매일 시시각각으로 촉진✿과 방사선, 식이 요법, 운동, 주사 요법을 진행하면 쉽게 치유될 수 있으며, 각각의 요법 후에는 휴식을 취해야 한다고 조언했다.

그러나 뉴욕에 도착한 두 사람은 혹독한 상황에 직면했다. 우리는 위대한 두 영어권 국가의 다른 시민들과 마찬가지로 그들의 일거수일투족을 따라갈 수 있었다. 두 사람은 심지어 뉴스영화에도 등장했는데, 불안한 표정으로 책을 들어 얼굴을 가린 채였다.

이것은 결국 무용한 여행이었다는 게 판명되었다. 두 사람이 할리우드에 도착하고 이틀이 지나서 재시는 캐리 군의 부인이 되었다. 루이자가 전보를 보내 이 소식을 집에 알렸다.

캐리는 훌륭한 헌즈임.

한 가지 위안은 결혼이 성사되어 기사화될 일이 사라졌다는 거였다.

✿ 손으로 만져서 진단하는 방식.

영국에 돌아온 데이비는 이렇게 말했다. “사랑스럽고 완벽한 친구예요. 땅콩처럼 작은 사람이죠. 그와 함께라면 재시는 무지무지 행복할 거예요.”

하지만 세이디 이모는 안심하지도 위안을 얻지도 못했다. 금이야 옥이야 키운 딸을 땅콩처럼 작은 남자에게 시집 보내 수천 마일이나 떨어져 살게 된 것이 서운한 모양이었다. 런던에 빌린 집은 취소했고, 우울한 상태에 빠져버린 이모 내외는 그다음 일격이 가해지자 그저 운명이려니 하며 받아들였다.

열여섯 살인 맷이 이튼에서 도망쳐 스페인 내전에 뛰어들었다. 이 소식도 신문에 대문짝만하게 보도되었다. 세이디 이모는 심히 못마땅해했지만, 매튜 이모부는 그렇지 않았던 것 같다. 그는 전투욕을 자연스럽게 여겼다. 물론 맷이 외국인들을 위해 싸운다는 사실에는 개탄했다. 이모부는 스페인 좌파를 특별히 비난하지는 않았다. 그들은 용감한 젊은이들이었고, 우상을 숭배하는 수도사와 수녀, 그리고 사제들을 쓸어버릴 만큼 사리 분별이 확실했으니까. 이모부도 그런 행위에는 대찬성이었다. 다만 조만간 중요한 전쟁이 터질 조짐이 보이는데 그보다 하등한 전쟁에 나가 싸운다는 건 분명 유감스러운 일이었다. 맷을 데려오기 위해 특별한 대책을 세우지는 않기로 결정이 났다.

그해 앨콘리의 크리스마스는 사뭇 어두웠다. 열 꼬마 인디언처럼 아이들이 차례로 사라져 버린 것만 같았다. 밥과 루이자는 평생 부모의 속을 썩인 적이 없었고, 존 포트 윌리엄은 세상 따분한 사람이었으며, 루이자의 자식들은 아주 착하고 예뻤지만 아무런 개성이 없어서 린다와 맷, 그리고 재시의 부재를 채워줄 수 없었다. 늘 장난치고 농담을 던지던 로빈과 빅토리아도 집안 분위기에 압도되어 가능한 한 둘이서 헌즈 벽장에만 처박혀 있었다.

린다는 이혼이 성립되자마자 캑스턴 홀에서 결혼식을 올렸다. 이번 결혼식은 좌익 정당이 다른 정당들과 다른 것처럼 첫 번째 결혼식과는 판이했다. 꼭 침울하다고는 할 수 없어도, 음산하고 활기가 없는 데다 행복한 분위기도 느껴지지 않았다. 린다의 친구는 거의 없었고, 친척 중에는 나와 데이비만 참석했다. 멀린 경은 오뷔송 양탄자 두 장과 난초 몇 촉을 보내왔지만 직접 모습을 드러내지는 않았다. 크리스천을 만나기 전의 재잘거림은 린다의 삶에서 이미 자취를 감췄고, 낙심한 린다는 거대한 상실감 속에서 세차게 울부짖고 있었다.

결혼식에 늦은 크리스천이 다급하게 들어왔고, 몇몇 동지들이 그 뒤를 따랐다.

"잘생기긴 정말 잘생겼어." 데이비가 내 귀에 대고 속삭였다. "하지만, 오, 그래 봤자 걱정만 끼치지!"

결혼 피로연은 없었다. 식장 밖으로 나와 아무런 목적도 없이 어색하게 길거리에서 뭉그적대다가 린다와 크리스천은 집으로 돌아갔다. 시골뜨기가 당일치기로 런던에 올라온 기분이었던 나는 데이비에게 리츠 호텔에서 점심을 사달라고 했다. 그런데 이 일로 내 마음은 한층 더 우울해졌다. 옥스퍼드의 조지 호텔에서는 너무나 멋져 보였고 다른 교수 부인들에게 그토록 칭찬받았던 내 옷이("어머, 이렇게 예쁜 트위드는 어디서 샀어요?"), 여기서 보니 괴상할 만큼 촌스러웠다. 장식 천이 달린 태피터 드레스의 망령이 다시 한번 살아났다. 우리 집 놀이방에 있는 벌써 세 명으로 불어난 까무잡잡한 아이들과 서재에 있을 사랑스러운 앨프레드를 떠올려 봤지만, 그 순간만큼은 아무런 위안도 되지 않았다. 옆 테이블에 앉은 두 여인처럼 작은 털모자나 타조 깃털이 달린 모자가 간절히 갖고 싶었다. 단정한 검은색 드레스와 다이아몬드 핀, 짙은 색 밍크코트, 골절 지지대처럼 생긴 신발, 잔주름이 진 기다란 스웨이드 장갑, 매끈하고 윤이 나는 머리카락이 절실했다. 이 모든 것들을 데이비에게 설명하려는 순간, 그가 건성으로 이렇게 말했다.

"오, 저런 건 너한테 하나도 안 중요해, 패니. 너한테는 더 중요한 고민거리도 많은데, 자기 자신을 꾸미고 있을 시간이 어디 있니."

내 기분을 풀어준답시고 하는 말 같았다.

결혼식을 치르고 얼마 안 가 이모 내외는 린다를 다시 받아들였다. 두 사람은 이혼 후 두 번째 결혼을 결혼으로 치지 않았다. 일전에 빅토리아는 린다와 크리스천이 약혼했다고 말했다가 엄한 꾸지람을 듣기도 했다.

"약혼은 결혼 안 한 사람들이나 하는 거야."

식을 올렸다고 두 사람의 화가 누그러진 건 아니었다. 이제부터 그들의 눈에 린다는 언제까지나 불륜 상태일 테지만, 린다가 너무나 필요해서 더 이상 싸움을 이어가지 않는 것뿐이었다. 쐐기의 날(세이디 이모와 건터스 찻집에서 함께한 점심 식사)이 끼워졌고, 얼마 안 가 그들 사이의 모든 것이 원래대로 돌아갔다. 린다는 곧잘 앨콘리에 놀러 갔지만, 크리스천을 데려간 적은 없었다. 그런 행동은 누구에게도 도움이 되지 않으리라 판단한 것이다.

린다와 크리스천은 체이니워크의 집에 살았고, 설령 기대만큼 행복하지는 않았을지언정 린다는 예전처럼 쇼윈도 같이 멋진 모습만 보여주었다. 크리스천은 확실히 린다를 무척 좋아했고, 자기 나름대로는 친절하게 굴려고 노력했다. 하지만 멀린 경이 예언했듯이, 그는 평범한 여자를 행복하게 해주기에는 속세와 거리가 멀어도 너무 먼 사람이었다. 몇 주씩 린다의 존재를 의식하지 못하는 일도 있었다. 가끔은 훌쩍 떠나서 며칠씩 돌아오지 않았는데, 자기 일에 너무 몰두한 나머지, 어디에 있는지 언제쯤 돌아갈 것인지 알려줄 생각조차 하지 못했다. 그는 발길 닿는 데서 숙식을 해결했다. 세인트판크라스역의 벤치일 때도, 이름 모를 빈집의 문간일 때도 있었다. 체이니워크의 집은 늘 동지들로 북적거렸다. 그들은 린다와 수다를 떠는 대신 자기들끼리 연설을 하고, 부산스럽게 돌아다니고, 전화 통화를 하고, 타자를 치고, 술을 마셨다. 그리고 대부분 옷은 입고 신발은 벗은 채 린다의 응접실 소파에서 잠을 청했다.

돈 문제는 늘어만 갔다. 크리스천은 딱히 돈 나갈 곳이 없어 보였지만, 당혹스럽게도 어떤 일에는 돈을 물 쓰듯 했다. 그에게는 아주 비싼 취미가 몇 가지 있었는데, 그중에서도 가장 좋아하는 건 베를린에 있는 나치 지도부나 다른 유럽 정치인들에게 길게 장난 전화를 걸어서 일 분에 몇 파운드씩 써버리는 거였다. "그 인간들은 런던에서 걸려 오는 전화를 절대 그냥 못 넘기거든." 그는 이렇게 떠벌렸는데, 불행히도 실제로 그러했다. 결국 요금이 체납되어 전화가 끊어지는 덕분에 린다는 한시름 놓게 되었다.

앨프레드와 내가 크리스천을 매우 좋아했다는 사실만은 밝혀두고 싶다. 우리는 좌익적인 지식인 계층에 속했고, 《뉴스테이츠먼》 잡지✿를 열렬히 지지했다. 크리스천은 우리보다 훨씬 진보적이긴 했지만, 우리처럼 문명화된 인도주의를 기반으로 의견을 개진했기 때문에 토니보다는 월등히 나은 인간으로 느껴졌다.

그렇지만 린다의 남편으로는 낙제점이었다. 린다가 갈망

✿ 좌파를 대변하는 지식층 대상의 주간지.

하는 사랑은 자기만을 바라봐 주는 친밀하고 독점적인 사랑이었다. 가난하고 슬프고 볼품없는 이들을 향한 보편적인 사랑은 그녀의 관심사가 아니었다. 한때는 자신도 그런 데 관심이 있다고 믿어보려 했지만 소용없었다. 당시에 린다를 만나면 만날수록, 또 다른 사랑의 도피가 그리 멀지 않다는 나의 예감은 점점 더 확신으로 변해갔다.

린다는 일주일에 이틀을 좌익 서점에서 일했다. 보리스라는 거구의 과묵한 동지가 운영하는 곳이었다. 서점이 위치한 구역은 목요일이 휴일이어서, 보리스는 목요일 오후부터 월요일 아침까지 술에 취해 있었다. 그래서 린다는 금요일과 토요일에는 자기가 서점을 맡겠다고 나섰다. 그때부터 엄청난 변화가 일어났다. 몇 달씩 썩어가다가 먼지와 습기에 잠식당해 결국 치워지곤 하던 단행본과 소책자들은 즉시 뒷전으로 밀려났고, 린다가 정말 좋아하는 몇 안 되는 책들이 그 자리를 차지했다. 『영국 항공은 어디로 향하는가?』는 『40일간의 세계 일주』와 『카를 마르크스』로 대체됐고, 『형성기』는 『후작 부인 만들기』와 『무명씨의 일기로 보는 크렘린의 거인』에 자리를 양보했으며, 『탄광주들에게 도전하기』는 『솔로몬 왕의 광산』으로 교체되었다.

출근일 아침에 린다가 서점에 도착해 셔터를 열면, 얼마 안 가 멀린 경의 브로엄 전기차를 선두로 수많은 자동차가 좁고 지저분한 거리를 가득 채웠다. 멀린 경은 린다 덕분에 『프로기의 남동생』과 『고리오 영감』을 가까스로 손에 넣었다며, 그녀의 서점을 대대적으로 홍보해 주었다. 다시금 린다와 편히 만날 수 있고 크리스천도 없다는 소식에 수다쟁이들이 앞다투어 돌아왔다. 하지만 이따금 그들과 동지들이 맞닥뜨리게 되는 곤혹스러운 순간이 발생하기도 했다. 그러면 그들은 책을 한 권 사고는 신속히 퇴장했는데, 평생 당황이라는 걸 해본 적이 없는 멀린 경만은 예외였다. 그는 동지들에게 맞서는 강경 노선을 취했다.

"안녕하시오?"라고 특별히 강조해서 묻고는, 그들이 가게를 떠날 때까지 도끼눈을 하고 노려보는 거였다.

이 모든 일은 수익 면에서 서점에 큰 도움이 되었다. 매주 엄청난 액수의 손실이 나는 것을 누구나 짐작할 수 있는 그곳에서 비용을 보전받던 점포가 영국에서 유일하게 흑자를 내는 좌익 서점으로 발돋움했다. 보리스는 고용주들에게 극찬을 받았고, 메달까지 수여받아 가게 간판에 걸어놓았다. 동지들은 한목소리로 린다가 좋은 여자이며 당의 귀감이라고 말했다.

그 외의 시간을 린다는 크리스천과 동지들을 위해 집안일을 하며 보냈다. 상주 하녀를 들이려고 여러 차례 시도했지만 모두 일주일을 채우지 못하고 떠나갔다. 하녀들이 떠나간 자리를 대신하려는 린다의 진지한 노력은 안타깝게도 헛수고일 뿐이었다. 동지들은 하녀들에게 그다지 친절하지도, 그들을 배려해 주지도 않았다.

"사실 보수주의자로 사는 게 훨씬 더 편해."

한번은 린다가 평소와 다르게 자신의 생활을 솔직하게 털어놓으며 이렇게 속마음을 내비쳤다.

"하지만 그건 나쁜 일이지, 절대로 좋은 일이 아니야. 그렇긴 해도 보수는 일정한 시간이 지나면 거기서 끝나는데, 공산주의는 한 인간의 삶과 에너지를 전부 앗아가는 것 같아. 게다가 동지들은 진정한 헌즈이긴 하지만 때론 나를 너무 화나게 해. 토니가 노동자들을 비하할 때 열불이 나던 것과 다를 게 없어. 주로 그들이 우리에 관해 이야기할 때 말이지. 토니처럼 그들도 완전히 잘못 알고 있거든. 레스터 경을 조리돌리는 건 나도 대찬성이지만, 에밀리 이모와 데이비, 심지어 아빠까지 욕하기 시작하면 도저히 참고 봐줄 수가 없을 것 같아. 나는 물고기도, 모범적인 붉은 청어도 아닌 것 같아. 정말 최악이지."

"하지만 레스터 경과 매튜 이모부는 전혀 다르잖아." 내가 말했다.

"그래, 내가 항상 하는 말이 바로 그거야. 레스터 경은 런던에서 수상한 방법으로 재물을 긁어모으지만, 우리 아빠는 자기 땅으로 돈을 벌고 상당 부분은 다시 땅에 돌려줘. 금전만이 아니라 노동으로도. 아빠가 무보수로 봉사하는 일들이 얼마나 많아. 그 모든 지루한 회의를 생각해 봐. 카운티 위원회니 치안 판사니 그런 일이 한둘인가. 더군다나 아빠는 직접 발 벗고 나서는 좋은 지주야. 동지들은 시골에 대해 아무것도 몰라. 주당 25~26펜스면 넓은 정원이 딸린 멋진 별장을 얻을 수 있다는 걸 내가 말해줘서야 알았다니까. 게다가 듣고도 반신반의했어. 크리스천은 그런 걸 알고 있지만, 시스템이 잘못됐다고 말해. 그가 그렇다면 그런 거겠지."

"크리스천은 정확히 무슨 일을 하는 거야?" 내가 물었다.

"네가 상상할 수 있는 모든 일. 요즘은 기근에 관한 책을 쓰고 있는데, 맙소사! 어찌나 우울한지. 그리고 어떤 땅딸막한 중국인 동지가 와서 기근이 어떤 건지 설명해 주는데, 그렇게 뚱뚱한 남자는 처음 봤다니까.”

나는 웃음을 터뜨렸다.

린다는 죄책감에 재빨리 덧붙였다.

“내가 동지들을 비웃는 것처럼 들릴지도 모르지만, 적어도 난 그들이 좋은 일을 하고 있다는 걸 알아. 그들은 레스터 경처럼 타인의 노예로 살진 않아. 그리고 난 그들을 진심으로 사랑해. 다만 가끔은 조금 더 수다를 떨어줬으면 좋겠어. 침울하고 진지하고 모두를 적대시하는 건 조금 자제하고 말이야.”

15

1939년 초, 카탈루냐 사람들이 피레네산맥을 넘어 프랑스의 루시옹이라는 궁벽하고 빈곤한 지방으로 몰려들자, 며칠 만에 이곳의 스페인 인구가 프랑스 인구를 넘어섰다. 레밍✿들이 노르웨이 해안에서 돌연 집단 자살을 감행하는 것처럼, 어디서 와서 어디로 가는지도 모르는 사람들이 강렬한 충동에 사로잡혀 대서양으로 들이닥친 것이다. 그렇게 성인 남녀와 아이들을 포함한 50만 명이 심사숙고할 틈도 없이 혹독한 산악 기후 속에 뚝 떨어지게 되었다. 당시로서는 유례가 없을 만큼 대대적인 인구 이동이었다. 그러나 산 너머에도 약속의 땅은 없었다. 시도 때도 없이 정책을 바꾸던 프

✿ 나그네쥐. 먹이를 찾아 집단으로 이동해 다니다가 많은 수가 한꺼번에 죽기도 한다. 그래서 사람들 사이에서는 이들이 집단으로 벼랑을 뛰어내려 자살을 한다는 믿음이 있다.

랑스 정부는 국경에서 기관총을 들이대며 그들을 돌려보내진 않았지만, 그렇다고 파시즘에 대항한 전우로서 환영해 주지도 않았다. 대신 짐승 떼처럼 해안가의 혹독한 염해 습지에 몰아넣고 철조망 울타리 안에 가둔 다음, 그들에 대해 까맣게 잊어버렸다.

스페인전에 참전하지 않은 걸 두고두고 찜찜하게 여겼던 크리스천은 즉시 페르피냥으로 달려가 사태를 확인하고, 그들을 도울 수 있는 방법을 강구했다. 그는 수없이 많은 보고서와 비망록, 신문 기사, 개인적인 서한을 통해 자신이 목격한 수용소의 형편을 끊임없이 외부에 알렸다. 그리고 영국의 여러 인도주의 단체가 후원하는 어느 사무소에 들어가 활동하기 시작했다. 수용소의 환경을 개선하고, 난민 가족들이 서로 소식을 전할 수 있게 연결해 주고, 가능한 많은 이들을 프랑스에서 구출해 내는 게 그의 임무였다. 이 사무소를 운영하는 사람은 스페인에 장기간 체류했던 로버트 파커라는 청년이었다. 처음의 우려와 달리 발진티푸스가 발생할 위험이 없는 것으로 판명되자, 크리스천은 린다까지 페르피냥으로 불러들였다.

공교롭게도 린다는 여태껏 한 번도 외국에 나가본 적이

없었다. 토니는 사냥, 사격, 골프 등의 취미를 영국 안에서만 즐겼고, 휴가를 쪼개 여행이라도 가게 되면 억울해했다. 앨콘리 사람들에게 전쟁이 아닌 다른 목적으로 대륙에 간다는 건 상상도 못할 일이었다. 1914년에서 1919년까지 사 년간 프랑스와 이탈리아에 나가 있었던 매튜 외삼촌은 그때의 경험 때문에 외국인들을 탐탁지 않게 여겼다.

"개구리나 먹는 프랑스 놈들이 독일이나 이탈리아 놈들보다 조금 낫긴 해도, 이국땅은 말도 못 하게 살벌하고, 외국인은 죄다 악귀들이야."

그리하여 이국땅의 살벌함과 외국인의 악독함은 래들릿 가문의 굳은 신념이 되었기에, 린다는 상당한 두려움을 안고 여정에 올랐다. 나는 빅토리아역에서 린다를 배웅했다. 기다란 금빛 밍크코트 차림으로 겨드랑이에 《태틀러》[✿]를 끼고 있는 그녀는 누가 봐도 영국인이었다. 손에는 멀린 경에게 받은 모로코가죽 화장품 보관함이 캔버스 덮개를 씌운 채 들려 있었다.

"보석류는 은행에 잘 보관해 뒀길 바라." 내가 말했다.

✿ 상류층을 대상으로 한 라이프스타일 잡지.

"오, 패니. 놀리지 마. 이제 보석은 하나도 안 남은 거 알잖아. 하지만 돈이라면……."

린다는 주위를 의식하며 낄낄거리더니 말을 이었다. "코르셋 안에 꿰매 넣었어. 아빠가 전화로 꼭 그렇게 하라고 성화를 부리는데, 내가 봐도 괜찮은 생각 같더라고. 아, 너도 같이 가면 좋은데. 기차에서 내내 혼자 잘 걸 생각하면 너무 무서워."

"혼자가 아닐지도 모르지." 내가 말했다. "외국인들은 툭하면 강간을 한다잖아."

"그럼 좋지. 내 코르셋에만 손을 안 대면 돼. 오, 출발한다. 잘 있어, 패니. 내 생각 많이 해." 그러더니 스웨이드 장갑을 낀 주먹을 창밖으로 내밀어 공산주의식 경례를 했다.

그로부터 일 년간 떨어져 지냈지만, 당시에 린다가 어떻게 지냈는지 내가 빠짐없이 알고 있다는 사실을 짚고 넘어가야겠다. 뒤에서 다시 이야기하겠지만, 훗날 우리는 오랫동안 함께 조용한 시간을 보냈고, 그 시기에 린다는 사소한 부분까지 거듭해서 내게 들려주었다. 행복했던 순간을 다시 사는 린다만의 방법이었다.

당연히도 린다는 여행에 매료되었다. 푸른 작업복을 입은 짐꾼들이 돌아다니고, 프랑스어를 꽤 잘한다고 자부했건만 한 마디도 못 알아들을 시끄러운 대화가 카랑카랑 울려 퍼졌다. 프랑스 기차는 특유의 마늘 향이 밴 열기로 푹푹 쪘고, 다급한 종소리와 함께 맛있는 음식이 서빙되었다. 별세계에 들어온 듯, 모든 것이 꿈만 같았다.

창밖으로는 『장미문고』✿에서 본 것과 똑같은 성과 라임나무 길, 연못, 마을이 지나갔다. 그런 풍경을 보고 있자니, 하얀 드레스를 입고 신기할 만큼 작은 검은색 단화를 신은 소피가 당장이라도 튀어나올 것만 같았다. 금붕어를 토막 내거나, 빵과 크림을 잔뜩 집어 먹거나, 불평이라곤 모르는 착한 폴의 얼굴을 긁어 놓고서 말이다. 이윽고 린다는 굉장히 부자연스러운 영국식 프랑스어로 아무런 문제없이 페르피냥행 기차에 올라 파리를 가로질렀다. 파리. 창밖으로 가로등이 늘어선 어두침침한 거리를 내다보고 있자니, 이처럼 사람의 마음을 뒤흔드는 아름다운 도시는 세상 어디에도 없을 듯했다.

희한하게도, 언젠가 다시 이 도시에 와서 행복을 만끽할

✿ 19세기 중반 프랑스에서 출간된 아동 도서 시리즈.

거라는 기이한 예감이 들었지만, 실제로 그럴 리는 없었다. 크리스천은 절대로 파리에 정착할 사람이 아니었다. 이때까지만 해도 그녀의 마음속에선 행복과 크리스천이 하나로 이어져 있었다.

페르피냥에 도착해 보니, 크리스천은 눈코 뜰 새 없이 바빴다. 이미 자금을 조달받아 전세 낸 선박으로 수용소에 있는 스페인 난민 6천 명을 멕시코로 보내려는 계획이 진행 중이라 업무량이 상당했다. 서로 다른 수용소에 뿔뿔이 흩어져 있는 가족들을(스페인 사람들은 무조건 온 가족이 함께 움직여야 한다고 생각했으므로) 페르피냥 수용소에 모은 후에, 열차로 세트 항구까지 이동해 거기서 최종적으로 배에 태워야 했다. 스페인 사람들은 남편과 아내의 성이 달라서 작업이 더욱 복잡했다.

크리스천은 린다가 기차에서 내리자마자 이 모든 설명을 쏟아냈다. 그는 형식적으로 린다의 이마에 입을 맞추고는 서둘러 사무실로 데려갔다. 가는 길에 호텔에 들러 짐을 맡길 시간도 주지 않았다. 그녀가 목욕하고 싶을지도 모른다는 건 가소로운 생각일 뿐이었다. 기분이 어떤지, 도중에 별탈은 없었는지도 묻지 않았다. 크리스천은 언제나 상대방이 반발하지 않는 한 아무 문제가 없다고 여겼고, 빈곤층이나 유색인종, 탄압받는 사람들, 나병환자, 힘없는 이방인이 아닌 사람에게는 추호의 관심도 없었다. 그는 다수의 불행에만 주목했고, 개인은 아무리 큰 고통을 겪고 있어도 별로 신경 쓰지 않았다. 삼시세끼를 먹고 몸을 뉠 집이 있는데도 불행하거나 건강하지 않다는 건 그가 보기에 순 헛소리였다.

사무실은 마당으로 둘러싸인 커다란 창고였다. 그 마당은 항시 난민들로 인산인해를 이루었고, 산더미 같은 짐과 수많은 아이들, 개, 염소, 당나귀, 기타 잡동사니가 빼곡히 들어차 있었다. 이들은 모두 파시즘을 피해 산을 넘어온 사람들로, 영국이 자신들의 수용소행을 막아주길 바랐다. 그중 일부는 돈을 빌리거나 기차표를 받아서 프랑스나 프랑스령 모로코에 있는 친척 집에 갈 수 있었지만, 대다수는 몇 시간씩 기다려 면접을 봐도 뾰족한 방법이 없다는 말뿐이었다. 그러면 그들은 애처롭게도 최대한 예의를 갖춰서 번거롭게 해드려 죄송하다고 사과하며 물러갔다. 스페인인들은 이처럼 극도의 품위를 갖추고 있었다.

린다는 곧바로 로버트 파커와 젊은 작가인 랜돌프 파인을 소개받았다. 파인은 프랑스 남부에서 플레이보이로 지내다가 스페인전에 뛰어들었고, 과거의 전우들에 대한 책임감 때문에 현재는 페르피냥에서 일하고 있었다. 두 사람은 린다의 도착을 환영하는 눈치로, 새로운 얼굴을 보게 되어 반갑다며 친절하고 따뜻하게 맞아주었다.

"저한테도 일을 주세요." 린다가 말했다.

"좋아요. 어떤 일을 드리면 될까요?" 로버트가 말했다. "일이라면 태산같이 많으니 걱정하지 마세요. 어떤 분야가 적합할지 찾아내기만 하면 돼요. 스페인어는 할 줄 알아요?"

"아니요."

"아, 괜찮아요. 금방 배울 거예요."

"저는 힘들지 싶은데요." 린다가 자신 없는 목소리로 말했다.

"복지 사업에 대해서는 좀 아나요?"

"오, 세상에. 제가 정말 구제 불능처럼 보이시겠어요. 죄송하지만 아무것도 몰라요."

"라벤더가 알맞은 일을 찾아줄 거야." 책상에 앉아 있던 크리스천이 색인 카드 한 장을 흔들며 말했다.

"라벤더?"

"라벤더 데이비스라는 여자야."

"말도 안 돼! 나랑 잘 아는 사이야. 시골에서 가까이 살았거든. 사실 내 들러리 중 한 명이기도 했어."

"아, 맞다." 로버트가 말했다. "당신을 안다고 했었는데, 제가 깜빡했네요. 라벤더는 정말 대단해요. 실제로는 퀘이커교 소속으로 수용소에서 일하지만, 우리에게도 많은 도움을 주고 있죠. 식품의 열량이며, 아기 기저귀며, 임산부며, 라벤더는 정말로 모르는 게 없어요. 제가 만나본 사람 중에 제일 성실한 일꾼이에요."

"하나 있네요." 랜돌프 파인이 끼어들었다 "당신이 할 수 있는 일이요. 이 일이 당신을 기다리고 있었다고 해도 과언이 아니에요. 다음 주에 출항하는 배의 선실을 배정하는 일이죠."

"아, 맞아." 로버트가 말했다. "바로 그거야. 이 책상을 드리고 지금 당장 일을 시작하시게 하자고."

"자, 보세요." 랜돌프가 말했다. "제가 보여드릴게요. (향이 아주 좋으시네요. '아프레 롱디'인가요? 그럴 줄 알았어요.) 이게 선실 배치도예요. 여기 제일 좋은 선실, 그저 그런 선실, 형편없는 선실, 그리고 해치 아래 널빤지. 이건 배에

탈 가족들의 명단이에요. 각 가족에게 선실을 할당하는 게 당신이 할 일이에요. 어디로 배정할지 결정해서 가족 이름 밑에 선실 번호를 적어줘요. 여기요. 아시겠죠? 그리고 선실에는 이렇게 가족 수를 적어주시고요. 어렵진 않지만 시간이 꽤 걸릴 거예요. 사람들이 배에 도착하면 각자 짐을 들고 어디로 갈지 정확히 알 수 있게 미리 정해둬야 해요."

"그런데 누구한테 좋은 방을 주고, 누구한테 널빤지를 줄지 어떻게 정하죠? 너무 어려운 일 같은데요."

"그렇지도 않아요. 이건 엄격하게 공화주의의 원칙에 따라 운영되는 민주적인 배예요. 계급은 전혀 고려 사항이 아니죠. 무조건 어린애나 아기가 있는 가족에게 좋은 객실을 제공해야 해요. 그 외에는 당신 마음대로 하면 돼요. 필요하면 압정을 사용하셔도 돼요. 어찌 됐든 완성하는 게 중요해요. 아니면 승선할 때 서로 좋은 자리를 차지하려고 한바탕 소동이 벌어질 테니까요."

린다는 가족 명단을 훑어보았다. 색인 카드의 형태였는데, 가장의 이름별로 정리된 카드에 가족 수와 나머지 가족들의 이름이 적혀 있었다.

"나이는 안 적혀 있는데, 어린애가 있는지 어떻게 알죠?"

린다가 물었다.

"좋은 지적이군요." 로버트가 말했다. "이봐, 어떻게 하면 될까?"

"아주 간단해." 크리스천이 대답했다. "스페인 이름은 척 보면 알 수 있거든. 전쟁 전에는 성인이나 성모 마리아의 일화에서 이름을 따왔어. 아눈시아시온(수태고지), 아순시온(승천), 푸리피카시온(정화), 콘셉시온(수태), 콘수엘로(위로) 등등. 내전 후로는 찰리 마르크스의 이름을 따서 카를로스, 프레디 엥겔스의 이름을 따서 프레데리고, 그리고 에스탈리나가 많아졌지. (러시아가 그들을 공격해서 실망시키기 전까지는 엄청나게 인기 있었어.) 아니면 솔리다리다드-오브레라(노동자 연대)나 리베르타드(자유) 같은 멋진 슬로건이라든가. 그런 이름을 보면 세 살 이하라는 걸 알 수 있어. 이보다 더 간단할 수가 없어."

이윽고 라벤더 데이비스가 나타났다. 영국식 컨트리 트위드 차림에 브로그 구두✿를 신은 라벤더는 예전과 똑같이 촌스럽고 튼실하고 평범했다. 짧은 갈색 머리카락은 위로 말

✿ 갑피에 가죽을 덧대어 장식한 굽이 낮은 신발.

려 있었고, 화장하지 않은 민얼굴이었다. 그녀는 열정적으로 린다를 환영했다. 사실 데이비스 집안에서는 라벤더와 린다가 친하다는 걸 언제까지고 믿지 못했다. 해외에서 익숙한 얼굴을 보면 누구나 그렇듯이, 린다도 라벤더를 보자 무척이나 반가웠다.

"자, 이렇게 다 모인 김에 팔마리움에 가서 한잔하죠."

그 후로 몇 주간 린다는 개인적인 생활도 없이 매혹과 공포가 교차하는 분위기 속에서 지냈다. 그녀는 페르피냥을 사랑하게 되었다. 이 낯설고 오래된 소도시는 그녀가 알던 어느 곳과도 달랐다. 강과 넓은 부두, 거미줄처럼 연결된 좁은 길들, 야생미 넘치는 커다란 플라타너스. 그리고 이 모든 걸 둘러싸고 있는 루시옹의 황량한 포도 재배 지역이 그녀의 눈 아래서 여름의 푸릇함을 터뜨리고 있었다.

봄은 서서히 그리고 느지막이 찾아와서, 봄이 왔나 싶더니 곧바로 여름으로 넘어갔다. 그러자 모든 것이 순식간에 타들어 가듯 뜨거워졌다. 마을 사람들은 매일 밤 플라타너스 아래 콘크리트 무도회장에서 춤을 추었다. 민족 특유의 습관을 버리지 못한 영국인들은 주말이면 사무실 문을 걸어 잠그고 콜리우르의 해변으로 달려가 해수욕과 일광욕을 즐기거나 피레네산맥으로 소풍을 갔다.

하지만 그들이 이 매력적인 환경에 들어와 있는 이유는 따로 있었다. 바로 난민촌이었다. 린다는 매일 같이 여러 수용소를 돌아다녔고, 그럴 때마다 실의에 잠겼다. 스페인어를 모르니 사무실 업무에 별 도움이 되지 못했고, 음식의 열량을 모르니 아이들을 돌봐줄 수도 없었다. 대신 운전을 맡은 그녀는 포드 화물차에 물품이나 난민을 가득 싣고 도로를 달리거나 수용소를 오가며 메시지를 전달하곤 했다. 때로는 특정 인물을 넘겨받기 위해 그 사람의 수속이 끝날 때까지 몇 시간씩 차에서 대기하기도 했다. 그러고 있으면 순식간에 사내들이 무리를 이루어 그녀를 둘러싸고는 후두음이 강조된 프랑스어로 말을 걸어왔다. 이 무렵 수용소는 상당히 잘 정비돼 있었다. 질서 정연하지만 음산해 보이는 오두막들이 늘어섰고, 수용자들은 정기적으로 식사를 제공받았다. 맛은 기대할 수 없어도 목구멍에 풀칠은 할 수 있었다. 그러나 철조망으로 여자들과 분리된 수천 명의 젊고 건강한 남자들이 매일 하는 일도 없이 울적하게 지내고 있다는 건 린다에게 있어서 반복되는 고문이나 다름없었다. 이제 그녀는 매튜 이모부의 말처럼 외국은 정말로 말도 못 하게 살벌해서 얼마든지 그런 일들이 벌어질 수 있고, 외국인들은 서로에게 그런 일을 가하는 악귀일지도 모른다는 생각이 들기 시작했다.

어느 날, 평소처럼 화물차에 앉아 스페인 남자들에게 둘러싸여 있는데 누군가의 목소리가 들려왔다.

"린다, 도대체 여기서 뭐 하는 거야?"

다름 아닌 맷이었다.

마지막으로 봤을 때보다 열 살은 더 나이가 들어 보이는 그는 눈부신 미남으로 자라 있었다. 구릿빛 얼굴 위에서 래들릿 집안 특유의 푸른 눈동자가 형형히 빛났다.

"누나를 여러 번 봤어." 맷이 말했다. "집에서 보낸 줄 알고 계속 피해 다녔는데, 나중에 들어보니 그 크리스천이라는 사람이랑 부부라고 하더라고. 그 남자 때문에 토니한테서 도망친 거야?"

"그래. 깜짝 놀랐잖아, 맷. 난 네가 진즉에 영국으로 돌아갔을 줄 알았어." 린다가 말했다.

"그럴 리가. 보다시피 난 장교야. 당연히 부하들과 함께 있어야지."

"네가 무사한 건 엄마도 알아?"

"응, 말했어. 크리스천이 내 편지를 제대로 부쳐줬다면 말이지."

"아마 아닐걸. 그 사람은 평생 편지 같은 걸 부쳐본 적이 없어. 재미있는 사람이야. 나한테 왜 얘기를 안 했을까."

"몰랐을 거야. 가짜 이름으로 친구한테 보내서 우리 집에 전달해 달라고 했거든. 내가 여기 있는 걸 영국에선 아무도 모르게 하려고. 어떻게든 나를 집으로 데려가려고 할 테니까. 뻔하지."

"크리스천은 안 그랬을 거야. 사람은 반드시 자기가 원하는 일을 하며 살아야 한다는 주의거든. 그런데 너 너무 말랐다, 맷. 뭐 필요한 거 없니?" 린다가 물었다.

"응, 담배 몇 갑이랑 추리소설 두어 권." 맷이 말했다.

그날 이후로 린다는 매일 같이 맷을 만나러 갔다. 크리스천에게 말했더니 그는 마지못해 툴툴대며 말했다. "세계 대전이 시작되기 전에는 여기서 내보내야지. 내가 알아서 할게."

린다는 부모님께 편지로 이 소식을 알렸다. 그러자 세이디 이모에게서 옷 꾸러미가 날아왔고, 맷은 수령을 거부했다. 데이비가 보내온 소포에는 비타민 약병이 한가득 들어 있어서 차마 맷에게 보여주지도 못했다. 맷은 쾌활했고, 농담을 자주 했으며, 활기가 넘쳤다. 물론 크리스천이 지적했듯이 어쩔 수 없이 수용소에 머무는 것과 그것이 옳은 일이라는 생각에 남아 있는 건 전혀 다른 이야기였다. 하지만 어찌 됐든 래들릿 가족에게 쾌활함은 일상과도 같은 것이었다.

이곳 사람들의 유일한 희망은 선박이었다. 배를 타고 지옥에서 빠져나갈 수 있는 건 겨우 몇천 명으로, 전체 난민의 극히 일부에 불과했다. 그래도 이곳에서 구출된 사람들은 밝고 행복한 미래를 꿈꾸며 더 나은 세상으로 나아갈 수 있었다.

화물차를 운전할 때가 아니면 린다는 객실 배치 작업에 힘을 쏟았고, 여러 번의 수정을 거쳐서 승선 날짜에 맞춰 완성했다.

마침내 찾아온 운명의 날에, 린다를 제외한 영국 사람들은 모두 세트 항구로 향했다. 런던에서 이 사업을 후원한 국회의원 두 명과 공작부인 한 명도 자신들이 거둔 결실을 보고자 동행했다. 린다는 버스를 타고 아르헬레스로 가서 맷을 만났다.

“스페인 상류층은 정말 이상해. 자기네 국민을 돕는 데 손가락 하나 까딱 안 하고 우리 같은 외국인에게 전부 떠맡기다니." 그녀가 말했다.

"누나는 파시스트들을 몰라서 그래." 맷이 음울한 목소리로 말했다.

"어제 공작부인을 데리고 바르카레스를 둘러보고 왔거든. 음, 그런데 왜 영국 공작부인일까 싶더라고. 스페인에는 공작부인이 없나? 그러고 보니 왜 페르피냥에서 일하는 건 영국인밖에 없지? 런던에서 알던 스페인 출신들이 꽤 있는데, 그런 사람들이 와서 힘을 보태주면 좀 좋아? 얼마나 큰 도움이 되겠어. 다들 스페인어도 할 줄 알 텐데 말이야."

"외국인은 죄다 악귀라던 아빠 말에 일리가 있어." 맷이 말했다. "적어도 상류층에 한해서는 말이야. 여기 있는 친구들은 다 훌륭한 헌즈야. 내가 보장해."

"흠, 영국인이라면 동포의 곤경을 모르는 체하진 않을 거야. 설령 다른 당에 속해 있어도 말이야. 이건 정말 부끄러운 일이야."

크리스천과 로버트는 기분 좋게 세트 항구에서 돌아왔다. 탑승은 순조롭게 이루어졌고, 배에 탄 지 삼십 분 만에 태어난 아기에게는 엠바르카시온(승선)이라는 이름이 붙여졌다. 크리스천은 이런 종류의 말장난을 매우 좋아했다. 로버트가 린다에게 물었다.

"선실 배정표를 만들 때 특별한 기준이 있었나요? 어떤 식으로 안배한 거예요?"

"왜요? 무슨 문제라도 있었나요?"

"완벽했어요. 한 사람도 빠짐없이 자기 자리를 찾아갔죠. 그저 상등실을 어떤 방식으로 배정했는지 궁금해서 물어본 거예요. 순수한 호기심에서요."

"글쎄요, 저는 그냥 카드에 래브라도Labrador라고 적힌 사람들에게 제일 좋은 선실을 줬어요. 어릴 때 래브라도를 한 마리 키웠는데 정말 멋진 녀석이었거든요. 얼마나 사랑스러웠는지 몰라요." 린다가 말했다.

"아." 로버트가 진지한 목소리로 말했다. "이제 모든 게 설명이 됐네요. 래브라도는 스페인어로 노동자라는 뜻이에요. 그럼 당신의 기준에 따라(그나저나 아주 민주적인 방식이었어요) 농장 일꾼들은 모두 호화로운 객실을 만끽하고, 지식인들은 널빤지에 누워 있겠군요. 너무 똑똑하게 굴면 안 된다는 교훈이 됐겠어요. 아주 잘했어요, 린다. 우리 모두 당신에게 진심으로 감사하고 있어요."

"정말 사랑스러운 래브라도였어요." 린다가 추억에 젖어 말했다. “당신도 봤으면 좋았을 텐데. 애완동물을 키우던 때가 너무 그리워요.”

“거머리라도 한 마리 들여놓는 걸 추천드릴게요.” 리처드가 말했다.

페르피냥에는 약국 진열창에 거머리가 든 병을 놓아두는 풍속이 있었다. 타자로 친 공지문도 함께 붙어 있었다.

거머리가 병을 기어오르면 날씨가 좋고,
밑으로 내려가면 폭풍이 몰려옵니다.

“그것도 나쁘진 않지만, 왠지 거머리는 인간에게 정을 안 줄 것 같아요. 온종일 날씨만 생각하면서 오르락내리락하는데 인간이랑 놀아줄 시간이 어디 있겠어요.” 린다가 말했다.

16

크리스천이 라벤더 데이비스와 사랑에 빠진 걸 알게 됐을 때 정말로 기분이 나빴는지, 만약 그랬다면 어느 정도였는지, 훗날 린다는 조금도 기억하지 못했다. 당시의 감정이 도무지 떠오르지 않는다고 했다. 자존심이 상한 것도 있었겠지만, 린다는 열등감이 거의 없는 사람이라 그런 면에서 다른 여자들보다 상처를 덜 받았을 것이다. 그보다 토니로부터 도망친 지난 이 년의 세월이 결국 무위로 돌아갔다는 걸 처절히 깨닫지 않았을까. 그렇다고는 해도 과연 가슴이 찢어질 듯 아팠을까? 그럼에도 여전히 크리스천을 사랑했을까? 남들처럼 쓰라린 질투심에 시달렸을까? 나는 아니라고 본다.

한편으로 그것은 치욕스러운 패배이기도 했다. 라벤더는

어린 시절까지 거슬러 올라가면 벌써 오랜 세월 동안, 래들릿 가족이 보기에 낭만과는 거리가 먼 사람의 전형이었다. 그녀는 열정적인 소녀 단원이자 하키 선수였고, 학교에서는 우등생이었으며, 나무를 타는 것도 모자라 두 다리를 벌리고 말을 탔다. 사랑 같은 건 꿈도 꿔본 적이 없었다. 그런 감정은 분명 그녀의 사상과 한참 동떨어진 것이었다. 그처럼 자그마한 불꽃조차 존재하지 않는 삶을 상상할 수 없었던 루이자와 린다는 라벤더를 위한 로맨스를 지어내곤 했다. 상대는 라벤더의 학교 체육 선생님이나 멀린퍼드에 사는 심슨 박사였다(후자는 루이자가 엉터리 운율로 꾸며낸 거였다. "그는 의사이자 왕의 대변인인데, 라벤더는 그를 사랑하지만 그 사람은 너를 사랑하는 거야."). 그 시절부터 라벤더는 간호사와 복지사가 되기 위한 훈련을 받았고, 법학과 정치 경제학 과정을 밟았다. 린다의 눈에는 마치 그녀가 크리스천에게 어울리는 짝이 되려고 그 모든 일을 해낸 것 같았다. 그 결과 현재의 환경에서 본인의 능력에 차분하고 확실한 자신감을 지닌 라벤더가 무능한 린다를 손쉽게 제쳐버렸다. 애초에 경쟁조차 되지 않는 압승이었다.

린다가 엿본 그들의 사랑은 조금도 음탕하지 않았다. 입을 맞추는 순간을 포착했다든지 둘이 침대에 누워 있는 현장을 목격한 게 아니었다. 그것은 훨씬 더 미묘하고, 훨씬 더 위험했다. 두 사람이 서로에게서 완전한 행복을 찾았으며, 크리스천은 오로지 라벤더를 통해 업무상 위안과 격려를 얻는다는 사실을 린다는 시간이 갈수록 더욱 확신하게 되었다. 그는 이제 이곳에서의 활동에 마음과 영혼을 모두 빼앗긴 상태였다. 다른 생각을 할 겨를도 없었고, 한시도 긴장의 끈을 놓지 않았다. 라벤더에게 의존한다는 것은 곧 린다를 완벽하게 배제한다는 뜻이었다. 린다는 어찌해야 좋을지 확신이 서지 않았다. 크리스천과 허심탄회하게 이야기하는 건 불가능했다. 확실한 증거는 아무것도 없었다. 혹시 있다 하더라도 그런 방법은 린다의 성격에 맞지 않았다. 그녀는 고성이 오가는 걸 세상 무엇보다 두려워했고, 크리스천이 자신을 택하리라는 환상을 품고 있지도 않았다. 토니와 친딸을 너무 쉽게 버린 일로 크리스천이 내심 자신을 멸시한다 느꼈고, 그가 자신의 세계관을 어리석고, 유치하고, 얄팍하게 여긴다고 생각했다. 그가 좋아하는 건 진지하고 교육받은 여성, 더 나아가 복지 분야의 전문가, 그러니까 라벤더였다. 이런 말을 그의 입으로 듣고 싶지는 않았다. 한편으로는 크리스천과 라벤더가 둘이서 도망치기 전에 자신이 먼저 페르피냥을 떠나야 한다는 생각도 들었다. 두 사람이 손잡고 또 다른 비참한 인간들을 찾아 세상을 누비고 다니리라는 예감이 머릿속을 떠나지 않았다. 이미 로버트나 랜돌프와 있을 때도 곤혹스러운 적이 한두 번이 아니었다. 두 사람은 분명 린다를 불쌍히 여기고, 크리스천이 늘 라벤더와 붙어 있다는 사실을 그녀가 눈치채지 못하도록 교묘하게 말을 지어냈다.

그러던 어느 날 오후, 호텔 침실에서 멍하니 창밖을 내다보던 린다는 크리스천과 라벤더가 사디 카르노 강변으로 걸어가는 모습을 보게 되었다. 서로에게 완전히 몰입한 두 사람은, 함께라는 사실에 더할 나위 없이 흐뭇해하며 행복감을 내뿜고 있었다. 그 순간 린다는 어떤 충동에 사로잡혀 그것을 실천에 옮겼다. 그녀는 짐을 챙긴 다음, 서둘러 크리스천에게 편지를 썼다. 이 결혼이 실패라는 걸 깨달았기에 그의 곁을 영영 떠난다는 내용이었다. 다만 나 대신 맷을 보살펴 달라고 부탁했다. 그리고 마지막으로 이런 추신(여자들의 불치병)을 달아 퇴로를 차단해 버렸다.

당신은 라벤더와 결혼하는 게 나을거야.

그러고 나서 짐을 들고 택시에 올라 파리행 야간열차를 탔다.

이번 여행길은 참담했다. 어찌 됐든 크리스천에게 깊은 애정을 품었기에, 기차가 역을 떠나자마자 린다는 자신이 어리석고 옹졸했던 게 아닌지 자문하기 시작했다. 어쩌면 그는 공통의 관심사 때문에 일시적으로 라벤더에게 호감을 느꼈을 뿐이고, 런던에 돌아가면 그런 마음이 바로 사라질 수도 있었다. 아니면 실은 그 정도의 감정이 아니었을지도 모른다. 단순히 일 때문에 라벤더와 항상 붙어 있는 걸 수도 있었다. 그가 린다에게 무심한 건 어제오늘 일이 아니었다. 처음 살림을 합쳤을 때부터 그랬으니 딱히 새로울 것도 없었다. 편지를 쓰지 말 걸 그랬다는 후회가 밀려왔다.

귀국용 승차권은 있어도 현금은 얼마 없었다. 기차에서 저녁을 먹고, 다음 날 먹을거리를 사고 나면 끝이었다. 린다는 프랑스 돈을 파운드와 실링, 펜스로 변환해야 얼마인지 가늠이 됐다. 지금 가진 돈은 18실링 8펜스 정도여서 침대칸은 꿈도 못 꾸었다. 밤새 앉아서 가는 기차 여행은 처음이었는데, 정말 끔찍한 경험이었다. 지독한 열병을 앓는 것처럼 고통스러워서 매시간이 한 주보다 길게 느껴졌다. 이런

저런 생각을 해봤자 아무런 위안이 되지 않았다. 그녀는 지난 이 년간의 삶을 갈가리 찢어버렸다. 크리스천과의 관계에 쏟아부었던 많은 것들을 휴지 조각처럼 내던졌다. 결국엔 이런 결과를 맞이할 거면서, 좋든 싫든 원래 남편이었던 토니와 아이 곁을 떠났단 말인가? 자신이 의무를 다해야 했던 건 그 사람들이라는 사실을 린다도 알고 있었다. 그녀는 우리 어머니를 떠올리곤 몸을 부르르 떨었다. 이제 자신도 그토록 경멸했던 삶, 즉 야생마의 삶을 살게 되는 건 아닌지 두려워졌다.

런던에 돌아간다고 한들 뾰족한 수가 있는 것도 아니었다. 작은 집만이 먼지투성이가 된 채 그녀를 기다리고 있을 뿐이었다. 어쩌면 크리스천이 뒤따라와서 린다가 자신의 여자라고 주장할지도 모른다는 생각이 들었다. 하지만 사실은 그가 올 리 없으며, 자신은 그의 여자가 아니고 이대로 끝이라는 걸 알고 있었다. 크리스천은 모든 사람이 타인의 간섭없이 본인이 원하는 대로 살아야 한다고 진심으로 믿었다. 그가 자신을 좋아했다는 건 린다도 알았다. 그러나 자신에게 실망했다는 것도 알았다. 먼저 헤어지자는 말을 꺼내지는 않아도, 린다가 이별을 고했다고 그리 안타깝게 여기지도 않을 것이다. 얼마 안 가 그의 머릿속에는 새로운 계획이 생겨날 터였다. 어디에 사는 누구이든 군집을 이룬 사람들이 커다란 고통을 겪고 있다면, 그 고통받는 인간들을 위해 무슨 계획이든 세워야 직성이 풀릴 테니까. 그렇게 되면 그는 린다를 잊을 것이고, 라벤더까지 잊어버릴지도 모른다. 애초에 그런 사람들이 없었던 것처럼. 크리스천은 사랑에 대한 열정이 없었다. 그에게는 다른 관심사와 다른 목표가 있었다. 지금 어떤 여자와 함께 살고 있는지는 조금도 중요하지 않았다. 그의 본성에 일종의 잔인함이 숨어 있다는 걸 린다는 알았다. 그는 린다가 한 행위를 용서하지 않을 것이고, 마음을 돌리라고 설득하지도 않을 것이다. 확실히 그에게는 그럴 이유가 없었다.

기차가 어둠 속을 달리는 동안, 린다는 그다지 성공적이었다고 볼 수 없는 지금까지의 삶을 되돌아보았다. 찬란한 사랑도, 찬란한 행복도 찾지 못했고, 다른 사람에게 그런 것들을 선사하지도 못했다. 두 명의 남편에게 그녀와의 이별은 치명타가 아니었을 것이다. 오히려 그들은 크게 안도하며, 여러 면에서 린다보다 더 잘 맞고 애정이 가는 정부에게 몸을 기댈 터였다. 남자의 사랑과 욕망을 영원히 독차지할 수 있는 소질이라는 게 있다면, 린다에게는 그것이 없는 게 분명했다. 이제 그녀는 아름답지만 남편 없는 여자로서 외롭고 두려운 삶을 살게 되었다. 죽음 후에도 계속될 사랑은 과연 어디에 있는 것일까? 지금껏 얼마나 젊음을 낭비했단 말인가. 잃어버린 소망과 이상 때문에, 더 솔직히는 자기 연민 때문에 눈물이 뺨을 타고 흘러내렸다. 같은 객차에 탄 뚱뚱한 프랑스인 세 명은 코를 골며 자고 있었다. 그녀는 혼자 흐느껴 울었다.

그 여름날 아침에 기차가 파리 북역으로 향하는 동안, 슬프고 피곤한 가운데서도 린다는 파리의 아름다움에 마음을 빼앗겼다. 이른 아침의 파리는 활기차고 분주했으며, 맛있는 음식에 대한 기대감과 커피와 크루아상이 발산하는 특유의 긍정적인 향기가 감돌았다.

파리 사람들은 오늘도 만족스러운 하루가 펼쳐지리라는 확신 속에 새날을 맞이했다. 가게 주인들은 장사가 잘되기를 바라며 조용히 블라인드를 올렸고, 직장인들은 발걸음도 가볍게 출근했으며, 밤새 나이트클럽에 앉아 있던 사람들은 즐거이 휴식을 취하러 갔다. 자동차 경적과 전차가 덜컹거리는 소리, 교통 경찰관의 호루라기 소리가 새로운 연주를 준비하는 교향악단처럼 악기를 조율하고 있었다. 어디를 돌아봐도 기쁨이 넘쳐났다. 이러한 기쁨, 이러한 삶, 이러한 아름다움 때문에 가엾은 린다의 피로와 슬픔이 더욱 두드러지는 일은 없었다. 린다는 이러한 것들을 느끼면서도 거기에 속해 있지 않았다. 그녀는 자신에게 익숙한 런던으로 생각을 돌렸다. 지금 무엇보다 그리운 건 자신의 침대였다. 상처 입은 짐승이 자기 굴로 기어들어 갈 때와 같은 심정이었다. 린다는 그저 자기 침대에서 아무런 방해도 받지 않고 잠을 자고 싶었다.

그러나 파리 북역에서 귀국용 승차권을 제시했을 때, 승무원은 몰인정하게도 큰소리로 화를 내며 표가 만료됐다고 했다.

"여길 봐요, 부인. 5월 29일까지죠. 오늘은 30일이잖아요. 그러니까……!"

그는 과장되게 어깨를 으쓱했다.

린다는 공포에 질려 그대로 얼어붙었다. 18실링 6펜스는 이제 6실링 3펜스로 줄어들어서 한 끼 식사도 해결할 수 없었다. 파리에 아는 사람도 없는데, 어떻게 해야 할지 눈앞이 깜깜했다. 너무 지치고 배가 고파서 생각을 똑바로 할 수가 없었다. 좌절의 여인상처럼 제자리에 우뚝 서 있을 뿐이었다. 좌절의 여인상 옆에서 기다리다 지쳐버린 짐꾼은 그녀에게 받았던 짐을 발치에 내려놓고 투덜거리며 떠났다. 린다는 짐가방에 몸을 묻고 울기 시작했다. 이렇게 비참한 일은 난생처음이었다. 그녀는 복받치는 설움에 오열을 터뜨렸다. 파리 북역에서는 우는 여자를 보는 게 흔한 일인지, 사람들은 본체만체 그녀의 앞뒤로 지나갔다.

"악귀들! 저런 악귀들!" 린다는 흐느끼며 중얼거렸다. 애당초 왜 아버지의 말을 듣지 않았을까. 왜 이런 살벌한 외국에 나왔을까. 누가 그녀를 도와주겠는가. 런던의 사교계는 기차역에서 오도 가도 못하게 된 여인들을 도와주었다. 하지만 여기서는 남미로 가는 배에 팔아버릴지도 모르는 일이었다. 당장 지금이라도 친절해 보이는 노파가 다가와 주사를 놓으면 그녀는 이 세계에서 영영 사라질지도 모른다.

그러다가 퍼뜩 정신을 차린 린다는 옆에 누군가 서 있다는 사실을 깨달았다. 노파가 아니라 검은 중절모를 쓴, 키가 작고 체격이 다부지며 피부가 까무잡잡한 프랑스 남자였다. 그는 웃고 있었다. 린다는 신경 쓰지 않고 계속 울었다. 그녀의 울음이 격해질수록 사내의 웃음소리도 커졌다. 린다는 이제 자기 연민이 아니라 분노의 눈물을 흘리기 시작했다.

마침내 그녀가 입을 열었다. 최대한 사납게 호통치려 했지만, 손수건 너머로 새어 나온 건 덜덜거리는 쉰 소리였다.

"저리 꺼져요."

남자는 대답 대신 그녀의 손을 잡고 일으켰다.

"안녕하십니까." 그가 인사했다.

"저리 가주시겠어요?" 린다가 미심쩍어하며 프랑스어로 말했다. 그녀에게 관심을 보이는 사람이 한 명 생긴 것이다. 하지만 다시 남미 생각이 떠올랐다.

"말해두겠는데, 난 백인 매춘부가 아니에요. 상당히 명망 있는 영국 지주의 딸이라고요." 린다가 말했다.

그러자 프랑스인은 박장대소를 터뜨렸다.

"그건 셜록 홈스가 아니라도 알겠는데요." 그는 어린 시절부터 영어를 사용한 것처럼 완벽한 초기 영국식 영어로 말했다.

린다는 도리어 짜증이 났다. 영국 여성이라면 해외에서 자신의 국적과 미덕에 자부심을 느끼되, 그것이 너무 뚜렷하게 드러나는 건 꺼리기 마련이었다.

그가 계속 말을 이어갔다. "부티가 흐르는 유형의 프랑스 여성들은 이른 아침부터 파리 북역에서 짐가방에 주저앉아 울지 않거든요. 그리고 백인 매춘부들은 보호자가 항상 붙어 있죠. 그런데 지금 당신은 보호받지 못하고 있다는 게 너무나 명백하잖아요."

듣자 하니 옳은 말 같아서 린다는 마음이 진정되었다.

"그럼 제가 점심을 대접하기로 하죠. 하지만 그 전에 당신은 먼저 목욕을 하고 조금 쉬다가, 얼굴에 얼음찜질을 하는 게 좋겠어요." 그가 말했다.

그리고 그녀의 짐을 챙겨 택시가 있는 쪽으로 걸어갔다.

"자, 타세요."

린다는 차에 올랐다. 부에노스아이레스로 가는 게 아니라는 확신은 없었지만, 왠지 모르게 그의 말을 따르게 되었다. 저항할 힘이 남아 있지 않을뿐더러 뾰족한 대안도 없었다.

"몽탈랑베르 호텔이요." 그가 택시 운전사에게 말했다. "바크 거리에 있는 거요. 죄송합니다, 부인. 리츠 호텔로 모시지 못해서요. 하지만 오늘 아침 당신의 기분에는 몽탈랑베르 호텔이 더 잘 맞을 것 같네요."

린다는 자기 좌석에 똑바로 앉아 단정한 표정을 유지하려 애썼다. 적절한 화젯거리가 떠오르지 않아서 침묵을 지키기로 했다. 동승자는 엄청 흥이 나는지 조그맣게 콧노래를 흥얼거렸다. 호텔에 도착하자, 그는 린다를 위해 방을 잡고 승강기 운전사에게 그녀의 안내를 부탁한 다음, 호텔 관리인에게 그녀의 방으로 카페 콩플레✿를 올려보내 달라고 하더니, 린다의 손에 입을 맞추며 말했다.

"이따가 보죠. 한 시 조금 안 돼서 모시러 올게요. 그때 같이 점심 먹으러 나가요."

린다는 목욕을 하고 아침을 먹은 다음 잠자리에 들었다. 전화벨이 울렸을 때는 너무 깊이 잠이 들어서 깨어나는 데 애를 먹었다.

"한 신사분이 찾으십니다, 부인."

"지금 바로 내려갈게요."

말은 이렇게 했지만, 외출 준비를 하는 데 삼십 분 가까이 걸렸다.

✿ 커피와 빵을 곁들인 식사.

17

"아! 절 기다리게 하시는군요." 그가 린다의 손에 키스하며 말했다. 아니, 정확히는 그녀의 손을 자기 입술 쪽으로 들어 올리다가 툭 떨어뜨리며 말했다. "그건 아주 좋은 징조예요."

"무슨 징조요?" 린다가 물었다. 그리고 그가 호텔 밖에 대기시켜 놓은 2인승 승용차에 올랐다. 린다는 자신의 본래 모습으로 돌아간 기분이었다.

"아, 이것저것이요." 그가 클러치를 넣으며 말했다. "우리 연애가 행복하고 오래오래 갈 거라는 전조라고나 할까요."

린다는 영국인답게 뻣뻣하게 굳으며 당황스러워하다가, 무안한 듯이 말했다.

"우린 연애하는 게 아니에요."

"난 파브리스라고 해요. 당신 이름을 물어봐도 될까요?"

"린다예요."

"린다. 예쁜 이름이네요. 나랑 연애하면 보통 오 년은 가요."

그 남자와 함께 식당에 도착하자, 그들은 특별 대우를 받으며 붉은 천이 깔린 구역의 테이블로 안내되었다. 그는 속사포 같은 프랑스어로 식사와 와인을 주문했다. 솔직히 린다로서는 알아듣기 힘든 말이었다. 주문을 마친 그는 자기 무릎에 손을 얹더니 그녀를 돌아보며 말했다.

"자, 이제 이야기를 해봐요."

"무슨 이야기요?"

"흠, 당연히 그 이야기죠. 당신을 짐가방에 파묻혀 울게 만든 사람이 누구죠?"

"그 사람이 울린 게 아니에요. 내가 그를 떠났죠. 두 번째 남편이에요. 그의 곁을 떠나왔어요. 그가 다른 여자와 사랑에 빠졌거든요. 사회복지사하고요. 그게 뭔지 모르시겠죠. 프랑스에는 그런 직업이 없을 테니까. 그냥 모든 걸 더 악화시키는 사람들이에요."

"두 번째 남편을 떠난 이유로는 굉장히 새삼스럽네요. 그전 남편을 겪어봤으니 다른 여자와 사랑에 빠지는 게 남편들의 속성이라는 걸 알고 있었을 텐데요. 뭐 그렇다고 해도 기분 좋은 일은 아니죠. 이해할 수 있어요. 그런데 왜 짐가방에서? 왜 기차에 올라타 명망 있는 영주인 아버지에게 돌아가지 않고요?"

"귀국용 승차권의 유효기간이 지났다는 걸 알기 전까진 나도 그러려고 했죠. 가진 돈은 6실링 3펜스뿐이고, 파리에는 아는 사람 하나 없고, 죽을 만큼 피곤하고. 그래서 울었어요."

"두 번째 남편은요? 왜 그 사람한테 돈을 빌리지 않고요? 혹시 남편 베개 위에 메모만 남겨두고 왔어요? 여자들은 소설에나 나올 법한 그런 일을 꼭 저지르고야 말잖아요. 그러고 나면 창피해서 다시 돌아갈 수도 없죠."

"음, 아무튼 그 사람은 페르피냥에 있어서 돈을 빌릴 수도 없었어요."

"아, 페르피냥에서 왔군요. 하느님 맙소사, 대체 그런 데는 뭘 하러 갔던 거예요?"

"우리는 하느님의 이름으로 당신네 프랑스인들이 불쌍한 스페인 사람들을 괴롭히지 못하게 하러 왔어요."

"스-페-인 사람들! 우리가 그들을 괴롭힌다고요?"

"지금은 많이 나아졌지만, 처음에는 정말 심했어요."

"그럼 우리가 그들에게 어떻게 해야 했을까요? 우리가 와 달라고 한 게 아니잖아요."

"당신들은 그들을 난민촌에 몰아넣고 그 모진 바람 속에서 몇 주 동안 대피소 하나 지어주지 않았어요. 수백 명이 목숨을 잃었죠."

"50만 명에게 즉각적으로 대피소를 제공하는 건 쉬운 일이 아니에요. 우린 할 수 있는 만큼 했어요. 음식을 보급했잖아요. 실제로 그들 중 대부분이 아직 살아 있어요."

"여전히 난민촌에 갇혀 있죠."

"친애하는 린다, 그런 사람들을 돈 한 푼 없이 시골에 풀어놓으면 어떤 일이 벌어지겠어요? 상식적으로 생각해 봐요."

"파시즘과의 전쟁에 참여시키면 되잖아요. 당장 전쟁이 언제 터질지 모르는데."

"실상을 알면 당신도 그렇게 화를 내진 못할 거예요. 다가올 독일과의 전쟁에서 우리 군인들이 사용할 장비도 모자라는 형편이에요. 그리고 언제 터질지 모르는 게 아니라 아마도 추수가 끝난 후, 그러니까 8월일 거예요. 이제 당신 남편들 얘기나 좀 더 해봐요. 그쪽이 훨씬 더 재미있으니까요."

"딱 두 명이었어요. 첫 남편은 보수주의자, 두 번째 남편은 공산주의자였죠."

"내가 생각한 그대로네요. 첫 남편은 부자였고, 두 번째 남편은 가난했겠죠. 당신에게 부유한 남편이 있었다는 건 한눈에 알아봤어요. 화장품 상자와 모피 코트로요. 비록 코트 색상이 흉하고, 팔에 걸려 있는 걸 보면 형태까지 흉할 게 틀림없지만요. 어쨌든 밍크코트는 부자 남편의 흔적이죠. 그런데 지금 입고 있는 그 끔찍한 리넨 정장에는 온통 기성품이라고 쓰여 있어요."

"무례하시군요. 이건 상당히 예쁜 옷이에요."

"그리고 작년 거고요. 요즘 재킷은 점점 길어지고 있죠. 제가 옷을 좀 사드릴게요. 잘 차려입으면 당신도 꽤 아름다워 보일 거예요. 눈이 작은 게 흠이긴 하지만요. 파란색인 건 좋은데, 너무 작아요."

"영국에선 저도 미인 소리를 듣거든요." 린다가 발끈했다.

"뭐, 예쁜 구석이 있긴 하죠."

이처럼 유치한 대화가 끝없이 이어졌지만, 그것은 그저 표면적인 일이었다. 린다는 여태껏 어떤 남자에게도 느껴본

적 없는 육체적 매력에 압도되었다. 정신이 혼미해질 지경이어서 덜컥 겁이 났다. 두 사람이 어디까지 갈지 파브리스가 확신하고 있다는 게 린다의 눈에도 훤히 보였다. 자기 자신도 그것을 자명한 일로 여긴다는 점이 린다를 더욱 공포스럽게 했다. 가벼운 남녀 관계를 그토록 꺼리고 경멸했던 자신이 어떻게 낯선 외국인에게 낚여서, 그것도 만난 지 겨우 한 시간 만에 그와 침대에 들어가기를 간절히 바라고 또 바랄 수 있단 말인가. 심지어 그는 잘생기지도 않았다. 프랑스의 아무 길거리에서나 볼 수 있는 중절모를 쓴 까무잡잡한 남자였다. 하지만 그녀를 바라보는 눈빛에 여자의 마음을 무장 해제시키는 무언가가 있었다. 린다는 몹시 경악스러웠지만, 동시에 극도로 흥분했다.

식사를 마친 후, 두 사람은 눈부신 햇살 속으로 걸어 나갔다.

"우리 집에 같이 가요." 파브리스가 권했다.

"전 파리를 구경하고 싶어요." 린다가 말했다.

"파리를 잘 아시나요?"

"평생 처음 와보는 거예요."

파브리스는 진심으로 놀랐다.

"처음이라고요?" 믿기지 않는다는 투였다. "그런데 제가 안내를 맡게 되다니 영광이군요. 보여드릴 게 아주 많아서 몇 주는 걸릴 거예요."

"안타깝지만 저는 내일 영국으로 돌아갈 거라서요." 린다가 말했다.

"아, 그러시겠죠. 그럼 오늘 오후 중으로 다 봐야겠네요."

그들은 천천히 차를 몰고 몇몇 거리와 광장을 돌아본 후, 볼로뉴 숲에 들어가 산책을 했다. 린다는 파리에 온 지 얼마 안 됐다는 사실이 믿어지지 않았다. 눈물이 빚어낸 아침 안개를 뚫고 밝은 전망이 펼쳐진 것이 고작 몇 시간 전이었다.

"이런 도시에 살다니 당신은 정말 운이 좋네요. 여기선 누구도 불행할 수 없을 것 같아요." 린다가 파브리스에게 말했다.

"충분히 불행할 수 있어요. 파리에서는 감정이 증폭되거든요. 다른 곳에서보다 더 행복할 수도 있지만, 더 불행할 수도 있죠. 하지만 기쁨의 원천인 도시인 것만은 틀림없어요. 이 도시를 떠나야만 하는 파리지앵만큼 비참한 사람은 또 없을 거예요. 이곳이 아닌 다른 세상은 참을 수 없을 만큼 차갑고 암울해서 살아갈 가치가 없으니까요." 그가 격앙

되어 말했다.

볼로뉴 숲의 야외 카페에서 차를 마신 후, 그들은 느긋하게 파리 시내로 돌아왔다. 파브리스는 보나파르트 거리의 어느 오래된 아파트 앞에 차를 세우더니 다시 한번 권유했다.

"우리 집을 보고 가요."

"아뇨, 안 돼요." 린다는 거절했다.

"이쯤에서 제가 정숙한 여인이라는 걸 짚고 넘어가야겠어요."

파브리스가 특유의 박장대소를 터뜨렸다.

"아." 그가 웃느라 몸을 마구 흔들어 대며 말했다. "정말 재미있는 사람이군요. 정숙한 여인이라니, 그런 표현은 어디서 배웠어요? 그리고 그렇게 정숙한데 어떻게 두 번째 남편이 생긴 거죠?"

"그래요, 그건 제가 잘못했어요. 아주 큰 잘못이었죠. 엄청난 실수를 저지른 거예요. 하지만 그렇다고 모든 걸 버리고 나락으로 떨어질 수는 없어요. 파리 북역에서 낯선 신사들을 만날 때마다 그대로 아파트까지 따라갈 수는 없다고요. 그리고 부탁인데, 부디 친절을 베풀어 제게 돈을 좀 빌려주세요. 내일 아침 기차로 런던에 돌아가고 싶어요."

"그럼요. 얼마든지요." 파브리스가 말했다.

그는 린다의 손에 지폐를 한 뭉치 쥐여 주고, 몽탈랑베르 호텔까지 데려다주었다. 그리고 린다가 한 말에는 아랑곳없이, 여덟 시에 다시 올 테니 그때 저녁을 먹으러 나가자고 했다. 린다의 객실 안은 장미로 가득 차 있었다. 꼭 모이라가 태어났을 때 같았다.

'세상에.' 린다는 낄낄거리며 생각했다. '이런 싸구려 소설 같은 방법으로 유혹하다니. 내가 이런 데 넘어갈 줄 아나?'

그러면서도 기이하고 야성적인 낯선 행복감으로 가슴이 부풀었다. 이건 분명 사랑이었다. 인생에서 두 번이나 다른 것을 사랑으로 착각했었다. 길거리에서 친구를 봤다고 생각해서 휘파람을 불고 손을 흔들며 쫓아갔는데, 그 친구가 아니었고 심지어 별로 닮지도 않은 상황과 비슷했다. 얼마 후 진짜로 그 친구가 나타나면, 아까는 어떻게 다른 사람을 이 친구로 착각했는지 도저히 이해가 안 가는 것이다. 지금 린다는 사랑의 참모습을 마주하고 있었다. 본인도 그 사실을 알았지만 그래서 더 두려웠다. 사랑이 이렇게 우연히, 연속된 우발적 사건들에 의해 시작되다니. 그녀는 두 남편과 처음 사랑에 빠졌을 때를 기억해 보려 했다. 그때도 당연히 강렬하고 압도적인 감정을 느꼈을 터였다. 두 번 모두 그 남자들과 결혼하기 위해 기존의 삶을 뒤엎고, 부모와 친구들의 속을 무진장 썩였는데도 좀처럼 기억이 나지 않았다. 언제나 사랑을 갈망했음에도 지금과 같은 감정은 꿈에서조차 맛본 적이 없다는 사실을 본인이 제일 잘 알고 있었다. 내일 런던으로 돌아가야 한다고 거듭 스스로를 설득했지만, 돌아갈 마음이 조금도 없다는 걸 자각하고 있었다.

린다는 파브리스와 함께 저녁 식사를 했고, 그런 다음 나이트클럽에 가서 춤은 안 추고 끊임없이 수다를 떨었다. 매튜 이모부와 세이디 이모, 루이자, 재시, 맷에 관해 말해주자 파브리스는 계속해서 더 알려달라고 했다. 린다는 그의 부추김을 받으며 가족들과 그들의 별난 점을 한층 더 과장되게 이야기했다.

"그럼 재시는…. 그럼 맷은…. 좀 더 가르쳐 줘요."

그렇게 린다는 몇 시간이나 재잘거렸다.

돌아가는 택시 안에서 린다는 그의 집에 가는 걸 또다시 거부했고, 그를 호텔 방에 들일 수도 없다고 했다. 그는 강요하지 않았고 그녀의 손을 잡으려 하지도 않았다. 되레 일체의 접촉을 피했다. 그저 이렇게 말할 뿐이었다.

"이렇게 완강히 거절하다니, 당신에겐 정말 두 손 두 발 다 들었어요."

린다는 호텔 밖에서 작별 인사를 위해 손을 내밀었다. 파브리스는 그녀의 손을 두 손으로 감싸쥐며 감미롭게 키스했다.

"내일 봐요." 그는 이렇게 말하며 택시에 올라탔다.

"여보세요 — 여보세요?"

"여보세요."

"좋은 아침이에요. 아침 먹고 있어요?"

"네."

"커피잔이 달그락거리는 소리가 들리는 것 같아서요. 맛있어요?"

"너무 맛있어서 금방 다 사라질까 봐 아껴 먹고 있어요. 당신도 마시고 있나요?"

"이미 다 마셨어요. 그리고 참고로 나는 아침에 긴 대화를 나누는 걸 좋아해요. 당신이 이야기해 주는 걸 듣고 싶네요."

"셰에라자드처럼요?"

"네, 바로 그거예요. 그리고 도중에 '이제 그만 끊어야겠어요'라는 기색을 비치면 안 돼요. 영국 사람들은 꼭 그러잖아요."

"영국 사람들을 얼마나 아시는데요?"

"알 만큼 알죠. 영국에서 학교를 다녔으니까요. 옥스퍼드요."

"말도 안 돼! 언제요?"

"1920년에 졸업했어요."

"내가 아홉 살 때네요. 지나가다 당신을 봤을 수도 있겠어요. 우리 가족은 뭔가 살 게 있으면 항상 옥스퍼드에 갔거든요."

"엘리스턴 앤 캐벌이요?"

"오, 맞아요. 웨버스도요."

잠시 침묵이 흘렀다.

"계속해요." 그가 말했다.

"뭘 계속해요?"

"끊지 말라는 뜻이에요. 계속 말해봐요."

"난 끊지 않을 거예요. 내가 수다를 얼마나 좋아하는데요. 세상에서 제일 좋아하는 게 수다라고요. 나보다 당신이 먼저 끊고 싶어 할걸요."

두 사람은 오래도록 유치한 대화를 나누었고, 통화가 끝나갈 무렵 파브리스가 말했다.

"이제 일어나요. 한 시간 후에 데리러 갈게요. 같이 베르사유 궁전에 가요."

베르사유 궁전을 보며 황홀해하던 린다는 예전에 읽었던 어느 책이 생각났다. 영국 여인 두 명이 프티 트리아농✿의 정원에서 마리 앙투아네트의 유령을 보는 내용이었다. 파브리스는 그 이야기가 지극히 따분하다며 이렇게 말했다.

"이야기는 사실일 때만 흥미로운 거예요. 아니면 당신이 특별히 나를 재미있게 해주려고 지어냈거나. 어리숙한 영국 노처녀들이 만들어 낸 귀신 이야기는 사실도 아니고 흥미롭지도 않죠. 그러니까 그런 귀신 이야기는 제발 그만둬요."

"알았어요." 린다가 뾰로통하게 말했다. "난 재미를 위해 최선을 다하고 있다고요. 그럼 당신이 얘기해 봐요."

"네, 좋아요. 이 이야기는 사실이에요. 우리 할머니는 엄청난 미인이셨고 평생 수많은 연인을 두셨어요. 연세가 꽤 지

✿ 베르사유 궁전의 정원에 있는 별궁 중 하나.

긋하셨을 무렵까지도요. 할머니는 돌아가시기 얼마 전에 우리 어머니, 그러니까 당신의 딸과 베니스에 가셨어요. 어느 날, 곤돌라를 타고 운하를 돌아다니다가 분홍색 대리석으로 된 작은 저택을 보았는데, 기가 막히게 정교했죠. 곤돌라를 멈추고 그 건물을 바라보다가 우리 어머니가 그러셨대요. '저기 아무도 안 사는 것 같은데, 한번 가서 구경해 볼까?'

그래서 두 분이 초인종을 울렸더니 늙은 하인이 나와서 이 집엔 오랫동안 아무도 살지 않았다고 하더래요. 원한다면 실내를 보여드리겠다고요. 두 분은 그 집에 들어가 위층 응접실로 올라갔어요. 그 방은 세 개의 창문을 통해 운하가 내려다보였고, 연푸른 벽은 15세기 양식의 하얀 석고 장식으로 마감돼 있었죠. 정말이지 완벽한 방이었어요. 할머니는 신비로운 감정에 휩싸인 듯 한참을 조용히 서 계셨어요. 그러다 마침내 우리 어머니에게 이렇게 말하셨죠.

'저 서랍장의 세 번째 칸에 은세공이 된 보관함과 검은 벨벳 리본이 달린 작은 금 열쇠가 있으면, 이건 내 집이란다.'

우리 어머니가 살펴보자 정말로 그런 게 있었대요. 할머니의 연인 중 한 명이 아주 오래전에, 할머니가 아직 젊었을 때 선물로 준 집인데, 그걸 까맣게 잊고 계셨던 거예요."

"맙소사. 당신네 외국인들은 정말 흥미진진한 삶을 사는군요." 린다가 감탄했다.

"그 집은 지금 내 소유예요."

그는 손을 뻗어서 린다의 이마를 가린 머리카락 몇 가닥을 쓸어 넘겨주었다.

"내일이라도 당신을 거기로 데려가고 싶지만……."

"싶지만?"

"난 여기서 대기해야 해요. 아시다시피 전쟁 때문에."

"아, 자꾸 전쟁을 깜박하네요." 린다가 말했다.

"좋아요, 그런 건 잊어버립시다. 그런데 당신 머리가 너무 엉망이네요."

"내 옷도 별로고, 내 머리도 별로고, 내 눈은 너무 작다고 하면서, 왜 나를 마음에 들어 하는지 모르겠네요."

"그래도 당신에겐 확실히 뭔가가 있어요." 파브리스가 말했다.

그들은 이날도 함께 저녁을 먹었다.

린다가 물었다. "선약 같은 건 없으세요?"

"당연히 있죠. 하지만 다 취소했어요."

"당신 친구들은 어떤 사람들이에요?"

"사교계 사람들이죠. 당신은요?"

"토니와 결혼했을 때는(제 첫 남편이요), 그때는 나도 사교계에 나가곤 했어요. 그게 내 삶이었죠. 그땐 그런 게 정말 좋았거든요. 하지만 크리스천은 사교계를 꼴불견으로 여겨서 저까지 파티에 못 가게 하고, 제 친구들을 쫓아냈어요. 경박하고 무식한 사람들이라고요. 그렇게 우리는 세상을 바로잡으려는 진지한 사람들만 만났죠. 그때 난 그런 사람들을 비웃고 예전 친구들을 그리워했지만, 지금은 잘 모르겠어요. 페르피냥에서 생활하며 나도 진지하게 변했나 봐요."

"모두가 점점 더 진지해지고 있어요. 세상이 그렇게 돌아가고 있으니까요. 하지만 사교계 사람들은 우파든 좌파든, 파시스트든 공산주의자든, 정치색과 관계없이 누구와도 친구가 될 수 있는 유일한 종족이에요. 당신도 알겠지만, 그들은 인간관계와 매너, 의상, 아름다운 집, 좋은 음식 등 삶을 즐겁게 하는 모든 분야를 예술의 경지로 끌어올렸어요. 그걸 활용하지 않는 건 어리석은 짓이죠. 우정은 느긋한 사람들이 세심하게 쌓아가는 거예요. 그건 예술이지 저절로 형성되는 게 아니에요. 상류층의 사교 생활을 결코 무시해서는 안 돼요. 그것은 인간에게 대단한 만족감을 안겨주니까요. 물론 철저히 인위적이지만, 우리를 온전히 몰입하게 하죠. 지식인이나 명상적 종교인 같은 소수의 사람들이 누리는 삶을 제외하면, 인간을 동물과 구별해 주는 게 사교적 삶 말고 또 뭐가 있나요? 사교계 사람들보다 그걸 더 잘 이해하면서, 삶을 매끄럽고 재미있게 만들 수 있는 부류가 어디에 있겠어요? 하지만 사교와 연애를 동시에 할 수는 없어요. 둘 다 온 마음을 쏟아부어야 하니까요. 그래서 다른 약속을 전부 취소한 거예요."

"그것참 안타깝네요. 저는 내일 아침에 런던으로 돌아가거든요." 린다가 말했다.

"아, 그렇죠. 제가 깜박했네요. 정말 안타깝군요."

"여보세요 — 여보세요?"

"여보세요."

"자고 있었어요?"

"당연하죠. 지금 몇 시예요?"

"새벽 두 시쯤 됐어요. 당신을 만나러 가도 돼요?"

"지금이요?"

"네."

"그야 나쁠 건 없지만, 문제가 하나 있어요. 야간 경비원이 뭐라고 생각하겠어요?"

"오, 이런. 정말 영국인다운 말이네요. 흠, 내가 말해주죠. 경비원은 어떤 오해도 하지 않을 거예요."

"아뇨, 그럴 리 없어요."

"그 사람은 그냥 있는 그대로 생각할 거예요. 안 그래도 난 하루에 세 번씩 당신을 만나러 가잖아요. 당신은 다른 손님을 만난 적이 없고요. 프랑스 사람들은 그런 방면으로 눈치가 아주 빠르거든요."

"아……. 그렇군요."

"그럼 허락한 거예요……. 좀 이따 봐요."

다음 날, 파브리스는 린다에게 아파트를 하나 내주었다. 그의 말에 따르면 최고로 쾌적한 집이라고 했다. "나는 어릴 때 낭만적인 걸 굉장히 좋아해서 별별 위험한 짓을 다 했어요. 옷장에 숨고, 여행 가방에 숨어 집에 들어오고, 하인처럼 변장하고, 창문으로 기어들어 왔죠. 또 걸핏하면 뭔가를 타고 올라갔어요! 한번은 덩굴 식물을 중간쯤 올라갔는데 벌집이 있는 거예요. 아, 그때의 고통이란. 그날부터 일주일간

케스토스 상표의 브래지어를 하고 지냈죠. 하지만 지금은 편안함을 추구해요. 정해진 일과를 따르고, 개인 열쇠를 소유하는 삶 말이에요."

사실 린다는 파브리스보다 낭만이 없고 현실적인 사람은 세상에 없을 거라고 생각했다. 그는 의미 없는 말을 하는 법이 없었다. 가끔은 의미 없는 말도 조금 해주면 좋을 것 같았다.

아파트는 아름다웠다. 커다랗고 햇살이 잘 들었으며, 현대적이면서 고급스러운 스타일로 장식되어 있었다. 남쪽과 서쪽으로는 볼로뉴 숲이 내다보였는데, 나무우듬지가 창문과 같은 높이였다. 숲의 우듬지와 하늘이 어우러진 풍광이 한 폭의 그림 같았다. 거대한 창문들은 자동차 창문처럼 내려서 판유리 전체를 벽 속으로 사라지게 할 수 있었다. 야외를 좋아하고 일광욕을 즐기는 린다에게 이보다 더 반가운 건 없었다. 게다가 그녀는 일광욕을 하는 취미가 있었다. 옷을 벗고서 온몸이 후끈거리고, 구릿빛이 되어 노곤노곤 행복해질 때까지 몇 시간이고 누워 있었다. 아파트에는 고용된, 그러니까 파브리스의 피고용인이 분명한 하녀가 상주했다. 제르맨이라는 이름의 매력적인 노인이었다. 그녀를 보조하기 위해 또 다른 나이든 여성들이 놀랍도록 줄줄이 드나들었다. 그중에서도 군계일학으로 유능한 제르맨이 린다의 가방에 있는 옷들을 전부 꺼내 다림질해서 개켜놓고는 부엌에 들어가 저녁을 준비하기 시작했다. 린다는 파브리스가 이 집에 다른 여자를 몇 명이나 들였을지 궁금했다. 하지만 그걸 알아낼 가능성은 거의 없는 데다, 솔직히 알고 싶지도 않았기에 그런 생각을 떨쳐버렸다. 이전에 살던 사람의 흔적은 어디에도 보이지 않았다. 전화번호를 휘갈겨 놓은 메모라든지 립스틱 자국 같은 것도 찾아볼 수 없었다. 어제 급히 청소를 했을지도 모르는 일이었다.

저녁 식사 전에 목욕탕에 들어간 린다는 심히 애틋한 마음으로 세이디 이모를 떠올렸다. 그녀는 이제 정부이자 간통녀였다. 이런 사정을 세이디 이모가 곱게 볼 리 없었다. 린다가 크리스천과 간통을 저질렀을 때도 꺼림칙하게 여겼지만, 그래도 그는 최소한 영국인이었고, 정식으로 소개받았으며, 그의 성이 뭔지도 알고 있었다. 게다가 크리스천은 시종일관 그녀와 결혼하고 싶어 했다. 그런데 이제 자기 딸이 잘 알지도 못하고 성도 불분명한 외국인을 꾀어, 그의 집에서 호사스럽게 산다고 하면 얼마나 질색을 하실까. 옥스퍼드에서 함께 점심을 먹던 때로부터 지금은 너무 멀리 와 버린 것 같았다. 매튜 이모부가 린다의 현재 상황을 알았다면 예전과 똑같은 타락으로 여기고 부녀의 연을 끊었을 것이다. 그녀를 눈밭에 내던지거나, 파브리스를 총으로 쏘거나, 즉흥적으로 떠오르는 폭력적인 행동을 취했을 것이다. 그러고 나서 무슨 일인가로 한바탕 웃고 나면 다시 화기애애한 분위기로 돌아갈 터였다. 하지만 세이디 이모는 달랐다. 그녀는 말을 아끼겠지만 계속해서 이 일을 곱씹고 가슴에 새기며, 자신이 린다를 잘못 키워서 일이 이 지경까지 왔다고 한탄할 게 분명했다. 린다는 이모가 평생 이 일을 모르기를 간절히 바랐다.

이런 상념에 잠겨 있는 도중에 전화벨이 울렸다. 전화를 받은 제르맨이 욕실 문을 두드리며 전언했다.

"공작님은 조금 늦으신답니다, 부인."

"알았어요. 고마워요." 린다가 말했다.

저녁 식사 때 그녀가 물었다.

"당신의 성을 가르쳐 줄 수 있나요?"

"아. 그걸 여태 못 알아냈어요? 호기심이 없어도 너무 없군요. 소브테르예요. 한마디로 내가 매우 부유한 공작이라는 뜻이죠. 이런 사실을 알려드리게 되어 기쁘군요. 요즘 같은 시대에도 그건 무척 기분 좋은 일이니까요."

"대단하시네요. 그럼 사생활에 관한 이야기가 나왔으니 말인데, 혹시 결혼했어요?"

"아니요."

"왜 안 했어요?"

"약혼녀가 죽었거든요."

"오, 저런. 어떤 분이었어요?"

"굉장히 예뻤죠."

"나보다 예뻤어요?"

"훨씬 예뻤어요. 굉장히 반듯했고요."

"저보다 더 반듯했어요?"

"당신은……. 당신은 바보 같죠. 반듯하지 않아요. 그녀는 상냥했어요……. 하지만 너무 상냥했죠. 가엾은 사람."

린다가 그를 알게 된 후 처음으로 파브리스는 지극히 감상적인 모습을 보였다. 별안간 맹렬한 질투심이 그녀를 뒤흔들었다. 너무나 맹렬해서 까무러칠 것만 같았다. 혹시 그녀가 여태 깨닫지 못하고 있었다면 바로 그 순간, 이것이 일생일대의 사랑이 되리라는 사실을 확실히, 그리고 영구히 깨달았으리라.

“앞으로 오 년을 생각하면 엄청나게 길게 느껴져요.” 린다가 말했다.

그러나 파브리스는 여전히 약혼자를 추억하고 있었다.

“그녀가 세상을 떠난 지는 오 년이 훨씬 더 됐어요……. 십오 년 전 가을이었죠. 나는 매년 그녀의 무덤에 늦장미를 놓으러 가요. 제대로 피지도 못한 작은 봉오리에 진녹색 잎이 달린 장미요. 그 꽃을 보면 그녀가 떠오르거든요. 맙소사, 어찌나 애처로운지.”

“그 여자는 이름이 뭐였어요?” 린다가 물었다.

“루이즈요. 이제 대가 끊어진 랑세 가문의 외동딸이었죠. 난 지금도 가끔 그녀의 어머니를 뵈러 가요. 아직 살아계시죠. 대단한 노인이에요. 영국에 있는 외제니 황후의 궁에서 자라셨는데, 랑세 씨는 그런데도 그녀와 결혼했어요. 사랑했으니까요. 다른 사람들이 얼마나 이상하게 봤을지 상상이 가고도 남죠.”

깊은 비애감이 두 사람을 덮쳤다. 린다는 자기보다 예쁘고 반듯한 데다 이미 죽어버린 약혼녀와는 경쟁이 안 된다는 걸 똑똑히 알고 있었다. 너무 불공평했다. 그녀가 살아 있었다면, 십오 년간의 결혼 생활을 거치며 아름다움은 자연히 사라지고, 반듯함은 지루함으로 변했을 터였다. 하지만 죽음으로 인해 그녀의 젊음과 아름다움, 상냥함은 영원히 방부 처리가 돼버렸다.

그러나 저녁 식사 후에 린다는 다시 행복해졌다. 파브리스와 사랑을 나누는 행위는 지금까지의 그 어떤 경험과도 비교할 수 없을 만큼 그녀를 도취시켰다.

(린다는 당시에 관해 내게 이렇게 설명했다. “나는 토니도 크리스천도 우리가 삶의 진실이라 일컫던 것들을 쥐뿔도 모른다고 결론 내릴 수밖에 없었어. 그 둘뿐 아니라 영국 남자들은 하나같이 연인으로서는 영 젬병인 것 같아.”

“모두가 그런 건 아니야.” 내가 반박했다. “대다수의 영국 남자들은 그런 일에 마음을 쏟지 않아서 그래. 전심전력을 다해야 하는데도 말이야. 앨프레드는 나무랄 데가 없어.”

“잘됐네.” 린다는 이렇게 말했지만, 내 말을 믿지 않는 눈치였다.)

두 사람은 늦게까지 앉아서 열린 창밖을 바라보았다. 후덥지근한 저녁이었다. 해가 넘어가자 검은 덩어리를 이룬 수풀 뒤편으로 푸른빛이 어른거리다가 이윽고 칠흑 같은 어둠이 내려앉았다.

"당신은 사랑을 나눌 때 항상 웃나요?" 파브리스가 물었다.

"의식해 본 적은 없지만 아마 그런 것 같아요. 난 보통 행복할 땐 웃고, 그렇지 않을 땐 울거든요. 당신도 알다시피 난 단순하니까. 이상해요?"

"솔직히 처음에는 좀 당황스러웠어요."

"그게 왜요? 다른 여자들은 안 웃나요?"

"안 웃어요. 대부분은 울죠."

"그것참 희한하네요. 즐겁지 않았대요?"

"즐기느냐 마느냐의 문제가 아니에요. 어린 여자들은 어머니를 부르짖고, 신앙심이 깊으면 성모 마리아께 용서를 구하죠. 하지만 당신처럼 웃는 사람은 본 적이 없어요. 대체 뭘 원하는 건지, 꼭 미친 사람처럼 웃잖아요."

린다는 깊은 흥미를 느꼈다.

"다른 여자들은 또 뭘 하죠?"

"당신만 빼고 모든 여자가 이렇게 말해요. '당신은 이제 나를 경멸하겠지.'"

"대체 당신이 왜 그들을 경멸한다는 거예요?"

"오, 그건 사실이에요. 그냥 그렇게 돼버리죠."

"흠, 그건 너무 불공평하네요. 먼저 유혹해 놓고 경멸하다니. 불쌍한 여자들. 당신은 정말 괴물이군요."

"그 여자들은 그런 걸 좋아해요. 비굴한 태도로 이렇게 말하죠. '내가 무슨 짓을 저지른 거죠? 맙소사, 파브리스. 당신이 날 어떻게 생각하겠어요. 너무 수치스러워요.' 그런 게 기본적으로 다 깔려 있어요. 그런데 당신은 수치를 모르는 것처럼 맘껏 웃음을 터뜨리잖아요. 정말 신기한 일이죠. 하지만 전혀 기분 나쁘지 않아요."

"그럼 당신 약혼녀는요? 그 여자는 경멸스럽지 않았어요?" 린다가 물었다.

"저런, 무슨 소리를. 당연히 아니죠. 그녀는 순결한 여인이었어요."

"그 여자와 침대에 오른 적이 없다는 말이에요?"

"단 한 번도요. 맹세컨대 머릿속에 그런 생각이 스친 적조차 없어요."

"말도 안 돼. 영국에서는 다들 당연하다는 듯이 하는데."

"이런, 영국인들에게 그런 짐승 같은 면모가 있다는 건 널리 알려져 있죠. 술고래에 음란한 종족이라는 것도요."

"본인들은 그걸 몰라요. 그런 짓은 외국인들이나 한다고 생각하죠."

"프랑스 여성들은 세상에서 제일 순결해요." 파브리스가 말했다. 그의 말투에는 프랑스 남자들이 자기네 여자들에 관해 이야기할 때 어김없이 표출되는 과도한 자부심이 묻어 있었다.

"오, 세상에." 린다가 탄식했다. "나도 한때는 정말 순결했는데. 내게 무슨 일이 벌어진 걸까요. 첫 번째 남편과의 결혼은 내 불찰이었어요. 하지만 내가 그걸 어떻게 알았겠어요? 나는 그를 신처럼 여겼고, 그를 영원히 사랑해야 하는 줄 알았어요. 그러다가 크리스천과 도망치면서 또다시 불찰을 저질렀죠. 그를 사랑한다고 생각했으니까요. 사랑하긴 했어요. 토니보다는 훨씬 더 많이. 하지만 그는 나를 진심으로 사랑한 적이 없었고, 일찌감치 내게 질려버렸어요. 내가 그의 기대만큼 진지한 사람이 아니라서 그랬겠죠. 그래도 그런 실수들을 하지 않았다면 파리 북역에서 짐가방에 앉아 있지도 않았을 테고, 그럼 당신과 만나는 일도 없었겠죠. 그러니 얼마나 다행인지 몰라요. 다음 생에는 어디서 태어나든 결혼할 나이가 되는 즉시 파리 대로로 날아와 거기서 남편을 찾아야 한다는 걸 기억할 거예요."

"그거 멋지네요." 파브리스가 말했다. "맞아요, 프랑스에서 이루어지는 결혼은 대체로 아주 많이 행복해요. 우리 아버지와 어머니는 구름 한 점 없는 삶을 함께하셨죠. 두 분은 서로 너무나 사랑하셔서 사교계에도 거의 나가지 않으셨어요. 우리 어머니는 아직도 아버지와 누렸던 행복의 여운 속에 살고 계시죠. 얼마나 모범적인 여성인지 몰라요!"

"하나만 짚고 넘어가죠." 린다가 말을 이었다. "우리 어머니와 우리 이모 중 한 분과 우리 언니와 내 사촌은 전부 순결한 여인들이에요. 우리 집에도 순결한 사람들이 없지 않다고요. 그건 그렇고, 파브리스, 그럼 당신 할머니는 어떻게 된 거죠?"

"그래요." 파브리스가 한숨을 내쉬며 말했다.

"할머니가 엄청난 죄인이었다는 건 인정해요. 하지만 동시에 아주 훌륭한 귀부인이셨어요. 게다가 교회에서 죄 사함을 받고 온전히 구원받은 상태로 돌아가셨죠."

18

어느덧 두 사람만의 일상이 자리를 잡았다. 파브리스는 매일 저녁 아파트에 와서 린다와 함께 저녁을 먹었다. 예전처럼 식당에 데리고 가는 일은 없었다. 식사 후에는 다음 날 아침 일곱 시까지 그 집에 머물렀다. “난 혼자 자는 게 싫거든요”라면서. 아침 일곱 시면 일어나서 옷을 주워 입고 귀가해, 하녀가 아침 식사를 들고 오는 여덟 시까지 침대에 들었다. 그런 다음 식사를 하고 신문을 읽다가, 아홉 시에 린다에게 전화를 걸어 며칠은 못 본 사람처럼 반 시간 동안 아무 말이나 떠들었다.

“계속해요.” 그녀가 지친 듯한 기색이 느껴지면 그는 이렇게 재촉했다. “어서, 이야기를 들려줘요.”

낮에는 파브리스의 그림자도 못 보는 날이 대부분이었다.

그는 점심을 늘 모친과 함께했다. 그가 사는 아파트의 바로 위인 2층에 어머니의 집이 있었다. 가끔은 오후에 린다를 데리고 나가 관광을 시켜주었지만, 보통은 저녁 일곱 시 반쯤 나타나 곧바로 함께 저녁을 먹었다.

린다는 파브리스가 준 두꺼운 지폐 다발로 옷을 사면서 하루하루를 보냈다.

'기왕 일을 벌일 거면 크게 벌이는 게 낫지. 그는 어차피 나를 경멸하니까 이런다고 별로 달라질 것도 없어.' 린다는 생각했다.

파브리스는 기뻐했다. 그는 린다의 옷에 지대한 관심을 보이며 위아래로 살펴본 다음, 그걸 입고 거실을 한 바퀴 돌아보게 했다. 그러고는 다시 상점에 가져가서 수선해 오라고 다그쳤다. 린다가 보기에는 불필요한 일이었지만, 결과물을 보면 확실히 달라져 있었다. 린다는 의상에 있어서 프랑스가 영국보다 우월하다는 걸 제대로 의식해 본 적이 없었다. 런던에서 토니와 결혼할 때만 해도 옷 입는 감각이 빼어나다는 평가를 받았다. 그러나 지금 와서 프랑스의 기준으로 보면 세련의 '세'자도 말할 자격이 없다는 걸 뼈저리게 깨달았다. 기존에 가지고 있던 옷들은 소름 끼치게 초라하고, 빈약하고, 참담한 데다, 선이 살아 있지 않아서 린다는 우선 라파예트 백화점에 가서 기성복을 하나 샀다. 전문 매장에 들어가기엔 아직 용기가 부족했던 것이다. 하지만 이내 그런 의상실에서 옷을 몇 벌 사오자 파브리스는 더 많이 사라고 부추겼다. 그는 린다가 영국 여자치고는 취향이 나쁘지 않지만, 진정으로 우아한 경지에 오를 수 있을지는 의문이라고 했다.

"시행착오를 거쳐야만 자신의 스타일을 발견할 수 있어요. 당신이 가고 있는 방향을 알겠죠? 그러니 계속해요, 내 사랑, 계속해요. 지금까지는 아주 잘하고 있어요."

어느새 해변에서 휴가를 보내야 할 만큼 날이 무더워졌다. 그러나 1939년의 사람들은 휴식이 아닌 죽음에, 수영복이 아닌 군복에, 댄스 음악이 아닌 나팔 소리에 촉각을 기울이고 있었다. 앞으로 몇 년간 해변은 즐기는 장소가 아닌 전투의 장이 될 예정이었다. 파브리스는 리비에라와 베니스, 도피네에 있는 자신의 아름다운 저택에 린다를 데려가고 싶다고 입버릇처럼 말했다. 하지만 그는 예비군이라 언제든 소집 명령이 떨어질 수 있었다. 린다는 파리에만 머무는 걸 조금도 개의치 않았다. 아파트에서도 일광욕을 실컷 즐길 수 있었다. 그녀는 본질적으로 현재를 사는 사람이었기에, 다가오는 전쟁을 특별히 불안해하진 않았다.

"다른 데서는 이렇게 알몸으로 일광욕을 할 수 없잖아요. 나의 휴가철 취미는 그것뿐인걸요. 난 수영도 싫고, 테니스도 싫고, 춤이나 도박도 싫어해요. 그러니 여기서 일광욕을 하고 쇼핑을 하는 걸로 충분하다고요. 낮에는 그 두 가지를 하며 만족스럽게 보내고, 밤에는 사랑하는 당신이 있잖아요. 내가 세상에서 제일 행복한 여자 같은데요." 린다가 말했다.

7월의 어느 뜨거운 오후, 린다는 기가 막히게 아름다운 새 밀짚모자를 쓰고 집으로 돌아왔다. 커다랗고 단순한 형태의 이 모자는 꽃으로 둘러싸여 있고, 파란색 리본이 두 개 달려 있었다. 그녀는 오른팔로 장미와 카네이션을 한 아름 안고, 왼손으로는 또 다른 정교한 모자가 들어 있는 줄무늬 상자를 들고 있었다. 자신의 현관 열쇠로 문을 연 린다는 샌들의 높은 코르크 굽을 또각거리며 거실로 들어섰다.

녹색 베니션 블라인드가 쳐진 실내에 들어서자 부드러운 그림자가 눈앞을 가득 채웠다. 두 개의 그림자는 순식간에

마른 남자와 그다지 마르지 않은 남자의 형태로 변했다. 데이비와 멀린 경이었다. “어머나 세상에.” 린다가 소리치며 소파에 털썩 주저앉는 바람에 장미 줄기들이 그녀의 발치에 흩뿌려졌다.

“오, 린다. 정말 예쁘구나.” 데이비가 말했다.

린다는 마치 잘못을 저지르다 붙잡힌 아이처럼, 새 장난감을 빼앗기기 직전인 어린애처럼 두려움에 바들바들 떨었다. 그녀는 두 사람을 번갈아 보았다. 멀린 경이 검은 테 안경을 쓰고 있는 게 눈에 띄었다.

“혹시 변장하신 거예요?” 린다가 물었다.

“아니, 무슨 소리지? 아, 안경. 해외에 나갈 땐 이걸 꼭 써야 해. 보다시피 난 눈매가 너무 순해서, 거지나 별별 것들이 다 들러붙어 괴롭히거든.”

그는 안경을 벗고 눈을 깜빡거렸다.

“여긴 무슨 일로 오셨어요?”

“우리를 봐도 별로 기쁘지 않은 모양이구나.” 데이비가 말했다. “그저 네가 잘 지내는지 보러 온 거야. 두말할 나위 없이 잘 지내는 것 같으니 우린 그만 가보는 게 좋겠구나.”

“어떻게 찾아내셨어요? 엄마랑 아빠도 아나요?” 린다가 기어들어 가는 목소리로 뒷말을 덧붙였다.

"아니, 아무것도 모르셔. 네가 여전히 크리스천과 함께 있는 줄 아시지. 우린 빅토리아 시대의 삼촌들 같은 기분으로 온 게 아니야, 린다. 오해하지 말아주렴. 내가 우연히 페르피냥에서 온 사람을 만났는데, 글쎄 크리스천이 라벤더 데이비스와 살림을 차렸다지 뭐니."

"아, 잘됐네요." 린다가 말했다.

"뭐라고? 아무튼 너는 벌써 6주 전에 떠났다는 거야. 체이니워크에 가봤는데 거기에는 없는 게 확실했지. 그래서 멀린과 나는 네가 제 몸 하나 건사 못하고 (얼마나 큰 착각이었는지) 유럽 대륙을 떠돌고 있는 건 아닌지 얼마간 걱정했단다. 도대체 어디에 있고 어떤 상태인지도 미친 듯이 궁금했고. 그래서 아주 조심스럽게 탐정 사무소에 의뢰해서 네 소재를 알아낸 거야. 잘 지내고 있다는 게 이렇게 명명백백해졌으니, 나는 그것만으로도 얼마나 안심했는지 모른단다."

"너 때문에 간담이 서늘해졌잖니." 멀린 경이 골을 내며 말했다. "다음에 또 이런 클레오 드 메로드✿ 같은 연극을 꾸

✿ 19세기 말 세계적으로 유명했던 미모의 프랑스 무용수.

밀 거면 엽서라도 보내. 그래도 네가 그 배역을 맡은 걸 보니 무한히 기쁘구나. 내가 이런 연극을 놓칠 순 없지."

데이비가 소리를 죽여 키득키득 웃었다.

"오, 맙소사. 이 모든 게 어찌나 고풍스러운지, 너무 우습구나. 쇼핑! 포장 상자! 꽃다발! 완벽한 빅토리아풍이잖아. 우리가 이 집에 들어온 후로 오 분마다 판지로 된 포장 상자들이 배달되던데. 누군가가 너한테 심각하게 빠져든 모양이구나, 린다. 그 사람한테 그만 널 포기하고, 젊고 순진한 여자와 결혼하라고 말해봤니?"

"장난 그만 치세요, 데이비. 전 두 분이 상상도 못 할 만큼 무지무지 행복해요." 린다가 꾸밈없이 말했다.

"그래, 정말 행복해 보이는구나. 오, 그래도 이 아파트는 너무 웃겨."

"이렇게 보니, 취향이 아무리 바뀌어도 사람은 결국 고정관념에서 못 벗어나나 봐." 멀린 경이 말했다.

"프랑스인들은 예전부터 너도나도 똑같은 아파트에 애인을 두고 다녔지. 레이스와 벨벳이 주가 되는 아파트라고나 할까. 벽이며 침대며 화장대, 욕조 할 것 없이 전부 레이스가 달려 있고 나머지는 전부 벨벳이었어. 요즘은 레이스 대신 유리를 사용하고 나머지는 전부 새틴인가 보군. 린다, 네 침대도 유리로 돼 있겠지?"

"네……. 하지만……."

"화장대도 유리일 테고, 욕실도, 그리고 보나 마나 욕조도 유리로 만든 걸 거야. 가장자리에는 금붕어가 헤엄치겠지. 금붕어는 시대를 막론하고 성행하는 모티프니까."

"이미 보셨군요." 린다가 부루퉁하게 말했다. "누굴 속이시려고."

"오, 세상에." 데이비가 외쳤다. "그럼 정말이구나! 내가 맹세하는데, 멀린은 안 봤어. 물론 그게 인간의 추리력을 벗어나는 수준의 추측은 아니지만 말이야."

"그래도 전체적인 수준을 끌어올려 주는 것들도 몇 가지 있어. 고갱이랑, 저 마티스 두 점(상스럽긴 하지만 아주 빼어나군), 그리고 이 사보네리 카펫✿도. 네 보호자는 어마어마한 부자인 모양이구나."

"맞아요." 린다가 말했다.

"그럼 린다, 우리한테 차라도 좀 대접해 주겠니?"

✿ 화려한 무늬가 특징인 프랑스 전통 수제 카펫.

린다가 종을 울리고 잠시 후, 데이비는 학창 시절로 돌아간 듯 에클레르와 밀푀유를 마구 입에 쑤셔 넣었다.

"이런 건 돈 주고 먹어야 하는데. 하지만 뭐, 파리에 매일 오는 게 아니니까." 그가 태평스러운 미소를 지으며 말했다.

멀린 경은 찻잔을 들고 이리저리 어슬렁거렸다. 그는 파브리스가 바로 전날 린다에게 준 19세기 낭만파 시집을 집어 들었다.

"네가 지금 읽고 있는 책이냐?" 그가 물었다. "'세상에, 숲속 깊은 곳에서 울려 퍼지는 호른 소리는 어찌나 애처로운지.' 예전에 파리에 살 때, 애완동물로 보아뱀을 키우던 친구가 있었는데, 그 뱀이 프렌치 호른 속으로 기어들어 갔어. 그 친구는 기겁해서 내게 전화를 걸어 이렇게 말했지. '세상에, 호른 속에서 들려오는 보아뱀의 소리가 어찌나 애처로운지.' 난 그 말을 잊을 수가 없어."

"네 애인은 보통 몇 시에 돌아오니?" 데이비가 시계를 꺼내며 말했다.

"일곱 시는 돼야 와요. 더 있다가 보고 가세요. 그이는 정말 멋진 헌즈예요."

"아니야, 하늘이 두 쪽 나도 그럴 순 없지."

"대체 누군데?" 멀린 경이 물었다.

"소브테르 공작이라고 해요."

데이비와 멀린 경은 경악스러움과 짜릿함이 뒤섞인 눈빛을 주고받았다.

"파브리스 드 소브테르?"

"네, 그이를 아세요?"

"귀여운 린다. 세련된 외모 때문에 네가 시골 사람이라는 걸 자꾸 잊어버린다니까. 당연히 그를 알지. 그의 모든 걸 알고 있어. 사실 그에 관해 모르는 건 너밖에 없을걸."

"그이는 정말 훌륭한 헌즈 아닌가요?"

"파브리스는 여자 문제에 관해서라면 의심의 여지 없이 유럽에서 가장 사악한 남자야."

멀린 경이 힘주어 말했다. "하지만 지인으로서는 굉장히 호감이 가는 친구지."

데이비도 거들었다. "예전에 베니스에 가면 파브리스가 곤돌라를 타고 다니며 가엾은 애인들을 무슨 토끼처럼 하나하나 쓰러뜨리던 거 기억나세요?"

"지금 드시고 계시는 차도 그 사람 거거든요." 린다가 말했다.

"그래, 그렇지. 정말로 맛있구나. 에클레르를 좀 더 줄 수 있겠니, 린다?" 데이비는 계속해서 말을 이어갔다. "그해 여름에 그가 치아노의 여자 친구를 데리고 도망쳤을 때 얼마나 큰 소동이 일어났었는지 지금도 기억에 생생해요. 그러고는 일주일 후에 칸에서 그 여자를 버리고, 이번엔 마사 버밍엄과 잘츠부르크로 갔잖아요. 늙고 불쌍한 클로드가 그를 네 번이나 쏘았지만, 매번 빗나갔죠."

"파브리스는 매혹적인 삶을 영위하고 있으니, 세상에 그보다 더 자주 표적이 된 사람도 없을 거야. 그런데도 내가 아는 한 긁힌 상처 하나 없다니까." 멀린 경이 말했다.

파브리스의 숨겨둔 과거가 폭로되었지만 린다는 그저 덤덤했다. 애인의 과거를 듣고 진심으로 속상해하는 여자는 없다. 진짜로 무서운 건 미래니까.

"그만 일어나죠, 멀린." 데이비가 말했다. "이제 이 귀여운 여인이 실내복으로 갈아입을 시간이에요. 이런, 파브리스가 멀린의 시가 냄새를 맡으면 어떤 사태가 벌어질는지 모르겠네요. 치정살인 같은 게 아닐까 싶은데. 그럼 잘 있어라, 린다. 우린 지식인 친구들과 저녁 약속이 있어서 가보마. 내일 리츠 호텔에서 같이 점심을 먹지 않으련? 그럼 한 시에 보자꾸나. 잘 있거라. 파브리스에게 안부 전해주고."

집에 들어온 파브리스는 코를 킁킁거리더니 누가 시가를 피웠는지 물었다. 린다는 자초지종을 설명했다.

"두 분이 당신을 안다던데요?"

"물론이죠. 멀린은 아주 좋은 사람이고, 그 워벡은 불쌍하게도 항상 골골거리잖아요. 둘 다 베니스에서 만났어요. 두 사람은 이 모든 걸 어떻게 생각하던가요?"

"흠, 이 아파트를 보고 폭소했어요."

"상상이 가는군요. 당신에게 그다지 적합한 곳은 아니니까요. 하지만 편리한 데다, 전쟁이 다가오고 있으니까……."

"오, 하지만 전 여기가 좋아요. 다른 집들은 내 마음에 절반도 안 찰 거예요. 어쨌든 나를 찾아내다니 정말 똑똑하지 않나요?"

"설마 어디서 지내는지 지금까지 아무한테도 말 안 했어요?"

"연락할 생각을 못 했어요. 그렇게 시간이 지나다 보니, 저절로 잊어버린 거죠."

"그런데 6주가 지나서야 당신을 찾을 생각을 한 거예요?

당신네 가족은 너무 느슨하군요."

린다는 휙 하고 그의 품으로 뛰어들어 간절히 애원했다.

"제발, 제발 나를 그들에게 돌려보내지 마요."

"내 사랑, 하지만 당신은 그들을 좋아하잖아요. 엄마랑 아빠, 맷이랑 로빈, 빅토리아랑 패니요. 그런데 왜 이러는 거죠?"

"살아 있는 한 다시는 당신 곁을 떠나고 싶지 않아요."

"아하! 하지만 조만간 내가 떠날 수 있다는 걸 알잖아요. 당신도 알다시피 전쟁이 시작될 거예요."

"나도 여기서 지내면 안 돼요? 나도 도울 수 있어요. 간호사가 될 수도 있고. 흠, 간호사는 솔직히 힘들겠지만, 뭐라도 있겠죠."

"내 말대로 한다고 약속하면, 한동안은 여기에 머물러도 돼요. 처음에 우리 군은 마지노선 안에서 건너편의 독일군을 감시할 거예요. 그럼 나는 파리와 전선을 오가겠지만, 대부분의 시간은 파리에 있을 거예요. 그때는 당신이 여기에 있어 줬으면 해요. 그러다가 우리나 독일군 중에 한쪽이, 독일군이 될 확률이 높지만, 전선을 넘으면 전투가 시작될 거예요. 그 단계가 되면 나한테 미리 통보가 올 테니, 그때 런던으로 떠나라고 하면, 설령 그럴 마음이 없더라도 반드시 가겠다고 약속해 줘요. 당신이 계속 여기에 머물러 있으면 나는 신경이 쓰여서 내 의무를 다할 수 없을 거예요. 그러니 지금 엄숙하게 약속해 주겠어요?"

"좋아요." 린다가 말했다. "엄숙하게. 나한테 딱히 무서운 일이 일어날 거라고는 생각 안 하지만, 당신 말대로 하겠다고 약속할게요. 그럼 당신도 약속해 줘요. 모든 게 끝나자마자 런던에 와서 나를 찾을 거라고. 약속할 수 있어요?"

"물론, 그렇게 할게요." 파브리스가 말했다.

데이비와 멀린 경과 함께한 점심은 우울했다. 어젯밤의 여파가 자리를 압도했다. 두 남자는 문학계의 친구들과 늦은 시각까지 즐긴 기색을 사정없이 드러내고 있었다. 데이비는 소화불량으로 격렬한 통증을 느끼기 시작했고, 멀린 경은 단순한 숙취로 지극히 고생 중이라, 안경을 벗어도 눈매가 전혀 순해 보이지 않았다. 하지만 린다는 그들보다 훨씬 더 비참했다. 우연히 정문에서 프랑스 여인 두 명이 파브리스에 관해 이야기하는 것을 듣곤 신경이 온통 그쪽에 쏠려 있었다. 린다는 매튜 이모부에게 훈련받은 시간 엄수라는 오랜 습관에 따라 언제나처럼 일찍 도착했다. 파브리스는 그녀를 리츠 호텔에 데려간 적이 없어서 린다는 들떠 있었다. 자신이 그곳에 있는 누구보다 예쁘고 잘 차려입었다는 걸 알았기에 기쁜 마음으로 나머지 두 사람을 기다렸다. 그러다 별안간 사랑하는 사람의 이름이 낯선 이들의 입에 오르내리는 게 들렸다. 가슴이 찌르르 아파 왔다.

"그나저나 최근에 파브리스 보셨어요?"

"아, 그럼요. 저는 소브테르 부인 댁에서 자주 봐요. 아시다시피 바깥출입을 전혀 안 하잖아요."

"그럼 재클린은요?"

"아직 영국에 있어요. 불쌍한 파브리스는 그녀가 떠난 후로 도통 갈피를 못 잡고 있답니다. 꼭 주인을 기다리는 애완견 같아요. 쓸쓸하게 집에만 웅크리고 앉아서 파티도 참석 안 하고, 나이트클럽도 안 가고, 누굴 만나지도 않는대요. 모친께서 걱정이 이만저만이 아니세요."

"파브리스에게 그런 순애보가 있을 줄 누가 알았겠어요? 얼마나 만났죠?"

"오 년은 됐을 거예요. 무척 잘 어울리는 한 쌍이죠."

"재클린이 곧 돌아오겠죠."

"나이 든 이모가 돌아가실 때까지는 못 오죠. 이모가 수시로 유언장을 수정하나 봐요. 그러니 밤낮없이 붙어 있을 수밖에요. 게다가 자기 남편이랑 애들도 챙겨야 할 테고요."

"그래서 파브리스한테 화를 푼대요?"

"도대체 뭘 원하는 건지, 공작부인 말로는 파브리스가 매일 아침 재클린한테 전화를 걸어 한 시간씩 통화를 한대요."

바로 그때, 데이비와 멀린 경이 피곤하고 짜증스러운 얼굴로 도착해서 린다를 데리고 점심을 먹으러 들어갔다. 린다는 그 괴로운 대화를 더 듣고 싶었지만, 두 남자는 진저리를 치며 칵테일을 물리치더니 서둘러 식당으로 가자며 그녀를 재촉했다. 식사 중에 두 사람은 린다에게만 약간의 친절을 베풀었을 뿐, 서로에게는 불쾌한 감정을 숨기지 않았다.

영원히 끝나지 않을 것 같던 식사가 마침내 종료되자, 린다는 재빨리 택시를 타고 파브리스의 집으로 향했다. 재클린에 관해 추궁하고 어떻게든 그의 의향을 알아내야 했다. 재클린이 돌아오면 린다는 약속한 대로 떠나야 하는 걸까? 이건 그야말로 자리싸움이었다!

하인은 공작님이 조금 전에 공작부인과 나가셨고, 한 시간 후쯤 돌아오신다고 했다. 린다가 기다리겠다고 하자, 그는 파브리스의 거실로 그녀를 안내했다. 모자를 벗은 린다는 가만히 있지 못하고 서성거렸다. 이전에 파브리스를 따라 여러 번 왔을 때는 햇살 좋은 린다의 아파트에 비해 약간 음침한 인상이었다. 하지만 오늘 이렇게 혼자 있게 되자 린다는 비로소 이곳이 지극히 아름답다는 걸 깨달았다. 중후하고 엄숙한 아름다움이 가슴 속까지 파고들었다. 이 집은 장방형으로 천장이 매우 높고, 벽면은 회색이며, 체리색 브로케이드✿ 커튼이 달려 있었다. 커튼 밖에 있는 안뜰에서 햇빛이 한 줄기도 들어오지 못하게 차단하려는 거였다. 실외 활동과는 아무런 연관도 없는 고상한 실내였다. 집 안에 있는 물건들은 하나같이 완벽했다. 1780년대 스타일의 가구들은 칼같이 떨어지는 선과 근사한 비율을 자랑했다. 랑크레✿✿가 그린 손목에 앵무새를 앉힌 여인의 초상화와 부샤르동✿✿✿이 제작한 같은 여인의 흉상이 보였고, 카펫은 린다의 아파트에 있는 것과 같은 종류였지만 좀 더 크고 점잖았으며, 중앙부에 가문의 문장이 커다랗게 새겨져 있었다. 높다란 장식 책장

✿ 색실로 문양을 수놓은 두꺼운 비단.

✿✿ 18세기 프랑스 로코코 화가.

✿✿✿ 18세기 프랑스 조각가.

은 오직 프랑스 고전으로만 채워져 있었다. 현대적 모로코 가죽 장정에 소브테르 가문의 문장이 찍혀 있는 서적들이었다. 그리고 지도가 그려진 테이블 위에는 르두테의 장미 책✿이 펼쳐져 있었다.

린다는 이제 거의 평정을 되찾았지만, 동시에 하염없이 슬퍼졌다. 이 집은 린다로서는 파악할 기회조차 없었던 파브리스라는 사람의 일면을 보여주었다. 그것은 프랑스의 유구하고 장대한 문명에 뿌리를 두고 있었다. 그것이야말로 파브리스의 본질이었고, 린다가 결코 공유할 수 없는 것이었다. 그녀는 언제까지나 햇살 좋은 현대식 아파트에 살며 이 모든 것에서 배제될 터였다. 설령 두 사람의 관계가 영원히 지속된다고 하더라도 린다는 철저히 그 문밖에 세워져 있을 게 분명했다. 래들릿 가문의 근원은 이미 오래전에 까마득해졌지만, 파브리스 가문의 근원은 조금도 사라지지 않고 그대로 남아, 한 세대에서 다음 세대로 엄격하게 전달되었다. 린다가 보기에 영국인들은 조상을 벗어던졌다. 그것이 우리 귀족 사회의 위대한 힘이었다. 하지만 파브리스는

✿ 식물 화가인 르두테가 장미를 그린 그림책.

그것을 목에 걸고 있기에, 영원히 그들에게서 벗어나지 못할 터였다.

린다는 이것이 바로 자신의 경쟁자이며 적이라는 사실을, 그에 비하면 재클린은 아무것도 아니라는 사실을 깨달았다. 중요한 건 이곳과 루이즈의 무덤이었다. 여기까지 찾아와서 또 다른 애인이 있냐며 소란을 피우는 건 아무런 의미도 없었다. 존재감 없는 인물이 자기와 똑같은 인물을 놓고 불평하는 것이나 다름없었다. 파브리스는 짜증스러워할 터였다. 남자들은 이런 상황에 짜증을 내기 마련이었다. 린다 역시 아무런 만족도 얻지 못할 것이다. 그의 딱딱하고 냉소적인 목소리가 귀에 들리는 듯했다.

"아! 지금 나한테 잔소리하는 건가요?"

그냥 가는 게, 전부 모르는 척하는 게 나았다. 그녀의 유일한 희망은 모든 걸 현재 상태로 유지하는 것, 지금 날마다 시시각각 누리고 있는 이 행복을 깨뜨리지 않는 것, 그리고 미래는 일절 생각하지 않는 것이었다. 여기에 그녀를 위한 건 없으니 간섭하지 말아야 했다. 더구나 전쟁이 눈앞으로 닥친 탓에 이제 미래가 위태롭지 않은 사람은 없었다. 린다는 자꾸만 전쟁에 관해 잊어버리지만 말이다.

그날 저녁 파브리스가 군복을 입고 나타나자, 그녀도 전쟁을 떠올리지 않을 수 없었다.

"이제 한 달 남았다고 보면 돼요. 추수가 끝나면 바로 시작될 테니." 파브리스가 말했다.

"영국인들이 정하는 거라면 크리스마스 쇼핑이 끝날 때까지 기다릴 텐데. 오, 파브리스, 너무 오래 걸리진 않겠죠?"

"전쟁이 지속되는 동안은 아주 고약할 거예요. 오늘 내 아파트에 왔었어요?" 그가 물었다.

"네, 까탈스러운 노인네 두 명과 점심을 먹었더니 갑자기 당신이 너무 보고 싶어졌거든요."

"기분 좋네요." 그는 무언가가 떠오른 듯 재미있어하는 표정으로 린다를 바라보았다.

"그런데 왜 안 기다리고?"

"당신네 조상들이 무서워서요."

"오, 그랬어요? 하지만 당신도 조상이 있을 텐데요, 부인?"

"그렇죠. 하지만 당신네 조상들처럼 집 안을 배회하진 않거든요."

"기다리지 그랬어요." 파브리스가 말했다. "당신을 보는 건 언제나 큰 기쁨이라고요. 나한테도 조상님들한테도. 우리 모두 기운이 나죠."

그때 제르맨이 한 아름이나 되는 커다란 꽃다발과 멀린 경의 메모를 들고 왔다.

괜한 걸음을 한 것 같구나. 우리는 털털거리는 여객선을 타고 귀국하는 중이다. 데이비를 꼭 살려서 데려가야 할까? 언젠가 네가 유용하게 쓸 수 있는 물건을 동봉하마.

그것은 2만 프랑짜리 지폐였다.

"눈매가 매서운 사람치고는 참 세심하시다니까요."

린다는 이날 겪은 일들을 돌아보며 감상에 젖었다.

"파브리스, 나를 처음 봤을 때 어떤 생각이 들었어요?" 그녀가 물었다.

"정말 알고 싶다면 말해주죠. 이렇게 생각했어요. '어머나, 보스케 집안의 작은애랑 닮았는데.'"

"그게 누군데요?"

"보스케 집안에는 자매가 있어요. 언니는 예쁘고, 동생은 당신처럼 생겼죠."

"그거참, 고맙네요." 린다가 말했다.

"난 예쁜 쪽이었으면 좋겠는데."

파브리스가 껄껄 웃었다. "그러고 나서 생각했어요. 정말 재미있네. 어쩜 저렇게 모든 게 구식이지……."

오랫동안 조짐만 보이던 전쟁이 6주 후에 실제로 발발했을 때, 린다는 이상하게도 무덤덤했다. 그녀는 현재에, 자기만의 무심하고 미래가 없는 삶에 파묻혀 있었다. 어차피 언제 무슨 일이 생길지 모르는 불안정한 삶이었다. 외부에서 일어나는 사건들은 그녀의 의식에 손톱만큼도 영향을 미치지 못했다. 전쟁을 생각하면, 그것이 마침내 시작되어 안심이 될 정도였다. 시작이 있어야 끝을 향해 한 걸음 나아갈 수 있으니까. 사실 이름만 전쟁일 뿐, 그녀에게는 실질적으로 벌어지지 않은 거나 마찬가지였다. 파브리스가 전장에 투입됐다면 린다의 태도도 크게 달라졌을 것이다. 하지만 그는 정보 담당이라 주로 파리에 머물렀으며, 린다는 오히려 예전보다 그를 자주 보게 되었다. 파브리스가 자기 아파트를 닫아걸고 모친을 시골로 보낸 후에 그녀의 아파트로 들어온 것이다. 그는 밤이고 낮이고 시간을 가리지 않고 아무 때나 나타났다가 사라졌다. 린다는 그를 자주 보게 되어 더없이 기뻤다. 비어 있던 공간이 그의 형상으로 채워지는 것만큼 행복한 일은 또 없었다. 이런 갑작스러운 등장은 그녀를 행복한 긴장 상태로 몰아넣었고, 두 사람의 관계는 뜨겁게 달아올랐다.

데이비가 다녀간 이후로 가족들에게 편지가 날아오고 있었다. 그가 세이디 이모에게 린다의 주소를 가르쳐 준 것이다. 그녀가 파리에서 프랑스군에게 편의를 제공하며 전쟁을 돕고 있다는 말도 전했다. 두루뭉술하지만 어느 정도 진실이 담긴 말이었다. 세이디 이모는 매우 기뻐했다. 열심히 일하는 건 바람직한 태도이며(때로는 밤을 새우기도 한다고 데이비는 강조했다), 생계를 유지하고 있다니 다행이라는 거였다. 자원봉사는 보통 불만족스럽고 돈이 안 됐기 때문이다. 매튜 이모부는 외국인을 위해 일한다니 안타깝다며, 우리 아이들은 왜 그렇게 바다를 건너려 안달인지 모르겠다고 개탄했지만, 전쟁을 돕는 데는 적극 찬성했다. 그는 육군성이 자신에게 다시 한번 야전삽을 휘두를 기회를 주지 않는 것을, 더 정확히는 아무 일도 시켜주지 않는 것을 못마땅히 여겼고, 국왕과 조국을 위해 싸우고 싶은 충족되지 않는 욕망 때문에 두통을 앓는 곰처럼 서성거렸다.

나는 린다에게 보내는 편지에 크리스천이 런던으로 돌아 왔으며, 공산당에서 나와 입대했다고 전했다. 라벤더도 귀국해서 여성 지방 의용군✿에 들어갔다.

크리스천은 린다가 어떻게 지내는지 털끝만큼도 궁금해 하지 않았고, 린다와 이혼하거나 라벤더와 결혼할 마음도 없어 보였다. 그는 온 마음과 영혼을 군 복무에 쏟아부었고, 오직 전쟁만을 생각했다.

그는 페르피냥을 떠나기 전에 맷을 수용소에서 데리고 나오는 데 성공했다. 맷은 오랜 설득 끝에 스페인 동지들을 떠나 또 다른 전선에서 파시즘과 맞서 싸운다는 데 동의했다. 그리고 매튜 이모부가 복무했던 연대에 합류했는데, 이곳의 군사 훈련은 완전히 잘못됐으며 에브로 전투 때는 이러저러했다고 연설을 늘어놓아 동료 장교들이 학을 뗐다는 소문이 들려왔다. 결국 그중에 머리가 제일 좋은 대령 하나가 강력한 한 방을 날렸다. "어쨌든 너희 편이 졌잖아!"

그 후로 맷은 전술에 관해서는 입을 다물었지만, 이제는 통계에 관해 떠들어 댔다. '독일군과 이탈리아군이 3만, 독일

✿ A.T.S. 제2차 세계대전 중 영국 국방군의 여성 부대.

군 전투기가 5백 대' 등등 역시나 지루하기 짝이 없는 이야기였다.

린다는 재클린의 소식을 더 이상 듣지 못했기 때문에, 리츠 호텔에서 우연히 몇 마디를 엿듣고 비참해졌던 기분은 점차 사라졌다. 그리고 남자의 진심은 누구도, 심지어 그 사람의 어머니라면 더더욱 알 수 없으며 사랑에서 중요한 건 행동이라고 스스로를 다독였다. 파브리스는 지금 두 여자를 만날 시간이 없었다. 조금이라도 짬이 나면 늘 린다와 함께 있었다. 그 사실이 그녀를 안심시켰다. 토니나 크리스천과의 결혼이 그녀가 파브리스를 만나기 위해 밟아야 했던 단계인 것처럼, 파브리스의 연애도 그가 린다를 만날 수 있게 인도해 주었다. 파리 북역에서 짐가방에 앉아 우는 린다를 발견했을 때, 그는 재클린을 배웅하러 나왔던 게 틀림없었다. 재클린의 입장에서 생각하면, 린다의 처지가 훨씬 더 유리했다. 어쨌든 린다의 가장 위험한 라이벌은 재클린이 아니라 흐릿하고 순결한 과거의 여자, 루이즈였다. 파브리스가 조금이라도 현실에서 벗어나 무의미한 감상을 늘어놓으며 낭만적으로 변하는 건 약혼녀에 관해 이야기할 때 뿐이었다. 그녀의 아름다움과 고귀한 태생, 광활한 영지, 신앙적 열정을 말할 때면 그는 가벼운 애상에 잠기곤 했다. 한번은 린다가 설령 약혼녀가 살아서 그의 아내가 되었어도 그다지 행복하지 않았을지 모른다고 언급했다.

"다른 여자들의 침실을 수시로 오르내리는데, 그녀라고 속상하지 않았겠어요?"

린다가 말했다.

파브리스는 큰 충격을 받은 듯하더니 비난하는 눈초리로, 절대로 그런 곳에 오르내리는 일은 없었을 것이며, 자신은 결혼에 관한 한 매우 높은 이상을 품고 있었고, 평생 루이즈의 행복을 위해 노력했을 거라고 반박했다. 린다는 면박을 당한 기분이었지만, 그의 말을 곧이곧대로 믿지는 않았다.

그녀는 매일 창밖의 숲우듬지 풍경을 감상했다. 처음 이 아파트에 살게 됐을 때부터 그 풍경은 조금씩 변해 왔다. 새파란 하늘에 연초록 나무에서, 연보라색 하늘에 진초록 나무, 청록색 하늘에 노란 나무를 거쳐, 이제는 회갈색 하늘에 검정 가지들만 앙상하게 뻗어 있었다. 이날은 크리스마스였다. 더 이상 창문을 열 수 없었지만, 태양이 떠 있는 동안 햇살이 비쳐 들어 집 안은 언제나 갓 구운 빵처럼 따뜻했다. 크리스마스 아침, 그녀가 잠에서 깨기도 전에 파브리스가 선물 꾸러미를 한 아름 들고 느닷없이 들이닥쳤다. 잠시 후 포장 종이들이 침실 바닥에 쌓여 바다를 이루었고, 그 위로 얕은 바다에 반쯤 잠긴 난파선과 괴물들처럼 여러 벌의 모피 코트와 모자, 미모사 생화, 갖가지 조화, 깃털, 향수, 장갑, 스타킹, 속옷, 그리고 새끼 불도그가 모습을 드러냈다.

린다는 멀린 경에게 받은 2만 프랑으로 파브리스에게 작은 르누아르 그림을 선물했다. 6인치짜리 캔버스에 그려진 눈부신 파란색의 바다 풍경이었는데, 보나파르트 거리에 있는 그의 집에 걸면 잘 어울릴 것 같았다. 파브리스는 그녀가 아는 그 어떤 사람보다 더 많은 보석과 장신구, 온갖 희귀품을 소유하고 있어서 선물을 고르는 일이 여간 까다로운 게 아니었다. 르누아르 그림을 받은 파브리스는 매우 흡족해하며 이보다 더 마음에 드는 선물은 없을 거라고 했는데, 린다가 보기엔 진심인 것 같았다.

“아, 날이 너무 춥네요. 난 교회에 다녀오는 길이에요.” 그가 말했다.

“파브리스, 내가 있는데 어떻게 교회에 갈 수가 있죠?”

“안 될 게 뭐 있어요.”

“당신은 로마 가톨릭교 신자 아닌가요?”

"물론 그렇죠. 아니면 뭐겠어요? 내가 설마 칼뱅파처럼 보이나요?"

"하지만 그럼 당신은 용서받지 못할 죄를 짓고 있는 거 아닌가요? 그럼 고해성사할 때는 어떻게 해요?"

"구체적으로는 말 안 하죠. 어차피 이런 사소한 육체적 죄악은 별로 중요하지 않아요." 파브리스가 태연하게 말했다.

린다는 자신이 파브리스의 삶에서 육체적 죄악 이상의 존재라고 생각하고 싶었다. 하지만 그와의 관계에서 이처럼 닫힌 문밖에 남겨지는 데는 이미 익숙해졌다. 그런 걸 초연히 받아들이며 현재의 행복에 감사하는 법도 배웠다.

"영국에서는 로마 가톨릭교도라는 이유로 인연을 끊는 일이 비일비재해요. 때로는 무척 슬픈 이별도 있어요. 당신도 알다시피 영국 책들은 대부분 이런 내용이죠."

"영국인들은 바보라고 내가 누누이 말했잖아요. 꼭 우리 관계를 포기하려는 것처럼 들리는데요. 토요일 이후로 무슨 일 있었어요?"

"아니요, 그런 게 아니에요. 그냥 생각해 본 거예요."

"그런데 왜 이렇게 슬퍼 보여요, 내 사랑. 무슨 일이에요?"

"고향에서 보내던 크리스마스가 떠올라서 그래요. 원래

크리스마스엔 감상적인 기분이 되거든요."

"만약에 내가 말한 일이 실제로 일어나서 당신을 영국으로 돌려보내면, 아버지 집으로 갈 건가요?"

"오, 아니에요. 게다가 그런 일은 없을 거예요. 영국 신문들은 우리가 봉쇄 작전으로 독일군을 물리치고 있다고 입을 모아 말한다고요."

"봉쇄라니, 웃기는군요! 내 말 잘 들어요. 독일군은 봉쇄 따위에 아랑곳하지 않아요. 그래서 당신은 어디로 갈 거죠?"

"첼시에 있는 내 집이요. 거기서 당신을 기다릴래요."

"몇 달, 아니 몇 년이 걸릴지도 몰라요."

"난 기다릴 거예요." 린다가 말했다.

뼈대만 남았던 숲우듬지가 서서히 채워지며 분홍빛이 도는가 싶더니, 점차 금빛에서 어린 녹색으로 변해갔다. 푸른 하늘을 볼 수 있는 날이 늘어갔다. 린다는 다시 창문을 열고 알몸으로 누워 일광욕을 할 수 있게 되었다. 햇볕은 어느새 확실히 강렬해져 있었다. 그녀는 언제나 봄을 좋아했다. 기온이 급격히 변하고, 겨울이 물러가며 여름이 다가오는 시기가 좋았다. 더구나 올해는 파리에 있었기에 감정이 고조

되어 직관력도 한층 강해졌다. 그녀는 이런 것에 크게 좌우되었다.

이제 공기 중엔 묘한 기운이 감돌았다. 크리스마스 전과는 한결 다른, 훨씬 더 긴장된 분위기였다. 마을엔 온갖 풍설이 떠돌았다. 린다는 '한 세기의 끝'이라는 표현을 빈번히 떠올렸다. 그것이 환기시키는 정신 상태와 지금 이곳에 팽배한 분위기 사이에 어떤 유사점이 있다고 생각했다. 이제야 진정한 '한 세기의 끝'이 찾아온 것 같았다. 그녀 자신과 주변의 모든 사람이 생의 마지막 며칠을 보내고 있는 기분이었다. 하지만 이 묘한 기분이 그다지 싫지 않았다. 그녀는 차분하고 행복한 운명론에 사로잡혀 있었다. 이제 린다는 파브리스를 기다리는 시간 동안 햇볕을 쬐며 누워 있거나 강아지와 장난을 쳤다. 파브리스의 조언에 따라 여름용 옷들을 주문하기도 했다. 그는 의상 구입이 여성의 가장 중요한 의무 중 하나이며, 전쟁이나 혁명이 일어나도, 병에 걸려도, 죽을 때까지 계속해 나가야 한다고 여기는 것 같았다. 마치 '무슨 일이 생겨도 밭은 갈아야 하고, 가축은 먹여야 하고, 삶은 계속되어야 한다'라고 말하는 것처럼. 그는 뼛속까지 도시 사람이라서, 애인이 입는 봄의 투피스, 여름의 날

염 직물, 가을의 앙상블,✿ 겨울의 모피를 보고 서서히 흘러가는 계절을 확인했다.

푸른 하늘에 흰 구름이 떠 있던 4월의 어느 바람 좋은 날, 폭격이 시작되었다. 일주일 가까이 얼굴을 비추지 않던 파브리스가 심각하고 걱정스러운 표정으로 현관에 들어서더니, 린다에게 당장 영국으로 돌아가야 한다고 말했다.

"오늘 오후 비행기에 당신 자리를 마련해 뒀어요. 작은 가방 하나만 챙기고, 나머지는 나중에 기차 편으로 보내야겠어요. 제르맨이 알아서 해줄 거예요. 나는 지금 육군성Ministère de la Guerre에 들어가 봐야 해요. 최대한 빨리 돌아올게요. 당신을 르부르제 공항까지 데려다줄 시간은 어떻게든 될 거예요." 그리고 이렇게 덧붙였다.

"자, 어서 가벼운 전시 노동을 시작해요." 너무나 현실적이고 낭만이라고는 찾아볼 수 없는 태도였다.

이윽고 돌아온 그는 어느 때보다 다른 데 정신이 팔린 상태였다. 린다는 짐을 싸서 그를 기다리고 있었다. 그와 처음 만났을 때 입었던 푸른 정장을 입고 그때의 그 낡은 밍크코

✿ 같은 천으로 만들어 통일성을 주는 한 벌의 여성복.

트를 팔에 건 채였다.

“아니.” 파브리스가 말했다. 그는 항상 그녀가 무슨 옷을 입고 있는지 금세 알아챘다. “뭐 하는 거죠? 가장무도회라도 가나요?”

“파브리스, 미안하지만 당신이 준 것들은 가져갈 수 없어요. 여기 있는 동안은 그 옷들을 진심으로 사랑했고, 그걸 입은 날 바라봐 주는 당신의 시선을 즐겼지만, 내게도 일말의 자존심이 남아 있어요. 난 매춘굴에서 자란 사람은 아니니까요.”

“내 사랑, 그렇게 중산층처럼 굴지 말아요. 그 옷은 당신에게 전혀 안 어울려요. 지금은 갈아입을 시간이 없네요. 잠깐, 그래도…….” 그는 린다의 침실로 들어가 기다란 흑담비 코트를 들고나왔다. 그가 준 크리스마스 선물 중 하나였다. 그러고는 린다가 들고 있는 밍크코트를 둘둘 말아 휴지통에 던지고는 그녀의 팔에 흑담비 코트를 대신 걸어주었다.

“당신이 떠난 후에 제르맨이 당신 물건들을 보내줄 거예요. 자, 이제 가야 해요.” 그가 말했다.

린다는 제르맨에게 작별 인사를 한 다음, 새끼 불도그를 안고 파브리스를 따라 엘리베이터를 타고 거리로 나섰다.

행복했던 삶에서 영영 멀어지고 있다는 사실을 정확히 의식하지 못한 채로.

19

체이니워크에 갓 돌아왔을 무렵에도 린다는 여전히 얼떨떨했다. 세상은 분명 차가운 잿빛이었지만, 태양이 잠시 구름 뒤로 숨은 것뿐이라고 생각했다. 다시 해가 나면 곧 예전처럼 빛과 열기에 둘러싸여 따스한 광채 속에 살게 될 터였다. 아직 하늘에는 푸른빛이 많이 남아 있었고, 이것은 지나가는 작은 구름일 뿐이었다. 그러다가 간혹 그런 경우가 있듯이, 처음에는 아주 작았던 구름이 점점 커져서 어느새 두꺼운 회색 담요처럼 지평선을 뒤덮어 버렸다. 불길한 소식이 들려왔고, 참혹한 날들, 잊지 못할 몇 주가 시작되었다. 무시무시한 쇳덩이가 프랑스를 가로질러 영국으로 향하면서, 그것을 막으려는 미약한 존재들을 집어삼켰다. 파브리스를, 제르맨을, 그 아파트를, 린다의 지난 몇 개월을 집어삼키고, 앨프레드와 밥과 맷과 로빈을 집어삼키고, 이제 우리를 집어삼키러 다가오고 있었다. 런던 사람들은 전장에 나간 영국군을 생각하며 버스 안이나 거리에서 대놓고 울먹였다.

그러던 어느 날, 별안간 영국군이 돌아왔다. 그러자 마치 우리의 승리로 전쟁이 끝난 듯한 커다란 안도감이 퍼져 나갔다. 앨프레드와 밥, 맷과 어린 로빈이 속속 돌아오고 프랑스 군인들도 대거 철수해 오자, 린다는 파브리스가 그 속에 섞여 있을지 모른다는 희망에 부풀었다. 그녀는 온종일 전화기 옆을 지켰고, 전화를 받았는데 파브리스가 아닌 다른 사람이면 운 나쁜 상대방에게 화풀이를 했다. 나도 당해봐서 잘 알고 있다. 린다가 너무 심하게 펄펄 뛰는 통에 나는 수화기를 내려놓고 곧바로 체이니워크로 달려갔다.

집에 가보니 린다는 프랑스에서 방금 도착한 거대한 짐가방을 풀고 있었다. 그처럼 아름다운 린다의 모습은 처음 보았다. 숨이 막힐 정도였다. 파리에서 돌아온 데이비가 했던 말이 떠올랐다. 어린 시절에 싹수가 보였던 대로 린다가 마침내 미인이 되었다는 말이었다.

"이게 어떻게 여기까지 왔는지 알아?" 웃음과 울음이 뒤엉킨 목소리로 린다가 말했다. "정말 이상한 전쟁이야. 남부 철도 사람들이 좀 전에 이걸 들고 와서 내게 서명을 받아 갔어. 마치 아무 일도 없는 평온한 일상 같았지. 도대체 뭐가 뭔지 난 하나도 모르겠어. 그런데 런던엔 무슨 일이야, 패니?"

삼십 분 전에 나와 통화하면서 사납게 쏘아붙인 건 기억도 못 하는 듯했다. "앨프레드랑 같이 왔어. 그이가 비품을 새로 구하고, 이런저런 사람들도 만나본다고 해서. 아마도 조만간 또 해외로 나갈 것 같아."

"대단하네. 굳이 참전할 필요가 없었을 텐데. 앨프레드는 덩케르크에 관해서 뭐라고 하든?"

"소년 잡지 속으로 들어간 것 같았대. 아주 흥미진진하게 지내다 왔나봐."

"남자들은 다 그래. 어제 남자애들이 다녀갔는데, 정말 기상천외한 이야기를 쏟아내더라. 해안에 다다르기 전까지는 그런 아수라장일 줄 상상도 못 했대. 오, 다들 그렇게 돌아오다니 정말 잘됐어. 단지……. 단지 프랑스 군인들이 어떻게 됐는지 알 수만 있으면 좋겠는데."

그녀는 속눈썹을 내리깔며 나를 올려다보았다. 자기가 어떻게 지냈는지 털어놓을 것 같았지만, 혹여 그런 마음이 들었더라도 금세 태도를 바꾸어 풀던 짐을 마저 풀었다.

"이 겨울옷들은 다시 상자에 넣어둬야 할 것 같아. 이걸 다 넣어둘 만한 공간은 없지만. 시간 때우기에 좋겠어. 다시 보게 되어 기쁘기도 하고."

"옷을 좀 털어서 햇빛에 널어둬. 습기가 찼을 수도 있으니까." 내가 말했다.

"패니, 넌 모르는 게 없구나. 정말 대단해."

"그 강아지는 어디서 났어?" 내가 부러워하며 물었다. 나도 오래전부터 불도그를 키우고 싶었지만, 코골이가 심해서 안 된다며 앨프레드가 반대했다.

"프랑스에서 데려왔지. 내가 키워본 중에 제일 착한 강아지야. 주인이 시키는 일을 하고 싶어서 안달이라니까."

"검역은 어떻게 하고?"

"내 코트 안에 숨겨왔어." 린다가 짤막하게 답했다. "얘가 낑낑거리고 코를 킁킁대는 소리를 너도 들었어야 해. 기체가 크게 흔들려서 얼마나 무서웠다고. 그래도 얘는 얌전하게 있어 줬어. 강아지 얘기가 나와서 말인데, 그 끔찍한 크로이시그 가족이 모이라를 미국에 보낸다더라. 정말 그 집

안다워. 내가 꾹 참고 토니한테 연락해서 애가 떠나기 전에 만나보겠다고 했어. 그래도 엄마니까."

"린다, 난 너의 그런 점은 도무지 이해가 안 가더라."

"어떤 점?"

"어쩜 그렇게 모이라를 나 몰라라 할 수 있어?"

"따분하잖아. 재미도 없고." 린다가 말했다.

"그래, 하지만 아이들도 강아지와 똑같아. 강아지를 제대로 보지도 않고 마부나 사냥터지기에게 맡기면 얼마나 따분하고 재미없게 자라겠어. 아이들도 마찬가지야. 훌륭하게 키우려면 생명 이상으로 훨씬 많은 것을 부어줘야 해. 가엾은 모이라. 네가 그 아이한테 준 건 끔찍한 이름뿐이잖아."

"오, 패니. 나도 알고 있어. 솔직히 말하면, 난 언젠가 토니한테서 도망쳐야 한다는 생각을 늘 어렴풋이 품고 있었어. 그래서 모이라한테 푹 빠지거나 그 애가 날 너무 좋아하게 되면 곤란하니까, 정을 주지 않으려고 한 거야. 그 애 때문에 발목이 잡혀서 크로이시그 가문에 눌러앉을 수는 없으니까."

"가엾은 린다."

"오, 날 동정하진 말아줘. 난 지난 십일 개월간 순수하고 완벽한 행복을 누렸어. 평생을 살아도 그런 경험 한 번 못 하는 사람이 태반이잖아."

내가 생각하기에도 그랬다. 앨프레드와 나는 행복했다. 평범한 부부들과 다르지 않은 행복이었다. 우리는 서로 사랑했고, 지적으로나 육체적으로나 모든 면에서 잘 맞았으며, 함께 시간을 보내길 좋아했다. 돈 문제도 없을뿐더러 사랑스러운 자녀를 셋이나 두고 있었다. 그런데도 내 삶을 돌아보면 하루하루, 매시간이 귀찮은 일로만 가득 채워진 것 같았다. 유모들, 조리사들, 끝도 없는 집안일, 신경을 긁는 소음, 똑같은 말을 반복하는 아이들과의 지루한 대화(내 두뇌를 지루하게 한다는 의미에서), 한순간도 스스로 놀 줄 모르는 아이들의 무능함, 애들이 갑자기 아플 때의 두려움, 수시로 바뀌는 앨프레드의 감정, 그가 식사 때마다 늘어놓는 푸딩에 대한 불평, 항상 내 치약을 쓰면서 튜브의 중간부터 짜는 그의 버릇. 나의 결혼 생활은 이런 것들로 구성되어 있었다. 통밀빵처럼 거칠고 평범해도 몸에는 좋은 삶이었다. 그에 비하면 린다는 매일 멜론을 먹어왔다. 나와는 비교도 되지 않는 음식이었다.

내게 이 집 현관문을 열어줬던 노파가 들어오더니, 더 할 일이 없으면 집에 가보겠다고 말했다.

"그러세요." 린다가 대답했다. 그녀가 나가자 린다는 내게 "헌트 부인이라고, 끝내주는 헌즈야. 매일 여기에 와주셔"라고 했다.

"왜 앨콘리에 가지 않고? 아니면 셴리나. 네가 들어와서 지내겠다면 에밀리 이모랑 데이비도 환영할 거야. 나도 앨프레드가 다시 출전하면 바로 애들을 데리고 그 집에 가 있을 거고."

"새로운 소식이 들려오면 그땐 잠시 놀러 갈 수 있겠지만, 지금은 여기에 머물러야 해. 두 분께 안부 전해줘. 패니 너한테 할 말이 어마어마하게 많아. 지금 우리한테 진짜로 필요한 건 헌즈 벽장에 들어가서 주야장천 떠드는 거야."

토니 크로이시그와 그의 아내 픽시는 오랜 고민 끝에 모이라가 영국을 떠나기 전에 친엄마를 만나는 데 동의했다. 아이는 토니의 차를 타고 체이니워크에 도착했다. 차를 모는 운전기사는 여전히 군복이 아닌 제복을 입고 있었다. 모이라는 래들릿 가문의 특징을 찾아볼 수 없는 평범하고 지루하고 수줍음 많은 소녀였다. 너무 콕 집어 말하긴 그러니까 작은 그레첸[✿] 같았다고 해두자.

"강아지가 정말 귀여워요." 린다의 키스를 받은 모이라가 어색하게 말했다. 무척 당황한 게 틀림없었다.

"플롱-플롱이야."

"아. 프랑스 이름이에요?"

"맞아. 보다시피 프랑스 강아지거든."

"아빠가 그러는데 프랑스 사람들은 막돼먹었대요."

"네 아빠라면 그렇게 말했겠지."

"그들이 우리를 실망시켰다고 했어요. 그런 사람들한테 뭘 기대할 수 있겠어요."

"그래, 네 아빠답다."

"아빠는 우리가 독일과 힘을 합쳐 싸워야지, 독일을 상대로 싸우면 안 된다고 생각해요."

"흠. 하지만 너희 아빠는 누구랑 힘을 합쳐 싸우지도, 누구를 상대로 싸우지도 않는 것 같은데. 내가 보기엔 싸움이랑은 거리가 먼 사람인걸. 아무튼 모이라, 네가 떠나기 전에 두 가지를 준비했어. 하나는 선물이고 다른 하나는 충고야.

✿ 미국 동화 작가 에마 브록이 1932년에 발표한 『작고 통통한 그레첸』의 주인공.

충고는 아주 따분하니까 그것부터 해치워도 되겠지?"

"네." 모이라가 소심하게 대답했다. 그러고는 강아지를 소파로 들고 와 자기 옆에 앉혔다.

"이것만은 말해주고 싶었어. 기억해 둬, 모이라. (강아지랑은 이따가 놀고 내가 하는 말을 들어봐.) 난 네가 이런 식으로 도망치는 데 절대 찬성하지 않아. 크게 잘못하는 거라고 생각해. 영국은 우리에게 많은 것을 준 고마운 나라야. 그런 조국이 곤경에 처했으면 이 땅에 남아 굳게 지키는 게 옳아. 얼른 몸을 피할 게 아니라."

"하지만 그게 제 잘못은 아니잖아요." 모이라가 이마를 찡그리며 말했다. "저는 어린애일 뿐이고, 픽시가 저를 데려가는 거예요. 저는 어른들 말을 들어야 하잖다요. 안 그래요?"

"그래, 맞아. 그건 나도 알아. 그래도 넌 여기 남아 있고 싶지?" 린다가 기대하며 물었다.

"오, 아뇨. 그러기 싫어요. 공습이 있을지도 모르잖아요."

이 말에 린다는 기대를 접었다. 실제로 공습이 벌어지면 아이들은 즐거워할 수도, 아닐 수도 있지만, 그런 생각에 설레지 않는 아이를 린다는 이해할 수 없었고, 자신이 그런 존재를 잉태했다는 게 믿어지지 않았다. 더 이상 이 괴상한 아이에게 입김을 넣으려 해봤자 시간 낭비였다. 린다는 한숨을 내쉬며 말했다.

“잠깐만 기다려 봐. 선물 가져올게.”

그녀의 주머니 속 벨벳 상자에는 다이아몬드 화살이 박힌 산호 집게가 들어 있었다. 파브리스에게 받은 거였다. 하지만 이렇게 예쁜 물건을 형편없는 겁쟁이 꼬마에게 줘버릴 수는 없었다. 그녀는 침실에 들어가 토니와 결혼했을 때 축하 선물로 받은 스포츠 손목시계를 찾았다. 한 번도 차 본 적이 없는 시계였다. 모이라에게 선물하자 매우 기뻐하는 것 같더니, 처음 들어올 때와 마찬가지로 정중하고 냉담한 태도로 집을 나섰다.

린다는 셴리에 있는 내게 전화를 걸어 이 면담에 대해 말해주었다. “너무 화가 치밀어서 누구하고든 얘기를 좀 하고 싶더라고. 그런 걸 낳으려고 내 인생에서 구 개월을 허비했다니. 너희 애들은 공습을 어떻게 생각하니, 패니?”

“그날만 기대하고 있지. 이런 말은 뭐하지만, 독일군이 오기를 기다린다고나 할까. 독일군한테 써먹겠다고 종일 과수원에서 위장 폭탄을 만들고 있거든.”

“흠, 그 말을 들으니 그래도 안심이 된다. 그 세대는 다 그런가 했지. 물론 그게 모이라의 잘못은 아니야. 다 그 망할 픽시 때문이지. 어떻게 된 일인지 안 봐도 훤하지 않니? 그 여자가 겁에 질려 있다가, 미국에 가려면 어린이 음악회처럼 아이를 데려가야만 입장이 가능하다는 사실을 알아낸 거지. 그래서 모이라를 이용하는 거야. 책망을 피하기 위한 변명거리로 말이야." 린다는 어지간히 분한 모양이었다.

"듣자 하니 토니도 간다는 것 같아. 의회 일인지 뭔지로. 정말 유유상종이란 말밖에 안 나와."

참혹했던 5월과 6월, 7월이 지나가는 동안, 린다는 파브리스의 흔적이 나타나기를 기다리고 또 기다렸지만 아무런 소득도 없었다. 그가 아직 살아 있다는 것만은 의심하지 않았다. 린다의 성격상 누군가가 죽었을지도 모른다고 상상하는 건 불가능했다. 프랑스군 수천 명이 독일군에 사로잡혀 있다는 건 린다도 알고 있었다. 그러나 설령 포로로 붙잡혔다고 해도(여담이지만 그녀는 예외적인 상황이 아닌 한 포로가 되는 것을 수치로 생각하는 전통적인 관점에 동의하지 않았다), 파브리스라면 반드시 탈출할 수 있으리라 생각했다. 머지않아 그의 소식이 들려올 터였다. 그때까지는 그저 기다리는 수밖에 없었다. 하지만 아무런 기별도 없는 날들이 이어지고 프랑스에서는 안 좋은 소식만 들려오자 린다는 극도로 초조해졌다. 그녀가 진짜로 걱정하는 건 파브리스의 안전보다 그의 태도였다. 여러 사건에 대한 태도와 그녀에 대한 태도. 린다는 그가 휴전 협정에 관여하지 않을 것이며 그녀와 대화하고 싶어 하리라 확신했지만, 반드시 그렇다는 보장은 없었다. 거기에 엄청난 고독감과 우울감이 더해지자 점점 더 믿음을 잃어갔다. 그녀는 자신이 파브리스에 관해 아는 것이 거의 없다는 사실을 자각했다. 그는 진지한 이야기를 한 적이 없었고, 두 사람의 관계는 주로 육체적이었으며, 대화나 수다도 그 바탕에는 대부분 농담이 깔려 있었다.

그들은 웃고, 사랑을 나누고, 또 웃었다. 그렇게 웃음과 사랑만으로 몇 개월이 눈 깜짝할 사이에 흘러갔다. 린다로서는 만족스러웠지만, 그는 과연 어땠을까? 삶이 너무나도 심각해진 지금, 비극에 처한 그 프랑스 남자는 생크림같이 사소한 음식은 애초에 존재하지 않았다는 듯이 잊어버리지 않았을까? 점점 더 이런 생각이 들고, 점점 더 이런 말을 되뇌었다. 필시 모든 게 이미 끝난 거라고, 파브리스는 이제 추억에 불과하다고, 현실에 눈을 뜨라고 자기 자신을 닦달했다.

그런 와중에 린다가 아는 어떤 사람들은, 당시엔 모두가 그랬지만, 만날 때마다 프랑스에 관해 이야기했다. 그들은 그곳이 '예전에 알던' 프랑스와 얼마나 달라졌는지 강조하며, '건실했던' 집안들이 비시 정부에 찬동하며 못된 짓을 일삼고 있다고 말했다. 그녀의 판단과 직감에 따르면 파브리스는 그런 부류가 아니었다. 하지만 어느 쪽이 됐건 알고 싶었다. 그녀는 증거를 간절히 바랐다.

그렇게 희망과 절망 사이를 오가며 아무런 소식도 없이 몇 달을 지내다 보니, 린다도 점차 절망 쪽으로 기울기 시작했다. 그가 정말로 원한다면 소식 정도는 얼마든지 보낼 수 있을 터였다.

그러던 8월의 어느 화창한 일요일 아침, 아주 이른 시각에 전화벨이 울렸다. 깜짝 놀라 깨어난 그녀는 전화벨이 이미 한참 울렸다는 걸 감지했고, 틀림없이 파브리스라고 확신했다.

"플랙스먼 2815번지인가요?"

"네."

"전화가 와 있습니다. 연결해 드리죠."

"여보세요 — 여보세요?"

"파브리스?"

"그래요."

"오! 파브리스. 얼마나 기다렸는지 몰라요."

"그거 잘됐군요. 지금 바로 당신 집에 가도 될까요?"

"오, 잠시만요. 당연히 와도 되죠. 하지만 그 전에 잠시만 얘기 좀 더 해요. 당신 목소리가 듣고 싶어요."

"안 돼요. 밖에 택시가 기다리고 있어요. 오 분이면 갈 거예요. 전화로는 못 하는 게 너무 많잖아요. 내 사랑, 이따 봐요……." 딸깍.

린다는 몸을 뒤로 젖혔다. 사방이 밝고 따뜻했다. 인생은 때때로 슬프고 가끔은 지루하지만, 파운드케이크에는 건포도가 박혀 있고, 린다는 지금 그중 하나를 찾았다. 창문 너머 강 위로 이른 아침의 햇살이 쏟아졌고, 천장에 반사된 물빛이 춤을 췄다. 백조 두 마리가 유유히 상류로 날아가는 소리가 일요일의 정적을 깨우더니, 작은 바지선이 통통거리는 소리가 이어졌다. 하지만 린다가 기다리는 건 전화벨 다음으로 도시 남녀의 연애와 밀접하게 연관된 소리, 즉 택시가 멈춰 서는 소리였다. 햇살, 정적, 그리고 행복. 마침내 거리에서 그 소리가 들려왔다. 속도가 줄어들고, 좀 더 줄어들다가 멈추는 소리. 종소리와 함께 깃발이 올라가는 소리, 문이 닫히는 소리, 사람 목소리, 동전이 짱그랑거리는 소리와 발걸음 소리. 그녀는 달음질쳐 내려갔다.

몇 시간이 흐른 후, 린다는 커피를 끓였다.

"오늘이 일요일이라 다행이에요. 헌트 부인이 안 오는 날이니까요. 그녀가 보면 뭐라고 생각했겠어요?"

"몽탈랑베르 호텔의 야간 근무자와 똑같은 생각을 했을 것 같은데요." 파브리스가 말했다.

"여긴 왜 온 거예요, 파브리스? 드골 장군에게 합류하려고요?"

"아니요, 그럴 필요는 없어요. 이미 자유 프랑스에 합류했거든요. 보르도에서 장군과 함께 있었죠. 나는 임무 때문에 프랑스에 있어야 했지만, 서로 원하면 언제든 소통할 통로가 있었어요. 물론 이번에 장군을 만나러 갈 거예요. 그는 내가 오늘 정오에 오는 줄 알고 있죠. 하지만 나는 그보다 개인적인 임무를 수행하러 온 거예요."

그는 한참 동안 린다를 응시했다.

"당신에게 사랑한다고 말하러 왔어요." 그가 마침내 입을 열었다.

린다는 정신이 아득해졌다.

"파리에선 그런 말을 한 적 없잖아요."

"그랬죠."

"당신은 늘 현실적인 이야기만 했는데."

"네, 그랬던 것 같군요. 그동안 살면서 사랑한다는 말을 너무 자주 했어요. 수많은 여성과 로맨틱한 관계를 즐겨왔죠. 그래서 이번엔 다르다는 걸 느끼면서도 차마 그 진부한 말을 꺼낼 수가 없었어요. 도저히 입이 떨어지지 않았죠. 당신에게 사랑한다는 말을 하지 않았고, 일부러 말도 놓지 않았어요. 이거야말로 진짜고 다른 모든 건 가짜였다는 걸 깨달은 순간, 마치 누군가를 알아본 것 같았다고나 할까. 이건 말로 설명이 안 돼요."

"나도 완전히 똑같이 느꼈어요. 설명하려 하지 마요. 그럴 필요 없어요. 나도 아니까." 린다가 말했다.

"그러다가 당신이 떠난 후에야 이걸 말해야 한다는 느낌이 들었죠. 고백해야 한다는 생각이 강박처럼 자리 잡았어요. 그 참담했던 몇 주간, 나는 당신에게 말할 수 없다는 사실이 더 참담했어요."

"여기까지는 대체 어떻게 온 거예요?"

"계속 옮겨 다니는 중이고, 내일 아침에 다시 떠나야 해요. 아주 일찍이요. 전쟁이 끝나기 전에는 돌아오지 못할 거예요. 그래도 날 기다려 줘요, 린다. 이저 당신도 내 마음을 알았으니 더는 소원이 없어요. 그동안은 괴로웠고, 아무 데도 집중할 수가 없었어요. 임무도 제대로 수행할 수 없었죠. 앞으로도 힘든 일이 많겠지만, 당신이 나의 이 벅찬 사랑을 모른 채 떠날 일은 없을 테니 마음이 놓여요."

"오, 파브리스. 나는 마치……. 신앙심 깊은 사람들이 이런 기분이겠구나 싶어요."

린다가 그의 어깨에 머리를 기댔고, 두 사람은 한참을 고요히 앉아 있었다.

파브리스가 자유 프랑스군 본부인 칼턴가든에 들른 후, 두 사람은 리츠 호텔에서 점심을 함께했다. 그곳에는 린다가 아는 사람들이 가득했다. 다들 무척이나 세련되고 쾌활했으며, 매우 가벼운 말투로 독일군이 곧 들이닥치리라는 이야기를 나누고 있었다. 그곳에 있는 청년들이 모두 플랑드르에서 용감히 싸웠고, 조만간 의심의 여지 없이 또다시 싸우러 나가 이번에는 다른 전장에서 더욱 격렬한 전투를 치르리라는 사실을 제쳐둔다면 충격적으로 느껴질 수 있는 분위기였다. 파브리스도 심각한 표정을 지으며 저들은 아무것도 모르는 것 같다고 말했다.

그때 데이비와 멀린 경이 나타났다. 두 사람은 파브리스를 보고 눈썹을 치켜올렸다.

"가엾은 멀린은 잘못된 걸 갖고 있어." 데이비가 린다에게 말했다.

"잘못된 뭘요?"

"독일군이 오면 먹을 알약. 멀린이 가진 건 그냥 강아지들한테 주는 약이야."

데이비가 보석함을 꺼내 알약 두 개를 보여주었다. 하나는 흰색, 다른 하나는 검은색이었다.

"흰색을 먼저 먹은 다음에 검은색을 먹는 거야. 멀린도 내 주치의를 찾아가면 좋으련만."

"그냥 독일군이 죽이게 놔두는 게 나아요." 린다가 말했다. "놈들이 죄를 하나 더 추가하고 총알도 다 써버리게요. 절대 쉽게 지나가도록 놔둬선 안 돼요. 난 놈들이 날 잡기 전에 최소한 두 명은 해치울 자신이 있어요."

"오, 넌 정말 강인하구나, 린다. 하지만 나한테는 총을 쏘는 게 아니라 고문을 할 거야. 내가 《가제트》에 게재한 글을 봐봐."

"자네가 우리 쪽 사람들에 대해 쓴 것보다 딱히 더 고약하지도 않았는걸." 멀린 경이 말했다.

데이비는 잔혹한 평론가이자 무자비한 도살자로, 가장 친한 지인들조차 절대 봐주지 않는 것으로 유명했다. 그는 여러 개의 필명을 사용했지만, 특유의 문체를 숨길 수는 없었다. 그중에서도 가장 악랄한 평론은 리틀 넬이라는 이름으로 연재되었다.

"런던에는 오래 머물 예정인가, 소브테르?"

"아니요, 그리 오래는 못 있습니다."

린다와 파브리스는 식사를 하러 들어갔다. 두 사람은 이런저런 이야기를 나누었는데, 대부분은 농담이었다. 파브리스는 오래전부터 알던 지인들이 점심 자리에서 저지른 해괴망측한 일들을 토씨 하나 빠짐없이 들려주었다. 프랑스에 관해서는 딱 한 번 언급했는데, 그저 계속해서 싸워야 하며 결국에는 모든 것이 정상으로 돌아갈 거라는 말이었다. 린다는 토니나 크리스천과 왔다면 전혀 달랐을 거라고 생각했다. 토니였다면 자기가 겪은 일들을 장황하게 늘어놓고 자신의 미래를 위한 지루한 계획을 세우느라 바빴을 터였다. 크리스천은 프랑스 함락 이후의 세계정세, 그로 인해 아라비아와 저 멀리 카슈미르에 일어날 파장, 대량 난민 문제를 적절히 처리하지 못한 페탱✿의 무능력, 크리스천 자신이 국가 원수였다면 취했을 조치들에 관해 일방적으로 가르치려 들었을 것이다. 둘 다 린다가 자기 수하 중 하나인 듯 말했을 것이 분명했다.

그러나 파브리스는 그녀를 바라보고, 그녀에게, 오직 그녀만을 위해 이야기했다. 간간이 서로만 알아들을 수 있는 농담과 암시가 포함된, 절대적으로 두 사람만의 대화였다. 린다는 그가 진지해지지 않으려 한다는 느낌을 받았다. 조금이라도 진지해지면 비극이 시작될 것 같은 데다, 이번 만남으로 그녀에게 행복한 기억만 남길 바라는 마음일 터였다. 또한 그는 이 어두운 시기에 격려가 되는 무한한 낙관주의와 믿음을 심어주려 했다.

다음 날 이른 아침, 이틀 연속으로 아름답고 따듯하고 햇살 좋은 아침에, 린다는 베개에 기대어 앉아 파브리스가 옷

✿ 비시 정부의 수장.

입는 모습을 지켜보았다. 파리에서는 자주 이렇게 그를 바라보곤 했었다. 그는 넥타이 매듭을 묶을 때 특유의 표정을 지었는데, 지난 몇 개월간 까맣게 잊고 있던 그 표정을 보자 갑자기 파리에서의 삶이 생생하게 떠올랐다.

"파브리스, 우리 언젠가 다시 같이 살게 될까요?"

"당연하죠. 오래오래, 내가 아흔 살이 될 때까지 같이 살 거예요. 나는 굉장히 충실한 성격이거든요."

"재클린한테는 그다지 충실하지 않았잖아요."

"아하, 재클린에 관해 알고 있군요. 그녀는 아주 다정한 사람이었어요. 가엾은 사람. 다정하고 우아했지만, 어찌나 따분했는지! 어쨌든 나는 엄청나게 충실해서, 그녀와의 관계를 오 년이나 지속했죠. 나는 항상 그런 식이에요(오 일 아니면 오 년이죠). 하지만 당신은 다른 어떤 여자보다 열 배는 더 사랑하니까 아흔 살까지 함께할 거예요. 그쯤 되면, 당신과의 삶이 이미 일상이 돼 있겠죠……."

"언제쯤 당신을 다시 볼 수 있을까요?"

"오며 가며 보게 될 거예요." 그는 창가로 갔다. "차 소리가 들린 것 같아요. 아, 맞네요. 모퉁이를 돌고 있어요. 저기요. 이제 가야겠어요. 안녕, 린다."

그는 예의를 갖춰 린다의 손에 거의 형식적인 입맞춤을 했다. 이미 마음은 떠난 사람 같았다. 그리고 재빨리 집을 나섰다. 린다는 열린 창문으로 다가가 몸을 내밀었다. 그가 커다란 자동차에 올라탔다. 앞 좌석에는 프랑스 병사 두 명이 타고 있고 보닛에는 자유 프랑스 국기가 펄럭였다. 차가 출발하자 그가 고개를 들어 올려다보았다.

"꼭 돌아와요……. 돌아와야 해요……."

린다가 환한 미소를 지으며 외쳤다. 그러고는 침대로 돌아와 펑펑 울었다. 두 번째 이별은 그녀에게 극도의 절망감을 안겨주었다.

20

런던에 공습이 시작되었다. 9월 초, 우리 가족이 켄트에 있는 에밀리 이모 댁으로 옮겨가기가 무섭게 집 정원에 폭탄이 떨어졌다. 훗날 보게 될 것들에 비하면 작은 폭탄이었고 다친 사람은 아무도 없었지만, 가옥이 거의 다 부서져 버렸다. 나는 에밀리 이모와 데이비, 그리고 우리 아이들과 함께 앨콘리로 피신했다. 세이디 이모는 우리를 따뜻하게 맞아주며 전쟁이 지속되는 동안 계속 머물러 달라고 부탁했다. 루이자는 이미 세 자녀와 함께 그 집에 들어와 있었다. 존 포트 윌리엄은 연대로 돌아갔고, 그들의 스코틀랜드 집은 해군에 넘어간 후였다.

"사람은 많으면 많을수록 좋지." 세이디 이모가 말했다. "난 집이 꽉 차는 게 좋아. 덤으로 배급받는 것도 유리해진

단다. 게다가 너희 아이들도 예전의 너희들처럼 같이 자라면 좋잖아. 남자애들은 다 멀리 갔고, 빅토리아는 해군 여성부대에 있으니, 집 안에 너희 이모부랑 나랑 두 늙은이만 있으면 얼마나 적적하겠니."

앨콘리의 커다란 방들은 어느 과학 박물관에서 옮겨온 물건들로 가득 차 있었다. 피난민 숙소로는 사용되지 않았는데, 웬만큼 혹독한 환경에서 자라지 않은 이상 이 집의 추위를 견딜 수 없으리라 판단한 게 아닐까 싶다.

얼마 지나지 않아 예상치 못한 인물이 거주자 목록에 추가되었다. 나는 위층 놀이방의 욕실에서 유모 대신 빨래를 하고 있었다. 전시의 절약 원칙에 따라 비누 조각의 양을 재며 제발 앨콘리의 물에도 잘 풀어지기를 빌고 있는데, 루이자가 불쑥 들어왔다.

"지금 누가 왔는지, 넌 백만 년이 지나도 못 맞출걸." 그녀가 말했다.

"히틀러." 나는 멍청한 대답을 내놓았다.

"너희 엄마야. 야생마 이모. 방금 진입로를 걸어서 현관에 들어오셨어."

"혼자?"

"아니, 남자랑 같이."

"그 소령?"

"소령처럼은 안 보이던데. 엄청 꾀죄죄하고 무슨 악기를 들고 있었어. 어서, 패니. 그건 그냥 담가두고……."

정말이었다. 우리 어머니가 홀에 앉아 위스키 앤 소다를 마시며 리비에라를 탈출한 놀라운 모험담을 새 같은 목소리로 이야기하고 있었다. 어머니와 몇 년을 함께 산 소령은 예전부터 프랑스보다 독일을 선호해서 독일군에 협력하기 위해 남았고, 지금 어머니와 함께 온 건달처럼 생긴 남자는 여기까지 오는 길에 우연히 만난 후안이라는 스페인 사람이었다. 그가 없었으면 무시무시한 스페인 수용소에서 절대 빠져나오지 못했을 거라고 했다. 어머니는 마치 그가 이 자리에 없는 것처럼 그에 대해 떠들어 댔고, 그 탓에 기묘한 분위기가 조성되었다. 후안이 스페인어밖에 모른다는 걸 알기 전까지 우리는 무척이나 당황스러웠다. 그는 기타를 움켜쥔 채 멍하니 허공을 응시하며 위스키를 꿀꺽꿀꺽 들이켰다. 두 사람의 관계는 너무나 분명했다. 후안은 의심의 여지 없이(아무도, 심지어 세이디 이모마저도 이 사실을 털끝만큼도 의심하지 않았다) 야생마의 애인이었지만, 어머니는 외국어를 몰랐기 때문에 서로 말이 안 통하는 거나 마찬가지였다.

그때 매튜 이모부가 나타났고, 야생마는 자신의 모험담을 다시 한 번 되풀이했다. 이모부는 잘 왔다고 반기며, 얼마든지 원하는 만큼 머물라고 하고는 푸른 눈을 후안에게로 돌려 섬뜩하고 매서운 시선을 던졌다. 세이디 이모가 그를 업무실로 데려가 뭐라고 속삭였고, 잠시 후 이모부의 목소리가 들렸다.

"그럼 할 수 없지. 하지만 며칠만이야."

어머니를 보고 뛸 듯이 기뻐한 사람은 그녀를 사랑해 마지않는 늙고 다정한 조시였다.

"무슨 일이 있어도 마님을 말에 태우고 말겠어요." 그가 기쁨에 겨워 쉭쉭 소리를 내며 말했다.

어머니는 세 명의 남편을 거쳐서(소령까지 치면 네 명) 이미 귀부인이 아니었지만, 조시는 그런 건 아랑곳하지 않았다. 그에게 어머니는 언제까지나 귀부인이었다. 그는 자기가 보기에 어머니에게 한참 모자라지만 그래도 순 엉터리는 아닌 말을 한 필 구해서 일주일도 안 되어 그녀를 데리고 새끼 여우 사냥을 나갔다.

나에게 있어서는 이때가 태어나서 처음으로 어머니와 진득하게 마주한 시간이었다. 나는 어린 시절에 어머니를 갈망했고, 어쩌다 한 번이라도 어머니가 나타나면 황홀해했지만, 앞서도 말했듯이 그런 인생을 본받고 싶은 마음은 쥐꼬리만큼도 없었다. 에밀리 이모와 데이비는 언제나 지혜로운 방식으로 어머니를 언급했다. 두 사람, 특히 데이비는 내 감정이 상하지 않도록 조심스럽게, 그리고 점진적으로 어머니 이야기를 일종의 농담처럼 만들었다. 성인이 된 후로도 나는 어머니를 몇 번 만났고, 신혼여행 때 앨프레드를 어머니에게 인사시키기도 했다. 그러나 가까운 관계인데도 공통된 경험이 없다는 사실이 양쪽 모두에게 큰 부담이어서 그다지 만족스러운 결과를 내지는 못했다. 앨콘리에서 아침, 점심, 저녁으로 어머니를 대하며 나는 커다란 호기심을 갖고 그녀를 관찰했다. 다른 모든 걸 떠나서 어쨌든 내 아이들의 할머니였으니까. 그러다 보니 어느새 어머니에게 호감을 느끼게 되었다. 비록 어리석음의 화신이긴 해도 솔직하고 활달하며 한없이 착해서, 사람을 사로잡는 무언가가 있었다. 루이자의 아이들과 우리 아이들은 모두 그녀를 무척 따랐다. 얼마 안 가서 어머니는 비공식적인 유모가 되어, 그 방면에서 우리에게 많은 도움을 주었다.

희한하게도 어머니의 몸가짐은 세월의 변화 없이 여전히 1920년대에 머물러 있는 것 같았다. 서른다섯에서 더 이상 나이 먹기를 거부하고, 정신적으로도 육체적으로도 스스로를 보존 처리한 사람 같았다. 세상은 변하고 자신은 빠르게 시들어 가고 있다는 사실을 외면한 채 말이다. 어머니는 밝은 노란색의 (바람에 날린 듯한) 짧은 싱글 커트 단발머리에, 그 나이에도 여전히 관습을 무시하는 듯한 형태의 바지를 입고 있었다. 요즘은 변두리 상점의 점원들이 하나같이 그런 차림인 줄도 모르고 말이다. 그녀의 말투, 그녀의 관점, 그녀가 사용하는 은어는 모두 도도새보다 이전에 멸종한 이십 년대 후반의 것이었다. 어머니는 지극히 비현실적이고 어리석고 연약해 보였지만, 피레네산맥을 넘고 스페인 수용소를 탈출해 뮤지컬 〈노, 노, 나네트〉의 코러스에서 막 튀어나온 꼴로 앨콘리까지 온 걸 보면 실제로는 어지간히 강인한 사람임이 틀림없었다.

처음에 모두를 난처하게 한 건 우리 중 누구도 어머니가 소령(자녀를 여섯 둔 유부남)과 결국 결혼까지 했는지 아닌지를 모른다는 사실이었다. 따라서 어머니의 현재 호칭이

롤 부인인지 플러그 부인인지 알 수가 없었다. 롤은 백인 사냥꾼으로, 어머니가 어엿이 사별로 떠나보낸 유일한 남편이었다. 사냥 여행에서 실수로 자기 머리에 총을 쏘아 죽었다고 한다. 이름 문제는 배급 수첩 덕분에 금세 해결되었다. 수첩에는 플러그 부인이라고 적혀 있었다.

"그 주안✿이라는 작자는 어떻게 할 생각이지?"

두 사람이 앨콘리에 온 지 일주일 정도 지났을 때, 매튜 이모부가 물었다.

"아이, 매튜 자기양." 어머니는 자기라는 말로 기름칠을 했는데, 저 단어는 항상 저런 식으로 발음했다. "후-안은 내 목숨을 구해줬어요. 그것도 몇 번이나. 그런데 어떻게 여기서 그만 헤어지자며 쫓아버릴 수 있겠어요. 그러니까 부탁해요, 착한 매튜."

"스페인 놈팡이를 여기서 지내게 할 수 없어. 잘 알잖아." 이 말을 하는 이모부의 목소리는 예전에 린다에게 애완동물을 집 안에 들일 수 없다고, 정 키우고 싶으면 마구간에서 키우라고 하던 때와 똑같았다. "안됐지만 저놈에겐 다른 장

✿ 후안(Juan)의 영어식 발음.

소를 찾아주도록 해, 야생마."

"오, 자기야. 조금만 더 있게 해줘요. 제발 며칠만 더요, 매튜 자기야." 어머니의 말투는 꼭 냄새나는 늙은 개를 두고 애원하던 린다 같았다. "그런 다음에는 내 작은 몸을 끌고 그 사람이랑 다른 데로 가겠다고 약속할게요. 그동안 우리가 얼마나 끔찍한 시간을 보냈는지 상상도 못 할 거예요. 난 그와 함께 있어 줘야 해요. 어쩔 수 없다고요."

"음, 정 그렇다면 일주일 더 주지. 하지만 쐐기 날에 넘어가는 일은 없을 거야, 야생마. 일주일 후에 저놈은 내보내야 해. 당신은 물론 얼마든지 더 있어도 좋지만 주안한테는 선을 그을 거니까."

루이자는 눈이 휘둥그레져서 내게 말했다.

"그 남자는 차 마실 시간도 되기 전에 야생마의 방에 들어가 같이 지내더라고."

루이자는 예전부터 사랑을 나누는 행위를 같이 지낸다고 표현했다. "티타임 전에 말이야. 패니, 넌 이게 믿어지니?"

*

"친애하는 세이디." 데이비가 말을 꺼냈다.

"전 지금부터 용서받지 못할 행동을 할 거예요. 모두를 위한 일이고, 당신을 위한 일이기도 하지만, 그래도 용서받지 못할 일이죠. 제 말을 다 듣고 도저히 용서가 안 되신다면, 저랑 에밀리는 이 집을 나가겠어요."

"데이비, 무슨 일인데 그래요?" 세이디 이모가 깜짝 놀라 물었다.

"음식 때문이에요, 세이디, 음식이요. 전쟁 중이라 당신도 힘든 건 알지만, 우린 차례로 중독 증세를 보이고 있어요. 나는 어젯밤에 한참을 아팠고, 에밀리는 그 전날 설사를 했어요. 패니는 코에 커다란 발진이 생겼죠. 아이들도 정상적인 발육이 미뤄지고 있는 게 분명해요. 솔직히 말해서, 비처 부인은 보르자 가문✿에 태어났으면 엄청나게 성공했을 사람이에요. 그 다진 소시지는 정말 독약이에요, 세이디. 그저 맛이 없거나 양이 적거나 너무 빽빽한 것뿐이라면, 나도 이

✿ 대대로 독약을 이용해 정적을 제거한 것으로 유명하다.

렇게까지 불평하진 않을 거예요. 전쟁 중엔 어쩔 수 없는 일이니까요. 하지만 정말로 독성이 있는 음식이라면 한마디 할 수밖에 없어요. 이번 주의 식단을 보세요. 월요일은 독 파이, 화요일은 독 버거 스테이크, 수요일은 콘월식 독…….”

세이디 이모는 수심에 찬 얼굴로 그를 바라보았다.

“그래요, 형편없는 요리사죠. 나도 알아요, 데이비. 하지만 어쩌겠어요. 배급받는 고기는 두 끼면 끝나는데, 일주일에 식사를 열네 번이나 차려야 하잖아요. 그 부분을 감안해 줘요. 소시지 고기를 잘게 다지면, 몸에는 해롭지만(나도 당신 말에 적극적으로 동의해요) 훨씬 더 오래 먹을 수 있어요.”

“하지만 시골에는 사냥터나 농장이 있으니까 배급으로 부족한 식량을 보충할 수 있지 않나요? 농장은 세를 줬다고 해도, 돼지랑 암탉들은 이 집 소유인 걸로 아는데요. 그리고 사냥터는요? 여기는 그런 땅이 많잖아요.”

“문제는 매튜가 독일군에 대비해 탄약을 아껴두고 있다는 거예요. 토끼나 메추라기에 단 한 발도 낭비할 수 없다면서요. 게다가 비처 부인은 (오, 정말로 형편없는 여자지만, 그런 사람이라도 있다는 게 얼마나 다행이에요) 잘게 썬 고기와 채소 요리 정도는 괜찮게 해도, 이름 모를 자잘한 부속물로 생소한 음식을 만들어 낼 솜씨는 없는 사람이에요. 어쨌든 당신 말이 전적으로 옳아요, 데이비. 건강에 좋지 않죠. 내가 어떻게든 고민해서 좋은 수를 내볼게요."

"당신은 언제나 훌륭하게 살림을 꾸려 왔어요, 친애하는 세이디. 덕분에 저는 이 집에 올 때마다 큰 도움을 받았죠. 어느 해의 크리스마스에는 몸무게가 4.5온스나 늘었답니다. 하지만 지금은 무섭게 빠지고 있어요. 제 비루한 몸뚱이에는 이제 뼈다귀만 남았죠. 이러다 무슨 병이라도 걸리면 그대로 골로 갈까 두려워요. 난 그런 일을 방지하려고 온갖 예방조치를 취하고 있어요. 물건은 전부 소독약에 담그고, 하루에 적어도 여섯 번은 양치질을 하죠. 하지만 아시다시피 저는 면역력이 심각하게 약해서요."

세이디 이모가 입을 열었다. "예전 살림은 식은 죽 먹기였어요. 일류 요리사 한 명과 주방 하녀 둘, 식기 담당 하녀를 부리면서 원하는 식자재를 전부 얻을 수 있었으니까요. 내가 배급 식량을 관리하는 데 너무 서투른 것 같아요. 이제부터는 무슨 수든 써볼게요. 이런 이야기를 꺼내줘서 정말 기뻐요, 데이비. 당신이 한 말은 구구절절 옳아요. 난 전혀 기분 나쁘지 않아요."

하지만 결국 개선된 건 아무것도 없었다. 비처 부인은 모든 제안에 "네, 네"라고 대답하고는 여전히 독 소시지로 가득한 햄버그스테이크와 콘월식 패스티,✿ 셰퍼드 파이를 올려보냈다. 너무나 열악하고 건강에 해로운 음식이라, 이번만은 우리 모두 데이비의 말이 지나치지 않다고 생각했다.

그 누구도 식사에서 즐거움을 얻을 수 없었지만, 데이비는 시련 속에서도 긍정적인 면에 집중했다. 식탁에 앉은 그는 울상을 지으며 음식을 거부하곤, 점점 더 비타민 알약에 의지했다. 데이비의 자리에는 그의 보석함 컬렉션보다 훨씬 더 많은 수의 약병들이 작은 숲을 이루고 있었다. 비타민 A, 비타민 B, 비타민 A와 C, 비타민 B3, 비타민 D. 한 알이면 여름 버터 2파운드와 맞먹고, 대구 간유 1갤런보다 열 배는 강력하고, 혈액에 좋고, 뇌에 좋고, 근육에 좋고, 에너지를 생성하고, 이런 걸 방지하고 저런 걸 보호한다는 아름다운 설명이 뒤따랐다. 다만 한 가지는 예외였다.

"그럼 여긴 뭐가 들었어요, 데이비?"

"아, 그건 기갑 부대가 출격하기 직전에 먹는 거야."

✿ 페이스트리 반죽에 양파, 쇠고기, 감자 등을 넣고 구운 요리.

그러더니 데이비는 가볍게 코를 킁킁거리기 시작했다. 이것은 보통 코피가 날 조짐이었다. 비타민으로 부지런히 채워놓은 소중한 적혈구와 백혈구를 헛되이 흘려보내면 그의 면역력은 더욱 약해질 터였다.

접시 위에서 리솔✿을 밀어내고 있던 에밀리 이모와 나는 불안감에 고개를 들었다.

“야생마, 내 메리 체스 향수에 또 손을 댔군요.” 그가 심각하게 말했다.

“오, 데이비 자기야. 딱 한 방울밖에 안 썼어요.”

“한 방울로 식당 전체에 냄새가 진동하진 않아요. 욕조에 마개를 막고 들이부은 게 분명해요. 유감스러운 일이군요. 그 한 병으로 한 달을 버텨야 하는데. 정말 너무해요, 야생마.”

“자기야, 내가 기필코 더 구해다 줄게요. 다음 주에 가발을 세척하러 런던에 가거든요. 그때 향수를 가져올게요. 맹세해요.”

“가는 김에 주안도 데려가서 거기 두고 오면 되겠네.” 매

✿ 페이스트리 반죽에 다진 고기나 생선을 넣어 굽거나 튀긴 요리.

튜 이모부가 으르렁거렸다.

"더는 우리 집에 빌붙게 할 수 없으니까 말이야. 내가 경고했었지, 야생마."

매튜 이모부는 아침부터 밤까지 민병대 일로 바빴다. 그는 행복하고 흥겨운 데다 유난히 온순한 상태였다. 가장 좋아하는 취미, 즉 독일군을 박살 내는 일이 곧 가능해질 전망이었기 때문이다. 그러니 후안은 어쩌다가 눈에 들어올 뿐이어서, 예전 같으면 득달같이 집에서 좇아냈겠지만, 이 무렵 후안은 이미 한 달 가까이 앨콘리에 머물고 있었다. 하지만 이모부가 그의 존재를 영원히 참아줄 생각이 없다는 게 분명해지기 시작했다. 후안의 거취 문제는 명백히 정점으로 치닫고 있었다. 당시에 후안이 어땠는가 하면, 나는 그처럼 처량한 사람은 본 적이 없었다. 누구하고도 대화를 할 수 없었던 그는 온종일 하는 일도 없이 음울하게 어슬렁거렸다. 식사 시간에 그의 얼굴에 떠오르는 혐오스러운 표정은 데이비와 막상막하를 이루었다. 이제 기타를 칠 기분조차 안 나는 것 같았다.

"데이비, 후안과 대화할 사람은 당신밖에 없어요." 세이디 이모가 말했다.

우리 어머니가 머리를 염색하러 런던에 가 있는 사이에 후안의 운명을 결정하기 위한 가족회의가 소집됐다.

"그가 야생마의 목숨을 구해줬다고 하니, 굶어 죽게 할 수는 없어요. 인간으로서 도리를 지켜야죠."

"스페인 놈한텐 그럴 필요 없어." 매튜 이모부가 의치를 뿌드득거리며 말했다.

"우리가 할 수 있는 건 일자리를 구해주는 것 정도인데, 그러려면 우선 그의 직업이 뭔지 알아내야 해요. 자, 데이비. 당신은 언어 실력이 출중하고 머리도 좋잖아요. 도서실에 있는 스페인어 사전을 좀 연구해 보면, 전쟁 전에 무슨 일을 했는지 물어볼 수 있을 거예요. 한번 해봐요, 데이비."

"그래요, 여보. 그렇게 해요." 에밀리 이모도 동의했다. "저 사람은 지금 말도 못 하게 비참해 보여요. 일거리가 생기면 기운이 날 거예요."

매튜 이모부가 콧방귀를 뀌었다.

"그냥 나한테 스페인어 사전을 줘. '나가'가 뭔지만 찾아보면 되니까." 그가 웅얼거렸다.

"한번 해볼게요. 하지만 이미 대답이 대충 짐작이 가는걸요. G의 지골로(기둥서방)라든가." 데이비가 말했다.

“아니면 그와 비슷한 한량인 M의 마타도르(투우사)나 H의 이달고(하급 귀족)라든지요.” 루이자가 덧붙였다.

“음. 그렇다면 어떻게 하지?”

“그럼 B의 꺼져(be off)지.” 매튜 이모부가 외쳤다.

“그렇게 되면 야생마가 그를 먹여 살려야겠지만, 내 근처에는 얼씬도 못 하게 할 거야. 그 망나니가 내 집에서 무위도식하는 건 더 이상 못 봐준다고 두 사람에게 확실히 말할 테니까.”

데이비는 맡은 일을 철저히 해내는 사람이었다. 그는 혼자서 스페인어 사전을 들고 한참을 씨름하더니, 엄청난 양의 단어와 구절을 종이에 적어 내려갔다. 그런 다음 후안을 매튜 이모부의 업무실로 불러들여 문을 닫아걸었다.

잠시 후 방에서 나온 두 사람의 얼굴엔 흐뭇한 미소가 번져 있었다.

“짐을 싸라고 한 거 맞지?”

매튜 이모부가 미심쩍어하며 물었다.

“아니요, 짐을 싸라고는 안 했어요.” 데이비가 말했다.

“오히려 그 반대죠. 제가 후안을 고용했어요. 다들 아마 상상도 못 하실 거예요. 말도 못 하게 기쁜 소식이 있거든요. 후안은 요리사예요. 제가 이해하기론, 스페인 내전이 일어나기 전까지 어느 추기경 밑에서 요리를 했나 봐요. 세이디, 당신도 반대하지 않았으면 좋겠네요. 제가 볼 때 이건 확실한 구명줄이에요. 스페인 음식은 맛도 훌륭하고, 변비에도 좋고, 소화도 잘되고, 신통방통한 마늘도 듬뿍 들어가잖아요. 오, 기쁘도다. 독 버거는 이제 안녕. 비처 부인은 언제 내보낼까요?"

데이비의 극찬은 현실로 증명되었다. 후안의 주방행은 백년에 한 번 나올까 말까 하는 탁월한 선택이었다. 그는 일류 요리사를 뛰어넘는 실력자였고, 식단 구성에 천재적인 재능이 있었으며, 대번에 이 지역 암시장의 제왕이 된 것으로 추정되었다. 이름 모를 자잘한 부위들로 만든 생소한 음식조차 말도 안 되게 맛있었다. 끼니마다 육즙 가득한 조류와 정육, 갑각류가 올라왔고, 채소에는 호화로운 소스가 곁들여졌으며, 푸딩은 진짜 아이스크림으로 만든 게 틀림없었다.

"후안은 배급품을 교환하는 데 탁월한 능력이 있어요." 세이디 이모가 특유의 몽롱한 말투로 말했다. "비처 부인 때를 생각하면…… 정말이지. 데이비, 당신은 정말 똑똑해요."

어느 날 그녀가 또 말했다. "요즘 먹는 음식은 당신에게 너무 과하지 않은가요, 데이비?"

"오, 아니에요." 데이비가 대답했다. "과한 건 조금도 나쁘지 않아요. 우리 몸에 무시무시한 해악을 끼치는 건 빈약한 음식이죠."

후안은 아침부터 밤까지 채소를 절여서 유리병에 담아 보존 처리했다. 덕분에 수프 통조림 몇 개만 덜렁 놓여 있던 식료품 저장실이 이제 전쟁 전의 식료품점으로 보이기 시작했다. 데이비는 이곳을 알라딘의 동굴, 줄여서 알라딘이라 불렀고, 거기서 혼자 만족스러워하며 오랜 시간을 보냈다. 몇 개월분의 맛있는 비타민들이 깔끔하게 늘어서 있는 줄은 비처 부인 체제하에서의 굶주림과 현재의 그를 장벽처럼 갈라놓았다.

후안 본인도 이제 처량하게 앉아 있던 꾀죄죄하고 시무룩한 난민과는 현저히 다른 사람이 되었다. 그는 청결했고, 흰 모자와 의복을 착용했으며, 키도 더 커진 것 같았다. 그렇게 그는 주방에서 상당한 권위를 얻게 되었다. 매튜 이모부조차 그의 변화를 인정했다.

"내가 야생마라면 저 친구랑 결혼할 거야."

이모부가 말했다.

“제가 아는 야생마라면 틀림없이 그렇게 할 거예요.”

데이비도 맞장구를 쳤다.

11월 초에 나는 런던에 갈 일이 생겼다. 중동에 가 있는 앨프레드를 위한 용무를 보고 병원에도 들려야 했다. 나는 아침 여덟 시 기차로 런던에 도착했고, 지난 몇 주간 린다에게서 연락이 없었기에 곧장 택시를 타고 체이니워크로 향했다. 전날 밤에 대대적인 공습이 있었던 것이다. 거리마다 깨진 유리로 반짝였고, 아직 불길이 진화되지 않은 곳이 많아서 소방차와 구급차, 구급대원들이 이리저리 뛰어다녔다. 막힌 도로도 많아서 우리는 여러 차례 먼 길로 돌아가야 했다. 공기 중에는 여전히 흥분감이 감돌았다. 사람들은 삼삼오오 상점이나 집 앞에 모여 서로 정보를 교환하는 듯했다. 내가 탄 택시의 운전사도 어깨 너머로 끊임없이 내게 말을 걸었다. 그는 어제 밤새 구급대원들을 도왔다며, 자신이 무엇을 보았는지 말해주었다.

“붉은 해면 덩어리에 깃털을 덮어놓은 것 같았어요.” 그가 으스스하게 말했다.

“깃털이요?” 나는 겁에 질려 물었다.

"네. 깃털 이불 있잖아요. 아직 숨이 붙어 있어서 병원으로 데려갔는데, 쓸데없는 짓을 했다며 영안실로 가라고 하더라고요. 그래서 자루에 넣어 영안실로 가져갔죠."

"맙소사." 내가 말했다.

"오, 그건 내가 여태껏 봐온 것들에 비하면 아무것도 아니에요."

체이니워크에 도착하자 집안일을 돌봐주는 헌트 부인이 문을 열어주었다.

"린다는 너무 쇠약한 상태예요. 시골로 데려가시면 안 될까요? 저런 몸으로 여기 있으면 안 돼요. 지켜보는 내가 다 마음이 아파서."

린다는 욕실 안에서 신음하고 있었다. 얼마 후에 나온 그녀는 이렇게 말했다.

"공습 때문에 놀라서 이런다고 오해하지 마. 난 공습을 좋아한다고. 새로운 가족이 생기려고 이러는 거야."

"린다, 넌 다시는 아기를 낳으면 안 되는 거 아니었어?"

"오, 의사들이 뭘 알아. 아무것도 모르면서 겁만 내는 바보들이야. 난 아기를 낳을 수 있어. 얼마나 기대되는지 몰라. 이 아이는 모이라와 전혀 다를 테니 두고봐."

"나도 임신 중이야."

"세상에, 너무 잘됐다. 언제 낳는데?"

"5월 말쯤."

"오, 나랑 똑같아."

"루이자도 임신 중이고, 3월에 낳을 거야."

"우리 셋 다 바빴구나. 정말 잘됐다. 애들끼리 헌즈 모임을 할 수 있겠어."

"그럼 린다, 나랑 같이 앨콘리로 가지 않을래? 이런 상태로 여기 머무는 게 무슨 의미가 있겠어. 너한테도 아기한테도 좋지 않아."

"난 여기가 좋아." 린다가 말했다. "여기가 내 집이야. 난 여기서 지내는 게 좋다고. 게다가 누군가 날 보러 올 수도 있잖아. 단 몇 시간만이라도 말이야. 그는 분명히 여기로 찾아올 거야."

"그러다 네가 죽으면 그 사람은 널 찾을 수도 없어."

"귀여운 패니, 바보 같은 소리 하지 마. 런던엔 7백만 명이 살고 있어. 그 사람들이 매일 밤 죽어 나간다고 생각해? 공습으로 죽는 사람은 없어. 그저 엄청나게 시끄럽고 난장판이 될 뿐이지 실제로 죽는 건 얼마 안 돼."

"아니야…… 아니야……. 부정 타는 소리는 그만두자. 죽는 것과 상관없이 여긴 너한테 안 좋아. 지금 네 꼴을 좀 봐, 린다."

"화장하면 그렇게까지 나쁘진 않아. 끔찍하게 아파서 문제지. 그건 공습과는 아무런 상관도 없어. 조만간 이런 시기가 지나고 나면 다시 괜찮아질 거야."

"하지만 생각해 봐. 앨콘리에선 훌륭한 음식도 먹을 수 있고……."

"그래, 들었어. 멀린이 날 보러 와서는 크림 속에 캐러멜화된 당근이 떠다녔다고 하는데 어찌나 군침이 돌던지. 그가 말하길, 양심 따위 내다 버리고 후안에게 뇌물을 써서 멀린퍼드로 영입하려 했는데, 그럼 덤으로 야생마까지 따라온다는 걸 깨달은 거야. 그것까진 차마 감당 못 하겠더래."

"난 이제 가봐야 해." 내가 머뭇거리며 말했다. "널 두고 가야 한다니 발걸음이 안 떨어진다. 린다, 너도 같이 가면 좋을 텐데."

"나중에, 상황을 봐서."

나는 주방으로 가서 헌트 부인을 찾았다. 그리고 만약의 경우를 대비해 약간의 돈과 앨콘리의 전화번호를 쥐여 주며, 혹시라도 도움이 필요한 일이 생기면 꼭 연락해 달라고 부탁했다.

"꿈쩍도 안 해요." 내가 말했다. "제가 할 수 있는 건 다 해봤지만, 소용이 없네요. 당나귀처럼 고집이 세서요."

"저도 알죠, 부인. 바람을 쐬러 나가지도 않고, 매일 전화기 옆에 앉아 혼자 카드놀이만 해요. 제가 볼 땐 여기서 혼자 자는 것도 위험한데, 그런 상식적인 얘기를 해도 도무지 듣지를 않으니까요. 어젯밤은, 휴우! 정말 끔찍했어요, 부인. 밤새 쾅쾅거렸거든요. 신문에선 뭐라고 하는지 몰라도, 형편없는 대포들은 적기를 단 한 대도 못 맞췄어요. 제 생각엔 그 대포에 여자들을 앉혀야 해요. 그럼 걱정이 없죠. 여자들이라면요!"

일주일 후, 헌트 부인이 앨콘리로 전화를 걸어왔다. 린다의 집이 직격탄을 맞았는데, 아직 그녀의 소재가 파악이 안 된다는 거였다.

세이디 이모는 버스를 타고 첼트넘으로 장을 보러 갔고, 매튜 이모부는 어디 갔는지 통 보이질 않았다. 데이비와 나는 하는 수 없이 이모부의 차에 민병대의 휘발유를 가득 채워서 죽어라 하고 런던으로 내달렸다. 그 작은 집은 완전히 무너졌지만, 린다와 그녀의 불도그는 무사히 빠져나왔고, 이웃집에서 하룻밤 신세를 졌다고 했다. 린다는 격앙되어 벌겋게 된 얼굴로 따발총처럼 떠들어 댔다.

"봤지, 패니? 내가 뭐랬어. 공습으로는 사람이 안 죽는다고 했잖아. 이것 봐, 우린 털끝 하나 안 다쳤어. 내 침대가 바닥을 뚫고 푹 꺼진 게 전부야. 플롱플롱이랑 나는 그 위에 편히 누워 있었어."

잠시 후, 의사가 와서 그녀에게 진정제를 주었다. 그는 우리에게, 약을 먹었으니 한숨 푹 자고 일어나면 앨콘리로 데려갈 수 있을 거라고 했다. 나는 세이디 이모에게 연락해서 침실을 하나 준비해 달라고 했다.

남는 시간 동안 데이비는 린다의 물건 중에 쓸만한 게 있는지 찾아 나섰다. 집과 가구, 르누아르의 명화, 그리고 침실에 있던 모든 것이 산산이 부서졌지만, 찬장의 쪼개지고 뒤틀린 잔해에서 잡동사니를 몇 개 구해낼 수 있었다. 지하실에서는 린다가 파리를 떠난 후 파브리스가 보내준, 옷으로 가득한 짐가방 두 개가 온전한 상태로 발견되었다. 데이비는 머리부터 발끝까지 하얀 먼지를 뒤집어쓰고 방앗간 주인 같은 행색으로 기어 나왔다. 헌트 부인이 우리를 자그마한 자신의 집으로 데려가 먹을 것을 나눠주었다.

"린다는 유산할지도 몰라요." 내가 데이비에게 말했다. "차라리 그게 린다한테 더 나아요. 이 아기를 낳는 건 너무 위험하니까요. 제 주치의도 겁을 내더라고요."

하지만 배 속의 아기는 무사했다. 린다는 이 경험이 자신에게 큰 도움이 되었다고, 덕분에 입덧이 딱 그쳤다고 했다. 그녀는 런던을 떠나도 될지 다시 주저했지만, 그래도 마음이 흔들리는 모양이었다. 나는 누군가 그녀를 찾아왔다가 체이니워크의 집이 폐허가 된 걸 보면 즉시 앨콘리로 연락해 올 게 분명하다고 지적했다. 린다는 내 말이 이치에 맞는다며 우리와 함께 가는 데 동의했다.

21

코츠월드 고지대에 예년처럼 혹독한 겨울이 찾아왔다. 공기는 얼음물처럼 매섭고도 상쾌했다. 짧은 산책이나 승마를 즐기기에는 (그 후에 따뜻한 집으로 돌아갈 수만 있다면) 더없이 기분 좋은 날씨였다. 그러나 앨콘리의 중앙난방 시설은 한 번도 우리를 만족시킨 적이 없었고, 이 무렵에는 이미 파이프가 노후화되어 완전히 막혀버린 모양으로, 아무튼 간에 미지근한 온도 이상으로는 올라가지 않았다. 혹독한 바깥 공기를 쐬다가 홀로 들어오면 잠깐은 따뜻한 기운이 느껴졌다. 하지만 이런 기운은 금세 사라졌고, 신체의 혈액순환이 느려지며 점차 온몸에 감각이 없어지는 마비 상태에 빠져들었다.

영지에 남아 있는 남자들은 전쟁에 나가지 않은 나이 든 사람들뿐이었는데, 그들은 땔나무를 베어 올 시간조차 없었다. 매튜 이모부의 지휘 아래 땅을 파고, 바리케이드와 요새를 건설하고, 총알받이로 생을 마치기 전에 온몸으로 독일군을 방해할 준비를 하느라 종일 바빴던 것이다.

"우리가 한 명도 남김없이 죽을 때까지 적어도 두 시간, 잘하면 세 시간은 놈들을 묶어놓을 수 있을 거야. 이런 작은 땅에서 그 정도면 나쁘지 않지." 매튜 이모부가 자랑스럽게 말했다.

아이들은 내보내 땔감을 주워 오게 했다. 데이비는 의외로 능률적이고 부지런한 나무꾼으로 변신했다(자신은 군복을 안 입어야 더 잘 싸울 수 있다며 민병대에 합류하는 건 거부했다). 그런데도 매일 구해오는 땔감의 양은 놀이방의 불이 꺼지지 않게 유지할 정도밖에 안 됐다. 게다가 습기를 머금은 나무라서 티타임이 끝나고 어두운 응접실 벽난로에 불을 붙여도, 다들 마지못해 일어나 냉랭한 계단을 통해 침실로 향할 때쯤이면 불씨가 다 사라졌다. 저녁 식사 후, 난로 양쪽에 있는 두 개의 안락의자는 어김없이 데이비와 우리 어머니가 차지했다. 데이비는 자기가 오한이 들면 모두가 곤란해진다는 이유를 댔고, 야생마는 그냥 냅다 의자에 몸을 던졌다. 우리 나머지 사람들은 온기가 전해지는 한계를 훌쩍 넘어선 곳에 반원형으로 둘러앉아, 툭 하면 사그라져 음산한 연기로 변하는 노란 불꽃을 간절한 눈빛으로 바라보았다. 린다는 머리부터 발끝까지 흰여우 털이 달리고 안감은 흰족제비 털인 가운 형식의 이브닝 코트가 있었는데, 저녁 식사 때마다 이 옷으로 꽁꽁 싸매고 있어서 다른 사람들보다 덜 괴로워했다. 낮에는 흑담비 모피 코트를 입고 역시 흑담비 털이 안감으로 들어간 검은색 벨벳 부츠를 신거나, 흰색 벨벳 퀼팅 안감의 거대한 밍크 침대보를 둘둘 말고 소파에 누워 있었다.

"파브리스가 전쟁 중에 유용할 거라며 이런 것들을 사왔을 때 난 깔깔대며 웃었어. 전쟁은 무시무시하게 추운 거라고 그는 입버릇처럼 말했지. 그의 말이 옳다는 걸 이젠 뼈저리게 알겠어."

집안의 다른 여자들은 린다의 물건을 보고 분하면서도 부러워했다.

"이건 너무 불공평해."

어느 날 오후, 루이자가 내게 말했다. 둘 다 막내들을 유모차에 태워 산책하러 나가는 길이었다. 우리는 둘 다 뻣뻣한 스카치 트위드[✿]를 입고 있었는데, 감탄스럽도록 부드러운 프랑스 트위드와는 비교도 되지 않았다. 우리의 모직 스타킹과 브로그 신발,[✿✿] 코트나 치마와 '어울리는' 게 아닌 '같이 입기에 무난한' 색상으로 직접 짠 저지 스웨터도 초라하긴 마찬가지였다.

"린다는 집을 나가 파리에서 화려한 생활을 하다가 값비싼 모피를 두르고 돌아왔는데, 너랑 나는……. 평생을 늙고 지루한 남편 하나만 붙들고 살면서 도대체 얻는 게 뭐야? 4분의 3 길이의 양모 코트?"

"앨프레드는 늙고 지루한 남편이 아니야." 나는 충실한 아내답게 대답했다. 하지만 루이자가 하는 말을 뼛속까지 이해했다.

세이디 이모도 린다의 옷들이 예쁘다고 야단이었다.

"정말 안목이 탁월하구나, 우리 아가." 린다가 기막히게 아름다운 옷을 또 하나 꺼내오자 이모가 말했다. "그것도 파리에서 가져온 거니? 파리에선 돈이 없어도 머리만 잘 쓰면 이렇게 훌륭한 옷을 입을 수 있구나."

✿ 양모로 거칠게 짠 스코틀랜드산 직물.

✿✿ 가죽으로 만든 튼튼한 단화.

이 말을 들은 우리 어머니는 고개를 돌리다 누군가와 눈이 마주칠 때마다 커다랗게 눈을 찡긋했다. 린다에게도 마찬가지였다. 그러자 린다의 얼굴이 딱딱하게 굳어졌다. 그녀는 우리 어머니를 견디기 힘들어했다. 파브리스를 만나기 전에 자신도 그런 신세로 전락했었고, 그 길의 끝에 무엇이 기다리고 있는지 깨닫고 경악했던 기억 때문이었다. 우리 어머니는 처음부터 '그만 인정해. 어차피 너나 나나 타락한 여자야'라는 태도로 린다에게 접근했다가 곤욕을 당했다. 린다가 딱딱하고 냉랭한 것도 모자라 몹시 무례하게 굴었던 것이다. 가엾은 야생마는 자기가 무엇을 잘못했는지 몰라서 처음엔 큰 상처를 받았다. 그러다가 점차 자존감을 되찾고는 린다가 저렇게 나오는 건 웃기지도 않은 짓이라고 큰소리를 쳤다. 까놓고 말해서 고급 창부에 불과한 주제에 너무 거들먹거리며 고상한 척한다는 거였다. 나는 린다가 파브리스와 얼마나 낭만적인 사랑에 빠져 있고 둘이서 몇 개월간 어떤 시간을 보냈는지 설명하려 했다. 야생마는 시간이 가면서 저절로 누그러졌지만 린다를 이해할 수 없거나 이해하지 않으려 했다.

"린다랑 같이 살았던 게 소브테르 맞지?" 린다가 앨콘리에 도착하고 얼마 안 되어 어머니가 내게 물었다.

"그걸 어떻게 알아요?"

"리비에라에선 모르는 사람이 없어. 나도 예전부터 소브테르를 알고 있었지. 그런 남자가 랑발 출신의 따분한 여자에게 정착한다는 소리에 얼마나 놀랐다고. 그런데 그 여자가 다른 일로 영국에 가버린 사이에 영악한 린다 계집애가 그를 잡아챈 거지. 아주 잘 골라잡은 건 인정하지만, 그런 걸로 뭘 저렇게 콧대 높게 구느냐는 거야. 눈치를 보아하니 세이디는 모르는 것 같고, 나는 당연히 입이 찢어져도 말 안 할 거야. 난 그런 여자가 아니라고. 그저 다 같이 있을 때 린다가 조금 더 명랑하게 굴었으면 좋겠다는 것뿐이야."

세이디 이모 내외는 린다가 여전히 크리스천의 충실한 아내라고 믿었고, 아이의 아버지가 현재 카이로에 가 있는 크리스천이 아닐 거라고는 꿈에도 생각 못 했다. 그들은 린다가 토니를 떠난 것을 거의 용서했지만, 그렇게 함으로써 자신들이 굉장히 넓은 아량을 베풀었다고 여겼다. 두 사람은 이따금 린다에게 크리스천은 어떻게 지내느냐고 물었다. 진짜로 궁금해서가 아니라, 루이자와 내가 남편 이야기를 쏟아낼 때 린다 혼자 소외감을 느끼지 않게 하려는 거였다. 그러면 린다는 크리스천에게 받은 가상의 편지를 바탕으로 여러 가지 소식을 지어냈다.

"자기네 준장이 영 마음에 안 든다고 하네요"라든가, "카이로가 정말 재미있는 곳이긴 하지만, 지내다 보니 식상해졌대요"라면서.

사실 린다는 그 누구에게도 편지 한 통 받지 못했다. 영국인 친구들을 못 본 지도 이미 오래되었다. 전쟁 때문에 세계 각지로 흩어진 그들은 혹여 린다를 잊지 않았을지도 모르지만, 이제 그들의 삶에는 린다가 존재하지 않았다. 물론 린다가 원하는 편지는 단 하나였다. 파브리스가 보내오는 한 통의 편지, 아니 단 한 줄이어도 좋았다. 그 서신은 크리스마스 직후에 당도했다. 칼턴가든으로 보낸 것을 그쪽에서 공식 봉투에 담아 전달해 준 것으로 드골 장군의 우표가 붙어 있었다. 홀 테이블에 놓인 그 봉투를 보고 린다는 얼굴이 새하얘지더니, 잽싸게 그것을 움켜쥐고 자기 침실로 뛰어 올라갔다.

한 시간쯤 지나서 그녀가 나를 찾아왔다.

린다는 눈물을 그렁그렁하며 말했다. "오, 패니. 지금까지 계속 들여다봤는데 한 글자도 못 읽겠어. 이건 고문이야. 네가 한번 봐줄래?"

린다가 건네준, 내 평생 본 중에 가장 얇은 종이에는 녹슨 펜으로 긁어서 쓴 것이 분명한, 해독 불가능한 상형 문자들이 펼쳐져 있었다. 나 역시 한 글자도 알아볼 수 없었는데, 딱히 필체의 문제라기보다, 글자 비슷하지도 않은 무슨 기호로밖에 보이지 않았다.

"어쩌면 좋지?" 린다가 울먹였다. "오, 패니."

"데이비한테 물어보자." 내가 말했다.

린다는 잠시 망설였지만, 아무리 사적인 내용이라 해도 전혀 못 읽는 것보단 데이비가 알게 되는 편이 낫다는 판단에 마침내 그러자고 했다.

데이비는 적임자를 잘 찾아왔다고 말했다.

"나는 프랑스어 필기체에 아주 익숙하거든."

"대신 웃지 않겠다고 약속할 수 있어요?" 린다가 어린애처럼 숨도 쉬지 않고 물었다.

"물론이지. 린다, 난 더 이상 그런 걸 웃음거리로 생각하지 않는단다."

데이비는 이렇게 말하며 애정과 걱정이 뒤섞인 표정으로 그녀를 바라보았다. 린다는 최근 들어 무척 핼쑥해져 있었다. 하지만 한참 동안 편지를 들고 연구한 데이비는 자기도 도무지 모르겠어서 당황스럽다고 털어놓았다.

"지금껏 온갖 해괴망측한 프랑스어 필체를 봐왔지만 이건 정말 독보적인걸."

결국 린다는 포기했다. 그녀는 부적처럼 주머니에 편지를 넣고 다녔지만, 파브리스가 뭐라고 적었는지는 끝내 알 수 없었다. 그것은 잔인하게 사람의 애를 태웠다. 린다는 칼턴 가든에 가서 파브리스에게 편지를 썼지만, 전달할 수 없어서 유감이라는 메모와 함께 반송되었다.

"괜찮아. 언젠가 다시 전화벨이 울리고, 그가 나타날 테니까."

루이자와 나는 아침부터 밤까지 정신없이 바빴다. 아이들은 여덟 명인데 보모(내가 고용한)는 한 명밖에 없었다. 다행히 애들이 종일 집에만 있는 건 아니었다. 루이자의 첫째와 둘째는 사립학교에 다녔고, 그 아래 두 명과 우리 아이 두 명은 멀린퍼드의 수녀원에서 수업을 들었다. 멀린 경이 천우신조와 같이 찾아준 곳이었다. 루이자는 이를 위해 휘발유를 조금 샀고, 나와 데이비까지 셋이서 돌아가며 매일 세이디 이모의 승용차로 아이들을 통학시켰다. 이런 조치를 매튜 이모부가 어떻게 여겼는지는 말할 필요도 없을 것이다. 그는 이를 갈고 눈을 번뜩이며 가엾고 선량한 수녀들을 '빌어먹을 낙하산 부대원들'이라고 욕했다.✿ 또한 기관총 벙커를 만드는 데 써야 할 시간을, 머지않아 하늘에서 새처럼 내려와 그 벙커를 죄다 차지할 또 다른 수녀들에게 낭비하는 것은 손주들의 영혼을 유혹하라고 갖다 바치는 것과 다름없다고 생각했다.

"그것들은 아무나 잡아가면 상을 받는다니까. 그리고 당연히 남자들이야. 신발을 보면 알 수 있다고."

매주 일요일에 아이들이 무릎을 꿇고 성호를 긋는 등 가톨릭교도처럼 행동하거나 심지어 예배에 과도한 관심을 보이기라도 하면 이모부는 스라소니같이 노려보았고, 이러한 징후가 포착되지 않을 때조차 안심하지 않았다.

"이 로마 가톨릭교 놈들은 더럽게 교활하거든."

그는 멀린 경이 자기 영지에 그런 시설을 둔 것은 너무 위험한 일이라고 생각했지만, 무도회에 독일인을 데려오고 외

✿ 1940년 당시 영국에는 독일 공수부대가 수녀로 변장해 침공할 거라는 소문이 널리 퍼져 있었다.

국 음악을 찬양하는 것으로 유명한 사람에게 달리 무엇을 바랄 수도 없는 노릇이었다. 이모부는 이제 〈우나 보체 포코 파〉는 깨끗이 잊어버리고 〈터키 정찰대The Turkish Patrol〉를 주야장천 틀어놓았다. 피아노로 시작해 포르테를 지나 피아니시모로 끝나는 곡이었다.

"잘 들어봐. 정찰대가 숲속에서 나왔다가 다시 숲속으로 들어가는 소리야. 왜 터키라는 이름이 붙었는지 모르겠어. 터키 사람들이 어떻게 이런 곡을 연주하겠어. 그리고 터키에 숲 같은 건 없다고. 그냥 이름이 그런 것뿐이야."

내가 보기에 이모부는 이 곡을 듣고 민병대를 떠올린 것 같다. 그들은 불쌍하게도 버넘의 숲이 던시네인에 다가온 것처럼✿ 나뭇가지로 위장하고 숲에 들어갔다 나오기를 반복했다.

아무튼 우리는 옷을 만들고 수선하고 빨래하는 등, 직접 아이들을 돌보기보단 보모가 해야 할 가사에 집중하며 열심히 일했다. 나는 유모 없이 자란 아이들을 너무 많이 봐서 이것이 바람직하지 않다고는 생각하지 않았다. 옥스퍼드에

✿ 셰익스피어의 『맥베스』에 나오는 마녀의 예언.

서 진보적인 교수의 아내들은 신념을 가지고 직접 육아를 하는 경우가 많았는데, 자기 자신은 점점 바보가 되고, 자녀들은 빈민굴 아이들 같은 행색에 야만인처럼 행동했다.

가족들의 의복을 챙기는 것 외에도 우리는 곧 태어날 아기들의 옷을 지어야 했다. 물론 대부분은 언니, 오빠들의 옷을 물려 입을 터였다. 린다는 우리처럼 쌓여 있는 아기 옷이 없으면서도 이런 일을 조금도 하지 않았다. 헌즈 벽장에 있는 널빤지 선반 하나를 침대처럼 꾸민 그녀는 여기저기 빈 침실에서 이불과 베개를 가져와 그 위에 자신의 밍크 침대보를 씌우고는, 온종일 플롱플롱을 옆에 끼고 누워 동화책을 읽었다. 헌즈 벽장은 예전처럼 집 안에서 가장 따뜻한, 아니 유일하게 따뜻한 곳이었다. 나는 짬이 날 때마다 바느질감을 가져가 린다 옆에 앉았고, 그러면 린다는 파란색이나 초록색 동화책(안데르센이나 그림 형제) 중 하나를 내려놓고 파브리스와 함께 지냈던 파리에서의 행복한 삶을 자세히 이야기해 주었다. 가끔 루이자가 찾아오면 린다는 말을 멈췄고, 그러면 셋이서 존 포트 윌리엄과 아이들에 관해 이야기했다. 하지만 루이자는 잠시도 쉴 줄 모르는 일꾼이었고 수다를 즐기는 성격도 아니었다. 게다가 린다가 아무 일도 안 하고 매일 빈둥거리는 걸 눈에 거슬려 했다.

"린다의 아기는 뭘 입게 될지, 불쌍한 것." 그녀는 이따금 짜증스러운 목소리로 내게 말했다. "그리고 그 아기를 누가 돌봐주겠니, 패니? 너랑 내 소관이 될 게 불 보듯 뻔하잖아. 우린 지금도 이미 할 일이 넘쳐나는데 말이야. 더군다나 린다는 저렇게 담비 털인지 뭔지를 뒤집어쓰고 누워 있지만, 돈은 한 푼도 없어. 빈털터리라고. 그런데도 본인은 그걸 깨닫지 못하는 것 같아. 더군다나 크리스천이 임신 이야기를 들으면 어떻게 나오겠니? 어찌 됐건 법적으로 자기 아이가 될 테니, 그걸 취소하는 소송을 걸겠지. 그럼 또 얼마나 떠들썩해지겠어. 그런데 린다는 이런 건 조금도 생각을 안 해. 걱정으로 속이 까맣게 타도 모자랄 판에 평화로운 시기를 즐기는 백만장자의 아내처럼 굴잖아. 도저히 못 봐주겠어."

그래도 루이자는 근본적으로 선량했다. 결국 그녀가 런던에 가서 린다의 아기가 쓸 신생아 용품을 사왔다. 린다는 토니에게 받았던 약혼반지를 말도 안 되는 헐값에 팔아 그 값을 치렀다.

"남편들이 생각날 때는 없어?"

어느 날, 한참 동안 파브리스 이야기를 듣고 난 후에 내가 물었다.

"그게 참 웃기는 게, 토니 생각은 은근히 자주 들어. 크리스천으로 말하자면 막간의 촌극 같은 거였어. 내 인생에서 스쳐 지나가는 존재였던 거지. 일단 결혼 생활 자체가 너무 짧았고, 그때의 일들은 상당 부분 그다음 사람으로 덮어씌워졌으니까. 뭐랄까, 당시의 기억이 거의 남아 있질 않아. 그에게 강렬한 감정을 느낀 건 처음 몇 주뿐이었던 것 같아. 아주 초반에 잠깐이었지. 크리스천은 높은 이상을 가졌고 존경할 만한 사람이니까 그와 결혼한 게 잘못이었다고는 생각하지 않아. 하지만 그는 사랑할 줄 모르는 사람이었어.

반면에 토니는, 생각해 보면 내 인생의 4분의 1 이상을 부부로 지냈잖아. 인상이 강하게 남아 있을 수밖에 없지. 그리고 이제 와서 보면 우리가 이렇게 된 게 전부 다 그의 탓만은 아니었어. 토니도 불쌍하지. 그때 난 누구랑 결혼했어도 오래 가지 못했을 거야(우연히 파브리스와 만나지 않은 이상). 그 당시의 나는 너무 고약한 인간이었으니까. 중요한 건, 사랑 없는 결혼 생활이 유지되려면 아주아주 넘치도록 친절하고…… 상냥하고…… 각별히 예의를 갖춰야 하는데, 나는 토니에게 상냥했던 적이 없어. 예의를 갖추지 않은 적도 많고, 거의 신혼여행을 다녀온 직후부터 지극히 무례하게 굴었지. 그때의 내 모습을 떠올리면 부끄러울 따름이야. 불쌍한 토니는 사람이 착해서 한 번도 내게 맞서지 않고 오랫동안 참아줬어. 그러다가 픽시에게로 간 거지. 난 그를 탓하지 않아. 처음부터 끝까지 내가 잘못한 거야."

"글쎄, 토니도 별로 친절하지는 않았어. 그렇게까지 자책할 필요 없어. 그가 지금 하는 행동을 봐."

"오, 그는 세상에서 제일 나약한 인간이야. 전부 픽시와 그의 부모가 시킨 거지. 아직 나와 부부였다면 지금쯤 민병대에 들어가 있을걸."

확신컨대, 린다는 미래에 관해서는 털끝만큼도 생각하지 않았다. 언젠가 전화벨이 울릴 것이고, 그건 분명 파브리스의 전화라는 게 그녀가 내다보는 유일한 미래였다. 그가 자신과 결혼을 할지, 아이는 어떻게 할지, 그런 문제는 그녀의 관심에서 벗어나 있었고, 어쩌다 머리를 스치는 일조차 없었다. 린다의 마음은 오로지 과거로만 향해 있었다.

"우리처럼 잃어버린 세대에 속한다는 건 너무 슬픈 일이야." 어느 날 그녀가 말했다.

"역사는 분명 두 전쟁을 하나의 전쟁으로 간주할 테고, 우리 같은 건 깡그리 무시해 버리겠지. 사람들은 우리가 존재했다는 것조차 잊어버릴 거야. 이런 삶은 차라리 살지 않는 게 나았을지도 몰라. 정말 억울한 기분이야."

"일종의 문학적 호기심으로 관심을 기울일지도 모르지." 데이비가 말했다.

그는 이따금 추위에 벌벌 떨며 헌즈의 벽장으로 기어들어 와서, 다시 글을 쓰러 가기 전까지 잠시 혈액순환을 촉진시키곤 했다. "사람들은 온갖 부도덕한 것들을 찾아 거기에 관심을 보이고, 랄리크✿ 화장대 세트와 섀그린✿✿ 가죽 상자, 안쪽 벽이 거울로 된 술 장식장 등을 수집하면서 무진장 재미있어할 거야. 오, 잘됐다." 그가 창밖을 내다보며 말했다.

"우리의 멋진 후안이 또 꿩을 들고 오는구나."

(후안에게는 매우 유용한 재능이 있었는데, 바로 새총을 잘 다룬다는 거였다. 그는 짬이 날 때마다 무기를 들고 숲속을 기어다니거나 강줄기를 따라 내려갔다. 어떻게 짬이 나는지는 수수께끼였지만, 어쨌든 그런 시간이 생겼다. 그는 백발백중의 저격수였고, 더 중요한 건 공정한 승부 같은 데

✿ 프랑스의 유리 공예 브랜드.

✿✿ 상어나 가오리 등의 가죽.

얽매이지 않았다. 가만히 앉아 있는 꿩이나 토끼는 물론이고 왕의 영지에 있는 백조도 그에겐 금기가 아니었다. 이러한 기습 공격은 식품 저장실과 냄비에 매우 만족스러운 결과를 가져왔다. 데이비는 식사의 기쁨을 최대한으로 만끽하고 싶을 때 혼잣말처럼 일종의 감사 기도를 올렸다. '비처 부인의 통조림 토마토수프를 잊지 않게 하소서'로 시작하는 기도였다.

일이 이렇게 돌아가자 딱한 크레이븐은 속이 쓰려 어쩔 줄 몰랐다. 그는 이런 행위가 밀렵보다 나을 게 없다고 여겼다. 하지만 매튜 이모부의 지시로 뼈가 빠지도록 일하느라 말썽을 부리지는 않았다. 그는 항상 경비를 서거나, 가로수 기둥 사이에 자전거 바퀴들을 묶어두어 탱크를 가로막을 바리케이드를 만들거나, 열병식에 가 있었다. 매튜 이모부의 열병식은 이 지역을 대표하는 훌륭한 행사였다. 후안은 외국인이라 이러한 활동에서 제외되었다. 덕분에 그는 우리를 편안하고 행복하게 해주는 일에 전념했고, 그 부분에서 주목할 만한 성과를 거두었다.)

"나는 문학적 호기심의 대상이 되고 싶진 않아요." 린다가 말했다. "정말로 훌륭한 세대에 속해서 살고 싶단 말이에요.

1911년에 태어났다는 건 너무 비참한 일이에요."

"걱정 말거라, 린다. 너는 아주 멋진 노부인이 될 거야."

"데이비도 멋진 노신사가 될 거예요." 린다가 말했다.

"나 말이냐? 나는 노인이 될 때까지 살아 있기나 할지 걱정이다." 데이비가 아주 흡족한 목소리로 말했다.

정말이지 데이비는 나이를 먹지 않는 것 같았다. 그는 우리보다 스무 살 가까이 많았고 에밀리 이모보다 겨우 다섯 살 어릴 뿐이었지만, 언제나 이모 세대보다 우리 세대에 훨씬 가까워 보였다. 대위 같지도, 남편 같지도 않은 모습으로 홀의 벽난로 옆에 서 있던 그날 이후로 무엇 하나 변한 게 없는 것 같았다.

"자, 얘들아. 차 마실 시간이다. 후안이 레이어 케이크✿를 만들었다는 걸 내가 알고 있거든. 그러니 야생마가 다 먹어 치우기 전에 어서 내려가자."

데이비와 야생마는 식사 시간이면 늘 으르렁거렸다. 야생마는 원래부터 식사 예절을 차리지 않았지만, 숟가락으로 잼을 먹고 나서 다시 잼 통에 넣는다거나 설탕 그릇에 담배

✿ 사이사이에 잼이나 크림 등을 넣으며 여러 겹으로 쌓은 케이크.

를 비벼 끈다든가 해서 배급품에 민감한 데이비의 신경을 극도로 자극했다. 그러면 데이비는 밉살스러운 어린애를 대하는 가정교사처럼 그녀를 호되게 질책했다.

그러나 괜한 수고일 뿐이었다. 야생마는 그러든지 말든지 한결같이 태연하게 음식을 망쳐 놓았다.

"자기양. 뭘 아까워하는지 모르겠지만, 나의 나무랄 데 없이 완벽한 후우-안에겐 그 정도는 얼마든지 더 손에 넣을 방법이 있다고. 내가 장담할게."

이 무렵에는 침공에 대한 공포가 팽배해 있었다. 공수부대 장비를 갖춘 독일군들이 성직자나 발레 무용수 등 별별 모습으로 위장하고 올 거라는 소문에 모두가 긴장의 끈을 놓지 않았다. 어떤 짓궂은 사람은 이런 분위기에 편승해 독일군이 국방 여성회의 단복을 입은 데이비스 부인으로 변장했다는 소문을 퍼뜨렸다. 데이비스 부인은 한 번에 여러 곳에 나타나는 재주가 있어서 실제로 열두 명쯤 되는 데이비스 부인이 낙하산을 타고 온 것처럼 보였다. 매튜 이모부는 독일군의 침공을 매우 심각하게 받아들였다. 어느 날, 그는 우리 모두를 자신의 업무실로 불러 모아 각자의 행동 방침을 세세히 가르쳐 주었다.

"여자들은 전투가 치러지는 동안 아이들을 데리고 지하실에 들어가 있어. 거기에 쓸 만한 수도꼭지가 있어. 쇠고기 통조림도 일주일 분을 저장해 뒀지. 그래, 그 안에 며칠은 있어야 할 테니 마음을 단단히 먹어둬."

"유모가 싫어할 거예요." 루이자가 입을 열었다가 사나운 눈빛을 마주하곤 조용해졌다.

"유모 얘기가 나왔으니 말인데. 너희 유모차로 길을 막지 않도록 주의하도록. 그리고 무슨 일이 있어도 도망칠 생각은 하지 마. 자, 이제 매우 중요한 일이 하나 남았는데 그건 데이비, 자네에게 맡길 거야. 사격 실력이 형편없다는 말에도 자넨 개의치 않을 걸 아니까 하는 말이야. 알다시피 우리는 총알이 부족해서 무슨 일이 있어도 그걸 낭비해선 안 돼. 모든 총알이 명중해야만 하지. 그래서 자네에겐 총을 주지 않을 거야. 적어도 초반에는 말이야. 대신에 내가 다이너마이트와 도화선을 갖고 있는데(조금 이따 보여주지), 자네가 그걸로 식품 저장실을 폭파해 줬으면 해."

"알라딘을 폭파하라고요?" 데이비가 새파랗게 질려서 말했다. "매튜, 당신 머리가 어떻게 됐나 보군요."

"주안을 시킬 수도 있어. 하지만 아무리 내가 주안한테 정이 들었어도, 그 친구를 완전히 믿지는 못하겠더라고. 한 번 이방인은 영원한 이방인이라는 게 나의 신념이니까. 이 일이 왜 우리 작전에서 가장 중요한지 자네한테 설명해 주지. 조시와 크레이븐 그리고 내가 모두 전사한 후에, 민간인들이 우리 편에 도움이 될 방법은 딱 하나야. 독일군에게 짐이 되는 거지. 자네들을 먹여 살리는 걸 놈들의 과업으로 얹어 주는 거야. 걱정하지 마. 그렇게 될 거야. 자기네 병참선에 티푸스가 도는 건 원하지 않을 테니까. 그리고 놈들이 식량을 구하느라 최대한 고생하게 만들어야 해. 그런데 식품 저장실에 있는 걸로는 여기 있는 사람들이 몇 주씩 버틸 수 있어. 내가 좀 전에 확인해 봤어. 마을 전체를 먹여 살릴 수도 있는 양이야. 그러면 안 돼. 놈들이 식량을 구해오게 하고, 놈들의 수송 체계를 엉망으로 만들어야 해. 놈들에게 완벽한 골칫거리가 되는 거지. 그게 자네들이 할 일의 전부야. 귀찮은 존재가 되는 것. 그러니 식료품 저장실은 사라져야만 하지. 데이비 자네가 폭파하도록 해."

데이비는 반대 의견을 내려고 입을 열었다가 매튜 이모부의 무시무시한 기세에 생각을 접었다.

"알았어요, 친애하는 매튜. 어떻게 해야 하는지 보여주세요." 그가 침울하게 말했다.

하지만 매튜 이모부가 나가자마자 큰소리로 불만을 터뜨렸다.

"아니, 알라딘을 폭파하라니. 정말 너무한 처사야. 매튜는 괜찮겠지. 이미 죽었을 테니까. 하지만 우리 생각도 좀 해줘야지."

"그런데 데이비는 어차피 그 흑백 알약을 먹을 계획이었잖아요." 린다가 말했다.

"에밀리가 만류해서 혹시라도 포로가 됐을 때만 먹기로 했는데, 지금은 그것도 잘 모르겠어. 매튜는 독일군이 우리에게 식량을 구해줄 거라고 하지만, 그가 미처 생각 못 한 게 있어. 설령 그들이 우릴 먹인다고 해도 여전히 심각한 문제가 남아 있거든. 그런 음식은 온통 전분 덩어리일 거야. 비처 부인이 다시 오는 거나 마찬가지지. 설상가상으로 난 겨울이면 전분을 소화하는 능력이 현저히 떨어진다고. 정말 치욕스러운 일이야. 매튜 저 지독한 늙은이는 어쩜 저렇게 배려심이 부족한지."

"음, 하지만 데이비, 우릴 보세요. 다 같은 입장이지만 아무도 불평을 안 하잖아요." 린다가 말했다.

"유모는 할 거야." 루이자가 콧방귀를 뀌며 솔직히 털어놓았다. "나도 같은 편에 서고 싶은 마음이고."

"유모? 그 여자는 자기만의 세계에서 살고 있어." 린다가 외쳤다. "우리가 왜 싸우는지 다들 생각을 해봐. 나는 아빠가 절대적으로 옳다고 봐. 그리고 그런 의미에서 지금의 내 상태로……."

"오, 너희는 특별 대우를 받겠지." 데이비가 날카롭게 말했다. "임신부는 늘 그런 대접을 받으니까. 미국에서 들여온 비타민에 뭐에 다 가져다줄 테니 두고 봐. 하지만 나한테는 아무도 신경을 안 쓰겠지. 나처럼 섬세한 사람에게 독일군이 주는 음식 따위가 몸에 맞을 리 없고, 그들에게 내 속을 이해시킬 수도 없을 거야. 난 독일인들을 잘 알거든."

"데이비는 항상 마이어슈타인 의사 선생님만큼 당신의 속을 잘 이해한 사람은 없다고 했잖아요."

"상식적으로 생각해 봐, 린다. 그들이 마이어슈타인 선생을 앨콘리에 데려와 주겠니? 그분이 벌써 몇 년째 수용소에 계신 건 너도 잘 알잖아. 아, 나는 조금씩 죽어갈 결심을 해야만 해. 그리 유쾌한 전망이라고는 할 수 없지."

얼마 후, 린다는 매튜 이모부를 따로 만나 알라딘을 날려 버리는 법을 가르쳐 달라고 했다.

"데이비의 영혼은 의욕이 없고, 그의 육신은 절대적으로 나약하거든요."

그 일이 있고 난 후, 린다와 데이비 사이에 잠시 냉랭한 기운이 감돌았다. 두 사람 다 상대방이 지극히 비이성적이라고 생각했다.

하지만 오래가지는 않았다. 그러기엔 서로를 너무 좋아했고(솔직히 나는 데이비가 이 세상에서 가장 사랑한 사람은 린다라고 확신한다), 어쩌면 세이디 이모의 말대로 될 수도 있었다. "누가 알겠어요. 그런 끔찍한 결정을 해야 할 일이 아예 생기지 않을지도 모르죠."

그렇게 그해 겨울은 더디게 지나갔다. 그리고 언제나처럼, 춥고 우울한 겨우내 잊어버리고 있던 봄이 앨콘리를 찾아왔다. 찬란한 색채와 풍부한 생명력이 요동치는, 다른 어느 곳에서도 볼 수 없는 아름다운 봄이었다. 동물들이 앞다투어 새끼를 낳았고, 곳곳에서 조그마한 생명체가 눈에 띄었다. 우리도 이제 기대에 부풀었다, 조바심을 냈다, 하면서 아기가 태어나기를 기다리고 있었다. 하루하루, 한 시간 한 시간이 느리게만 흘러갔다. 시간을 물으면 린다는 예전처럼 "그거보단 더 됐어"라고 대답했다.

"몇 시쯤 됐어, 린다?"

"맞춰봐."

"열두 시 반?"

"그거보단 더 됐어. 열두 시 사십오 분이야."

우리 세 임신부는 하나같이 비대해진 몸으로 다산의 여신상처럼 집 안을 어슬렁거리며 쌕쌕 숨을 몰아쉬었고, 초봄의 온기에 지나친 불쾌감을 표출했다.

파리에서 가져온 아름다운 옷들은 이제 린다에게 쓸모가 없어졌다. 그녀는 나나 루이자와 같은 수준으로 내려와, 면으로 된 작업복과 임산부용 치마를 입고 샌들을 끌고 다녔다. 화창한 날에는 헌즈 벽장을 뒤로하고 온종일 숲 그늘에 앉아 시간을 보냈다. 플롱플롱은 열정은 많으나 실력이 모자란 토끼 사냥꾼이 되어 푸르스름한 덤불 속으로 뛰어들었다 나오기를 반복했다.

"나한테 무슨 일이 생기면, 패니 네가 플롱플롱을 돌봐줘. 그동안 내게 정말 큰 위안을 준 친구거든."

린다가 말했다.

하지만 마치 자신이 영원히 살 것을 아는 사람처럼 느긋하게 말했고, 파브리스나 아이에 대해서는 아무 말도 하지 않았다. 어떤 예감이 들었던 거라면 틀림없이 그들을 언급했을 것이다.

루이자의 아기인 앵거스는 4월 초에 태어났다. 그녀의 여섯 번째 아이이자 세 번째 아들이었다. 우리는 먼저 할 일을 해치운 루이자를 사무치게 부러워했다.

5월 28일에 우리 둘도 아기를 낳았다. 둘 다 아들이었다. 린다에게 다시는 아이를 가져선 안 된다고 경고했던 의사들은, 인제 보니 순 돌팔이는 아니었다. 결국 린다는 출산 중에 목숨을 잃었다. 나는 그녀가 충만한 행복감 속에서, 큰 고통 없이 떠나갔다고 믿었다. 그러나 앨콘리에 있던 그녀의 아버지와 어머니, 남녀 형제들, 그리고 데이비와 멀린 경의 마음속에선 빛이 꺼져버렸다. 그녀가 주던 지극한 기쁨은 다른 무엇으로도 대체될 수 없었다.

린다의 사망과 거의 같은 시기에 파브리스는 게슈타포에 붙잡혀 총살되었다. 그는 프랑스 저항군의 영웅이었고, 그의 이름은 프랑스 역사에 길이 남았다.

나는 작은 파브리스의 법적 아버지인 크리스천의 동의를 얻어 그 아이를 입양했다. 눈동자는 검지만 눈매는 린다의 푸른 눈과 똑 닮은, 세상에서 가장 아름답고 매력적인 아이다. 나는 그 아이를 나의 자녀들만큼이나, 아니, 어쩌면 그 이상으로 사랑한다.

내가 아직 옥스퍼드의 조산실에 있을 때, 내 아이가 태어나고 린다가 죽은 그곳으로 야생마가 면회를 왔다.

"가엾은 린다." 그녀가 울컥하며 말했다.

"가엾은 계집애. 하지만 패니, 어쩌면 잘된 걸 수도 있다는 생각은 안 해봤니? 린다나 나 같은 여자들은 나이가 들수록 그리 즐겁지만은 않은 삶을 살게 되니까."

나는, 린다는 그런 여자가 아니라고 반박해서 어머니의 마음을 상하게 하고 싶지 않았다.

"그래도 파브리스와 함께라면 언제까지나 행복했을 거예요." 내가 말했다.

"그는 린다에게 일생일대의 사랑이었으니까요."

"오, 아가." 어머니가 서글픈 목소리로 말했다.

"나도 항상 그런 기분이란다. 매번, 정말 매번 그래."

끝.

사랑의 추구

초판 1쇄 발행 2026년 1월 30일

지은이 낸시 미트포드
옮긴이 최지원

펴낸이 박영일
기획·편집 박하영
표지 디자인 김도연
내지 디자인 하한우·임아람

펴낸 곳 (주)시대고시기획·시대교육
주소 서울시 마포구 큰우물로 75(도화동 538) 성지B/D 9층
E-mail jansang@sdedu.co.kr

ISBN 979-11-434-0374-2 (03840)

* 잔상은 시대교육그룹의 단행본 문학 브랜드입니다.

* 책값은 뒤표지에 있습니다.
* 잘못된 책은 구입처에서 바꾸어 드립니다.